国家职业资格培训教材

车工（技师、高级技师）操作技能鉴定实战详解

国家职业资格培训教材编审委员会　组编

韩英树　编著

梁东晓　审

机械工业出版社

本教材是依据《国家职业技能标准》车工（技师、高级技师）的要求，紧扣国家职业技能鉴定操作技能考试的需要编写的。其主要内容包括：中空轴、偏心薄壁套、多孔模板、大模数蜗杆、多头蜗杆、各种曲轴、十字蜗杆轴、畸形件接头、短摇杆、垂直孔减振轴、相贯孔锥体、通孔变深螺纹、薄壁蜗杆轴套、球体蜗杆轴、两半体定心锥套、两半模腔、双偏心轴套、球体镂空件、蜗杆偏心组合件、螺纹偏心组合件、偏心和畸形组合件、锥体双偏轴畸形组合件、偏心轴套组合件的车削。

本教材可作为各级职业技能鉴定培训机构、企业培训部门、职业技术院校、技工院校考前培训的强化训练教材，也可作为参加职业技能鉴定人员的考前操作技能实战训练用书。

图书在版编目（CIP）数据

车工（技师、高级技师）操作技能鉴定实战详解/韩英树编著. —北京：机械工业出版社，2011.2

国家职业资格培训教材

ISBN 978-7-111-33126-1

Ⅰ.①车…　Ⅱ.①韩…　Ⅲ.①车削-职业技能鉴定-教材　Ⅳ.①TG51

中国版本图书馆 CIP 数据核字（2011）第 010860 号

机械工业出版社(北京市百万庄大街22号　邮政编码100037)

策划编辑：荆宏智　责任编辑：荆宏智　宋亚东　责任校对：申春香

责任印制：李　妍

高等教育出版社印刷厂印刷

2011 年 4 月第 1 版第 1 次印刷

184mm×260mm · 14.5 印张 · 356 千字

0001—3000 册

标准书号：ISBN 978 - 7 - 111 - 33126 - 1

定价：30.00 元

序

为落实国家人才发展战略目标，加快培养一大批高素质的技能型人才，我们精心策划了与原劳动和社会保障部《国家职业标准》配套的《国家职业资格培训教材》。这套教材涵盖41个职业，共172种，2005年出版后，以其兼顾岗位培训和鉴定培训需要，理论、技能、题库合一，便于自检自测等特点，受到全国各级培训、鉴定部门和技术工人的欢迎，基本满足了培训、鉴定、考工和读者自学的需要，为培养技能人才发挥了重要作用，本套教材也因此成为国家职业资格培训的品牌教材。JJJ——"机工技能教育"品牌已深入人心。

按照国家"十一五"高技能人才培养体系建设的主要目标，到"十一五"期末，全国技能劳动者总量将达到1.1亿人，高级工、技师、高级技师总量均有大幅增加。因此，从2005年至2009年的五年间，参加职业技能鉴定的人数和获取职业资格证书的人数年均增长达10%以上，2009年全国参加职业技能鉴定和获取职业资格证书的人数均已超过1200万人。这种趋势在"十二五"期间还将会得以延续。

为满足职业技能鉴定培训的需要，我们经过充分调研，决定在已经出版的《国家职业资格培训教材》的基础上，贯彻"围绕考点，服务鉴定"的原则，紧扣职业技能鉴定考核要求，根据企业培训部门、技能鉴定部门和读者的不同需求进行细化，分别编写理论鉴定培训教材系列、操作技能鉴定实战详解系列和职业技能鉴定考核试题库系列。

《国家职业资格培训教材——鉴定培训教材系列》用于国家职业技能鉴定理论知识考试前的理论培训。它主要有以下特色：

● 汲取国家职业资格培训教材精华——保留国家职业资格培训教材的精华内容，考虑企业和读者的需要，重新整合、更新、补充和完善培训教材的内容。

● 依据最新国家职业标准要求编写——以《国家职业技能标准》要求为依据，以"实用、够用"为宗旨，以便于培训为前提，提炼重点培训和复习的内容。

● 紧扣国家职业技能鉴定考核要求——按复习指导形式编写，教材中的知识点紧扣职业技能鉴定考核的要求，针对性强，适合技能鉴定考试前培训使用。

《国家职业资格培训教材——操作技能鉴定实战详解系列》用于国家职业技能鉴定操作技能考试前的突击冲刺、强化训练。它主要有以下特色：

● 重点突出，具有针对性——依据技能考核鉴定点设计，目的明确。

● 内容全面，具有典型性——图样、评分表、准备清单，完整齐全。

● 解析详细，具有实用性——工艺分析、操作步骤和重点解析详细。

● 练考结合，具有实战性——单项训练题、综合训练题，步步提升。

《国家职业资格培训教材——职业技能鉴定考核试题库系列》用于技能培训、鉴定部门命题和参加技能鉴定人员复习、考核和自检自测。它主要有以下特色：

● 初级、中级、高级、技师、高级技师各等级全包括。

● 试题典型性、代表性、针对性、通用性、实用性强。

● 考核重点、理论题、技能题、答案、模拟试卷齐全。

这些教材是《国家职业资格培训教材》的扩充和完善，在编写时，我们重点考虑了以下几个方面：

在工种选择上，选择了机电行业的车工、铣工、钳工、机修钳工、汽车修理工、制冷设备维修工、铸造工、焊工、冷作钣金工、热处理工、涂装工、维修电工等近二十个主要工种。

在编写依据上，依据最新国家职业技能标准，紧扣职业技能鉴定考核要求编写。对没有国家职业标准，但社会需求量大且已单独培训和考核的职业，则以相关国家职业标准或地方鉴定标准和要求为依据编写。

在内容安排上，提炼应重点培训和复习的内容，突出"实用、够用"，重在教会读者掌握必需的专业知识和技能，掌握各种类型试题的应试技巧和方法。

在作者选择上，共有十几个省、自治区、直辖市相关行业 200 多名从事技能培训和考工的专家参加编写。他们既了解技能鉴定的要求，又具有丰富的教材编写经验。

全套教材既可作为各级职业技能鉴定培训机构、企业培训部门的考前培训教材，又可作为读者考前复习和自测使用的复习用书，也可供职业技能鉴定部门在鉴定命题时参考，还可作为职业技术院校、技工院校、各种短训班的专业课教材。

在这套教材的调研、策划、编写过程中，曾经得到许多企业、鉴定培训机构有关领导、专家的大力支持和帮助，在此表示衷心的感谢！

虽然我们在编写这套培训教材中尽了最大努力，但教材中难免存在不足之处，诚恳地希望专家和广大读者批评指正。

国家职业资格培训教材编审委员会

前　言

　　本书是车工技师、高级技师等级国家职业技能鉴定考核的实际操作题解。它是根据《国家职业技能标准（车工）》2009年修订的技能操作内容和国家职业技能鉴定的要求，并根据多年的生产和教学实践经验，参考多次技师与高级技师实际操作技能鉴定题和操作技能竞赛试题，为车工技师、高级技师进行职业资格技能鉴定撰写的。书中共收录技师操作技能鉴定试题14套，高级技师操作技能鉴定试题12套。

　　书中对实际操作鉴定考核中具有典型性、代表性的工艺加工技术进行了加工工艺的分析和讲解。一方面便于读者了解车工技师、高级技师实际操作考核内容，一方面便于理解《国家职业技能标准（车工）》的内涵。书中具有典型性、代表性的工件只是考核内容的宏观体现，每个工件代表一类内容，且内容有简有难，注重于工件加工时的主要工艺特点和实现加工工艺的可行性。

　　在内容组织上，考虑到车工高级别、高年龄段的现状，实际操作鉴定主要注重于加工难加工零件的技术与技巧，因此大幅度减少了备料的加工余量。在每个典型工件的后面附有备料单，备料的原则是：粗加工或半精加工结束，从半精加工或精加工开始考核，减少准备时间和余量车削的机动时间。在考核工装中，尽量减少工具、夹具、量具、刃具的数量。

　　有些加工内容虽然属于高级工的考核点范围，但叠加了多个高级工中的高难度考核点，且公差值取决于技师级别考核点的范围，如组合工件装配等。

　　技师篇与高级技师篇在考核点的难度上是循序渐进的，但没有太大的差别。国家职业技能标准中对高级技师技能操作内容更强调难加工材料和成形面难加工点的解决方法，装配图的绘制及国内外技术资料的查询，工艺装备的准备手段，车床改造和扩大使用能力，质量管理和生产管理的能力，因此丰富的理论知识和技能经验是考核的核心思想。

　　技能操作考核内容与国家职业技能标准的理论知识内容相对应，同时，答辩内容应包括对加工工件技能技巧的叙述。本书还有以下特点：

　　1）对每个典型工件都提出了考核点和技能要求，并附有加工难点分析和工件加工工艺路线。

　　2）每个典型工件都配有车削加工工艺过程的图解，在操作内容及注意事项中，对工件的每一次装夹进行加工工步的叙述。

　　3）在每个典型工件的后面附有评分标准，以供参考。

　　本书在编撰过程中，得到了机械工业出版社编辑及梁东晓老师的大力帮助，在此一并表示感谢。限于经验与技术水平，不足和错误之处恳请读者批评指正。

韩英树

目　录

序

前言

技 师 篇

试题一　中空轴车削 ·· 2

试题二　大等距两孔偏心薄壁套车削 ·················· 11

试题三　四孔模板车削 ····································· 17

试题四　双头大模数蜗杆车削 ····························· 24

试题五　四头左旋蜗杆和双拐曲轴工件车削 ··········· 30

试题六　偏心 12mm 六拐曲轴车削 ····················· 36

试题七　十字蜗杆轴车削 ·································· 44

试题八　蜗杆偏心组合件车削 ····························· 50

（一）装配 ··· 50

（二）偏心轴零件 ····································· 52

（三）偏心套零件 ····································· 58

试题九　畸形件接头车削 ·································· 62

试题十　短摇杆工件车削 ·································· 66

试题十一　垂直孔减振轴工件车削 ······················ 72

试题十二　梯形螺纹偏心组合件车削 ··················· 77

（一）装配 ··· 77

（二）偏心螺杆 ·· 79

（三）球形套 ·· 83

（四）偏心套 ·· 87

试题十三　相贯孔锥体车削 ······························ 91

试题十四　偏心畸形组合件车削 ·························· 99

（一）装配 ··· 99

（二）偏心螺纹轴 ····································· 102

（三）主体 ··· 105

（四）销轴 ··· 108

高级技师篇

试题十五　大等距三孔偏心薄壁套车削 ················ 112

试题十六　五孔模板车削 ·································· 120

试题十七　通孔变深螺纹车削 ···························· 128

试题十八　七孔模板车削 ·································· 134

试题十九　双头三模薄壁蜗杆轴套车削 ·· 140

试题二十　球体蜗杆轴车削 ·· 145

试题二十一　两半体定心锥套车削 ·· 151

试题二十二　两半模腔车削 ··· 160

试题二十三　锥体双偏轴畸形组合件车削 ····································· 166

　（一）装配 ·· 166

　（二）销轴 ·· 168

　（三）锥外套 ·· 170

　（四）锥内套 ·· 174

　（五）双偏套 ·· 180

试题二十四　偏心轴套组合件车削 ·· 185

　（一）装配 ·· 185

　（二）偏心轴 ·· 188

　（三）薄壁偏心套 ·· 191

　（四）多阶套 ·· 194

　（五）双锥螺纹套 ·· 198

试题二十五　双偏心轴套车削 ·· 205

　（一）装配 ·· 205

　（二）双偏心孔盘 ·· 207

　（三）双偏心轴盘 ·· 211

试题二十六　球体镂空工件车削 ··· 215

技 师 篇

试题一　中空轴车削

工件加工的考核点和应达到的技能要求：

考核点

中空轴在各种机床设备中都是主要的机械传动零件，加工精度的优劣直接关系到机床的制造精度的高低，中空轴要求：

① 轴径公差等级：IT7～IT5。

② 轴径表面粗糙度值：Ra　0.8μm。

③ 未注尺寸公差等级：中等 m～精密 f 级。

④ 内锥孔与轴外直径的主要定位支承点的全跳动值为 0.03mm。

技能要求

要求对于中空轴复杂的装夹、加工工艺有全面的工艺知识和操作能力。

1. 试题要求

1）中空轴零件图（见图 1-1）。

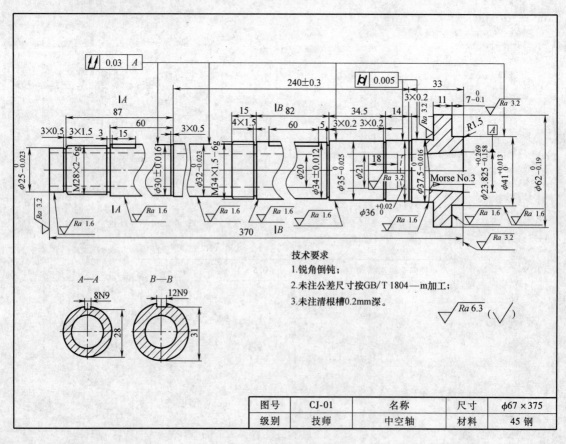

图 1-1　中空轴零件图

2）中空轴操作技能评分表（见表1-1）。

表1-1　中空轴操作技能评分表

考件编号＿＿＿＿＿＿　　　　时间定额＿＿＿4h＿＿　　　　总分＿＿100＿＿

序号	项目	考核内容		配分		检测		得分
		尺寸/mm	$Ra/\mu m$	尺寸	Ra	尺寸	Ra	
1	外圆	$\phi25_{-0.023}^{0}$	1.6	3	1			
2		$\phi30\pm0.016$	1.6	3	1			
3		$\phi32_{-0.023}^{0}$	1.6	3	1			
4		$\phi34\pm0.012$	1.6	3	1			
5		$\phi35_{-0.025}^{0}$	1.6	3	1			
6		$\phi36_{0}^{+0.02}$	1.6	3	1			
7		$\phi37.5_{-0.016}^{0}$	1.6	3	1			
8		$\phi41_{0}^{+0.013}$	1.6	3	2			
9		$\phi62_{-0.19}^{0}$	3.2	3	0.5			
10	内孔	$\phi21$	3.2	3	0.5			
11		$\phi20$		6				
12	内锥孔	Morse　No.3	1.6		5			
13		大径 $\phi23.825_{-0.158}^{+0.269}$		5				
14	螺纹	$M28\times2\text{-}6g$		2				
		$M34\times1.5\text{-}6g$		2				
15	长度	87、60、3、15、15、82、18		1×7				
16		34.5、14、11、33、370		1×6				
17		3×0.2（3处）		1×3				
18		3×0.5（2处）		1×3				
19		3×1.5、4×1.5		2,2				
20		240 ± 0.3		2				
21	端面	$7_{-0.1}^{0}$	1.6	2	1			
22		轴的前端面和后端面	3.2	2,2	0.5			
23		$\phi62$ 的背面	3.2	2	0.5			
24	几何公差	径向全跳动0.03		0.5×4				
25		圆柱度0.005		0.5×2				
26	其他	$R1.5$		1				
27		锐边倒角 $C0.5$		1				
28	安全文明	安全文明有关规定		违反规定,酌情扣总分1~5分				
合　计				100				

评分标准:凡尺寸精度和几何公差超差时,扣该项全部分值,表面粗糙度值增大时扣该项全部分

否　定　项:普通螺纹及内梯形螺纹和外梯形螺纹中径都超差时,视为不合格

2. 准备清单

1）材料准备（见表 1-2）。

表 1-2   材料准备

名　　称	规　　格	数量
45 钢	ϕ67mm×375mm	1
考试准备 毛坯件	<div style="text-align:center">375 ϕ67</div>	

2）设备准备（见表 1-3）。

表 1-3   设备准备

名　　称	规　　格	数　量
车床	C6140A	1
卡盘扳手	相应设备	1
刀架扳手	相应设备	1

3）工、量、刃、夹具准备（见表 1-4）。

表 1-4   工、量、刃、夹具准备

序号	名称	规格	分度值/mm	数量	序号	名称	规格	分度值/mm	数量
1	游标卡尺	0～150mm	0.02	1	13	外螺纹车刀	60°		1
2	游标卡尺	0～500mm	0.02	1	14	内孔车刀	60°		1
3	外径千分尺	25～50mm	0.01	1	15	内沟槽车刀	ϕ20mm×90mm		1
4	外径千分尺	50～75mm	0.01	1	16	钻头	改成 ϕ18mm×400mm		1
5	磁座指示表	0～5mm	0.01	1	17	右侧锥堵	配车		1
6	锥度量器	Morse No.3		1 套	18	左侧中心堵			1
7	螺距规	60°		1	19	中心架			1
8	金属直尺	400mm		1	20	跟刀架			1
9	中心钻	B2.5/10mm		1	21	钻夹头			1
10	外圆车刀	90°		1	22	活扳手			1
11	弯头车刀	45°		1	23	螺钉旋具			1
12	外车槽刀	3mm 宽		1					

3. 加工难点分析和工件加工工艺路线

（1）技术要求及加工难点分析

1）主轴主要的技术要求。主轴是一种典型的连接传动零件，它的外圆全跳动要求体现了外圆对内锥孔的同轴度要求，实现主轴内外表面同轴线运转，这是加工中主要的技术要求。

2）主轴的配合精度。主轴外径有与轴承、花键、齿轮等其他连接体配合的高精度表面，主轴内径有与锥度工具配合的高精度内锥表面，在加工中要合理选择定位基准。

3）主轴加工工具、定位基准件和机床附件的使用要符合加工工艺的要求。

4）主轴的加工精度要求

① 尺寸精度：主轴的尺寸精度主要是指直径、长度、锥度的尺寸误差值大小。直径上的主要尺寸公差等级要求为 IT7～IT5 级。锥度上除有角度要求外，还有直径尺寸公差要求。

② 几何形状要求：几何形状主要指圆柱度和圆度。这些误差将会影响主轴与配合件的接触质量。

③ 相互位置精度：保证配合轴颈对支承轴颈的同轴度。图样已注明径向全跳动公差。

④ 表面粗糙度：要求最高表面粗糙度值为 Ra 1.6。

5）主轴的定位要求

① 合理选择定位基准。大多数工步均采用中心孔作为定位基准，包括锥堵定位及中心孔的研磨。夹具在加工中途一般不更换或重新安装，以避免引起误差。如必须要再次安装时，可将锥度部分重新车削，但要注意保持锥度直径尺寸。

② 在精加工内锥孔以及锥堵配合孔时，以支承轴颈作为定位基准。

6）划分加工阶段。一般分为粗加工、半精加工和精加工。

7）深孔加工的钻削技术。有深孔加工和选择、刃磨深孔钻头的技术。

（2）主轴工件加工工艺路线

① 主轴基准面加工：车端面→钻中心孔→一夹一顶粗加工外径、内孔→调头粗加工外径、内孔→调头加工锥孔和头部外圆互为定位的基准面→一夹一支粗、精加工主轴头部内、外尺寸，长度尺寸，加工锥孔和尾部的互为定位的基准面。

② 夹具加工：车削后锥堵→研磨后锥堵→车削退件螺母→车削前锥堵→装夹工件→车削尾孔定位基准面→安装后锥堵。

③ 主轴在夹具上加工：粗车大段长度尺寸的外径和长度→半精车小段长度尺寸的外径和长度→按实际长度精车出各槽，要控制长度尺寸→精车外径至图样尺寸→车削螺纹及倒角→自检与互检几何公差。

4. 中空轴车削加工工艺过程（见表 1-5）

表 1-5　中空轴车削加工工艺过程

操作项目及图示		操作内容及注意事项
车削外圆及端面		（1）按图示装夹左端 1）车端面 2）钻中心孔

（续）

操作项目及图示	操作内容及注意事项
粗车外径、钻孔	（2）按图示装夹左端，顶右端 1）粗车外径 $\phi40mm$，长372mm 2）钻孔 $\phi18mm$
车削端面、外径及钻通孔	（3）按图示调头装夹 1）车削端面，保证总长372mm 2）粗车外径 $\phi62mm$ 3）将孔钻通
精车端面、锪孔	（4）按图示调头装夹 1）精车端面，保证总长371mm 2）锪孔60°
顶尖定位，车中心架支承定位面	（5）按图示用顶尖定位 在内锥孔一端的外圆处车一光滑外圆表面，超过40mm宽，作为中心架的支承定位面
车端面、精车头部外径、车锥孔、车中心架定位基准	（6）按图示夹左端，右端用中心架支承 1）车端面7mm，保证总长370mm 2）精车外径 $\phi41mm$ 3）精车外径 $\phi62mm$ 4）用长刀杆车内孔至 $\phi20mm$ 5）粗车、精车内锥孔Morse No.3，用锥度量规检验 6）在左端外圆处车一中心架定位基准面，超过40mm宽

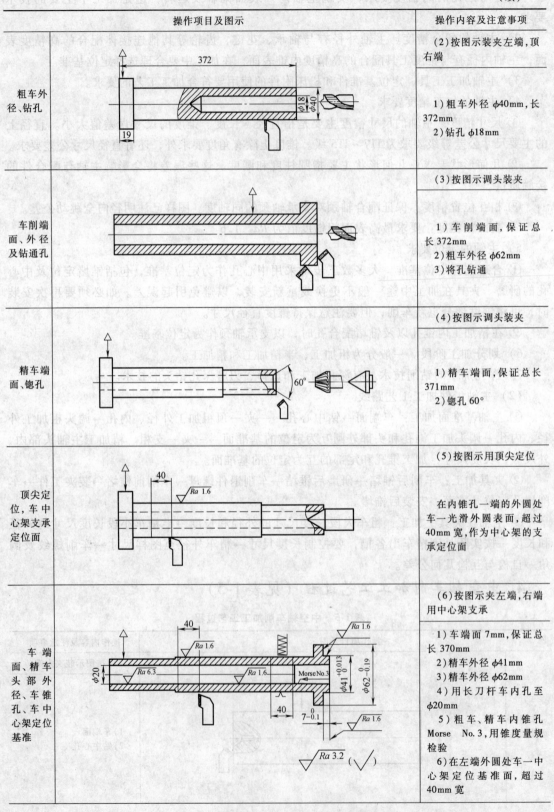

（续）

操作项目及图示	操作内容及注意事项
车削、研磨后锥堵 ◎ ϕ0.002 A　A Ra 0.8 硬质合金顶尖	（7）按图示车削后锥堵，后锥堵的定位面与中心孔一次车削两面成形，后锥堵的中心孔用硬质合金固定顶尖，进行研磨 1）钻中心孔 2）反向按 ϕ20mm 孔实际尺寸配车锥面 3）硬质合金顶尖靠紧 4）用机油充当研磨剂上油 5）中心孔采用高速研磨，手动微量进给达到规定要求：表面粗糙度值在 Ra 0.8μm 以下，圆度在 0.001mm 以下，同轴度为 ϕ0.002mm 6）两头车好后，切断
退件螺母	（8）按图示车削退件螺母 螺纹螺距与前锥堵螺距一致
前锥堵	（9）按图示车削前锥堵 前锥堵车成带有可旋进螺母的外螺纹，用途为解除锥度自锁力
车削带有退件螺母的前锥堵 退件螺母　前锥堵	（10）按图示将退件螺母与前锥堵螺纹配车 将退件螺母旋进前锥堵
退件螺母　前锥堵　中空轴	（11）按图示前锥堵与锥孔配车 研合接触率达到90%

（续）

操作项目及图示	操作内容及注意事项
装配后锥堵 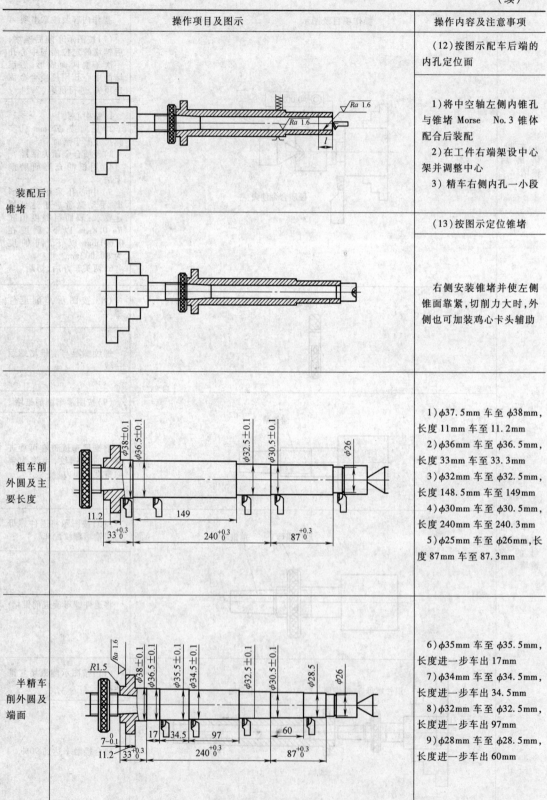	（12）按图示配车后端的内孔定位面 1）将中空轴左侧内锥孔与锥堵 Morse No.3 锥体配合后装配 2）在工件右端架设中心架并调整中心 3）精车右侧内孔一小段
	（13）按图示定位锥堵 右侧安装锥堵并使左侧锥面靠紧，切削力大时，外侧也可加装鸡心卡头辅助
粗车削外圆及主要长度	1）φ37.5mm 车全 φ38mm，长度 11mm 车至 11.2mm 2）φ36mm 车至 φ36.5mm，长度 33mm 车至 33.3mm 3）φ32mm 车至 φ32.5mm，长度 148.5mm 车至 149mm 4）φ30mm 车至 φ30.5mm，长度 240mm 车至 240.3mm 5）φ25mm 车至 φ26mm，长度 87mm 车至 87.3mm
半精车削外圆及端面	6）φ35mm 车至 φ35.5mm，长度进一步车出 17mm 7）φ34mm 车至 φ34.5mm，长度进一步车出 34.5mm 8）φ32mm 车至 φ32.5mm，长度进一步车出 97mm 9）φ28mm 车至 φ28.5mm，长度进一步车出 60mm

（续）

操作项目及图示	操作内容及注意事项
车出各槽,控制长度尺寸 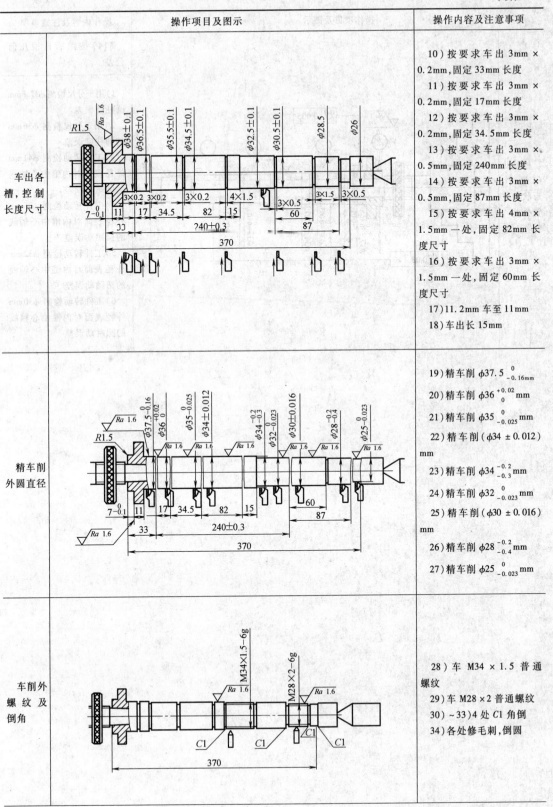	10）按要求车出 3mm ×0.2mm,固定 33mm 长度 11）按要求车出 3mm ×0.2mm,固定 17mm 长度 12）按要求车出 3mm ×0.2mm,固定 34.5mm 长度 13）按要求车出 3mm ×0.5mm,固定 240mm 长度 14）按要求车出 3mm ×0.5mm,固定 87mm 长度 15）按要求车出 4mm ×1.5mm 一处,固定 82mm 长度尺寸 16）按要求车出 3mm ×1.5mm 一处,固定 60mm 长度尺寸 17）11.2mm 车至 11mm 18）车出长 15mm
精车削外圆直径	19）精车削 $\phi37.5_{-0.16}^{0}$mm 20）精车削 $\phi36_{0}^{+0.02}$mm 21）精车削 $\phi35_{-0.025}^{0}$mm 22）精车削（$\phi34 \pm 0.012$）mm 23）精车削 $\phi34_{-0.3}^{-0.2}$mm 24）精车削 $\phi32_{-0.023}^{0}$mm 25）精车削（$\phi30 \pm 0.016$）mm 26）精车削 $\phi28_{-0.4}^{-0.2}$mm 27）精车削 $\phi25_{-0.023}^{0}$mm
车削外螺纹及倒角	28）车 M34 ×1.5 普通螺纹 29）车 M28 ×2 普通螺纹 30）~33）4 处 $C1$ 角倒 34）各处修毛刺,倒圆

（续）

操作项目及图示	操作内容及注意事项
检验几何尺寸、形状和位置公差 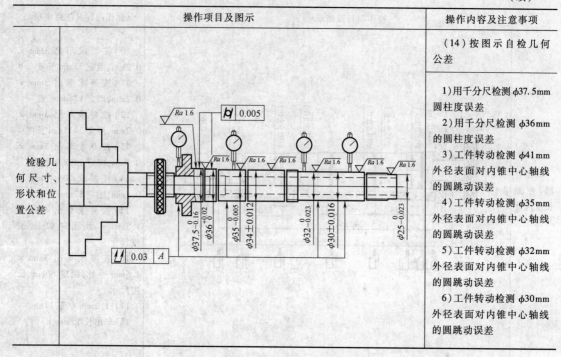	（14）按图示自检几何公差 1）用千分尺检测 $\phi37.5$mm 圆柱度误差 2）用千分尺检测 $\phi36$mm 的圆柱度误差 3）工件转动检测 $\phi41$mm 外径表面对内锥中心轴线的圆跳动误差 4）工件转动检测 $\phi35$mm 外径表面对内锥中心轴线的圆跳动误差 5）工件转动检测 $\phi32$mm 外径表面对内锥中心轴线的圆跳动误差 6）工件转动检测 $\phi30$mm 外径表面对内锥中心轴线的圆跳动误差

试题二 大等距两孔偏心薄壁套车削

工件加工的考核点和应达到的技能要求：

考核点

偏心薄壁套零件有较多的结构形式，且有较大的加工难度。在偏心薄壁套加工中，既有偏心距要求，又要薄壁加工的变形误差控制。

技能要求

要求对于偏心薄壁套的偏心找正及控制复杂装夹工艺有全面的工艺知识和操作能力。

两孔偏心薄壁套是一种典型的薄壁零件，它的两个偏心孔有直径要求，有偏心距要求，都以外径 $\phi45mm$ 的轴线为基准，偏心孔轴线对其有平行度要求，外圆 $\phi44mm$ 的轴线对其有同轴度要求，$\phi44mm$ 的外圆自身有圆柱度要求。主要外径有公差要求和较低的表面粗糙度值要求。

1. 试题要求

1）两孔偏心薄壁套零件图（见图 2-1）。

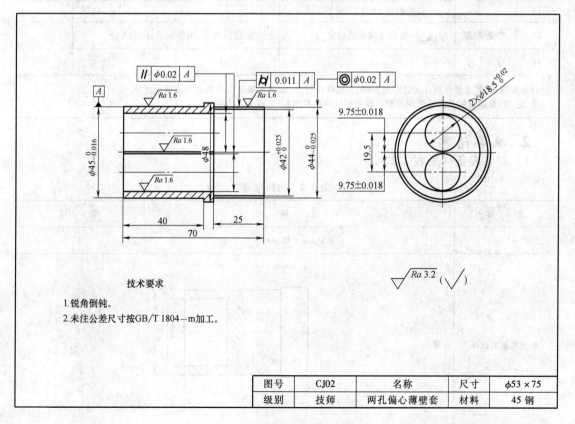

技术要求

1. 锐角倒钝。
2. 未注公差尺寸按GB/T 1804—m加工。

图号	CJ02	名称		尺寸	$\phi53 \times 75$
级别	技师	两孔偏心薄壁套		材料	45 钢

图 2-1 两孔偏心薄壁套零件图

2）两孔偏心薄壁套操作技能评分表（见表 2-1）。

表 2-1 两孔偏心薄壁套操作技能评分表

考件编号_____ 时间定额____4h____ 总分____100____

序号	项目	考核内容		配分		检测		得分
		尺寸/mm	Ra/μm	尺寸	Ra	尺寸	Ra	
1	外圆	$\phi 45^{\ 0}_{-0.016}$	1.6	7	2			
2		$\phi 44^{\ 0}_{-0.025}$	1.6	7	2			
3		$\phi 48$	3.2	2	1			
4	内孔	$\phi 42^{+0.025}_{\ 0}$	1.6	7	2			
5		$\phi 38$		8				
6		$\phi 18.5^{+0.02}_{\ 0}$(2处)	1.6	8×2	2×2			
7	偏心距	9.75±0.018(2处)		7×2				
8	长度	25、40、70		2×3				
9	几何公差	同轴度 $\phi 0.02$		2				
10		圆柱度 0.011		2				
11		圆度 0.007		3				
12		平行度 $\phi 0.02$(2处)		2×2				
13	其他	其余端面	3.2		1×5			
14		锐边倒角 C0.5		6				
15	安全文明	安全文明有关规定		违反规定,酌情扣总分1~5分				
16	合计			100				

评分标准：凡尺寸精度和几何公差超差时,扣该项全部分,表面粗糙度值增大时扣该项全部分
否 定 项：普通螺纹及内梯形螺纹和外梯形螺纹中径都超差时,视为不合格

2. 准备清单

1）材料准备（见表 2-2）。

表 2-2 材料准备

名 称	规 格	数 量
45 钢	$\phi 53\text{mm}\times 75\text{mm}$	1
考试准备毛坯件		

2）设备准备（见表 2-3）。

表 2-3　设备准备

名　称	规　格	数　量
车　床	C6140A（四爪单动卡盘）	1
卡盘扳手	相应设备	1
刀架扳手	相应设备	1

3）工、量、刃、夹具准备（见表 2-4）。

表 2-4　工、量、刃、夹具准备

序号	名称	规格	分度值/mm	数量	序号	名称	规格	分度值/mm	数量
1	游标卡尺	0~150mm	0.02	1	12	内孔精车刀	0°		1
2	外径千分尺	0~25mm	0.01	1	13	内孔车刀	90°		1
3	外径千分尺	25~50mm	0.01	1	14	钻头	φ16mm		1
4	内径指示表	18~35mm	0.01	1	15	钻头	φ39mm		1
5	内径指示表	35~50mm	0.01	1	16	变径套			1套
6	磁座指示表	0~10mm	0.01	1套	17	钻夹头			1
7	游标高度卡尺	0~200mm	0.01	1	18	划针			1
8	金属直尺	400mm		1	19	样冲			1
9	中心钻	B2.5/10mm		1	20	方箱			1
10	外圆车刀	90°		1	21	活扳手			1
11	弯头车刀	45°		1	22	螺钉旋具			1

3. 加工难点分析和工件加工工艺路线

（1）技术要求及加工难点分析

1）偏心薄壁套主要的尺寸和几何公差要求

① 偏心距 $2 \times (9.75 \pm 0.018)$mm 对 $2 \times \phi 18.5^{+0.02}_{0}$mm 孔的偏心尺寸的精度要求。

② 外径 $\phi 44^{0}_{-0.025}$mm 对外径 $\phi 45^{0}_{-0.016}$mm 基准轴线的同轴度要求 $\phi 0.02$mm。

③ 外径 $\phi 44^{0}_{-0.025}$mm 的圆柱度要求 0.011mm。

④ $2 \times \phi 18.5^{+0.02}_{0}$mm 偏心孔对外径 $\phi 45^{0}_{-0.016}$mm 基准轴线的平行度要求 $\phi 0.02$mm。

2）偏心薄壁套的加工重点分析。偏心薄壁套是一种偏心距较大的对称偏心孔工件，主要的加工工艺在于偏心孔的划线、找正，是一个边加工、边测量、边找正的车削过程。偏心薄壁套加工的重点在于有较大的偏心距，难点在于工件本身还是一个薄壁件，在加工的装夹过程中，要不断地找正偏心距，要防止工件变形，要求两孔 180° 对称布置。

3）$\phi 38$mm 工艺尺寸公差的计算。在实际加工中，中心距的极限尺寸不便于直接测量，但孔的内壁厚度或外壁尺寸却是能够直接测量的，可以通过测量孔的内壁厚度或外壁尺寸来间接保证中心距公差。用卡尺内卡脚测量孔的外壁 $\phi 38$mm 时，测量基准与设计基准（孔中心距）不重合，所以此时以孔 ϕ38mm 作为组成环，而孔中心距作为封闭环。孔中心距作为间接保证的尺寸，引入工艺尺寸链进行计算，如图 2-2 所示。

$$A_{0max} = A_{2max} - A_{1min} - A_{3min}$$
$$19.536 = A_{2max} - 9.25 - 9.25$$
$$A_{2max} = 19.536mm + 18.5mm = 38.036mm$$
$$A_{0min} = A_{2min} - A_{1max} - A_{3max}$$
$$19.464 = A_{2min} - 9.26 - 9.26$$
$$A_{2min} = 19.464mm + 18.52mm = 37.984mm$$

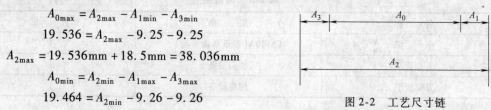

图 2-2　工艺尺寸链

即 ϕ38mm 尺寸的上极限偏差为 0.036mm，下极限偏差为 -0.016mm。

（2）两孔偏心薄壁套工件加工工艺路线　装夹左端→粗车内圆、外圆→调头装夹→粗车平面→粗车、精车 ϕ45mm 划线基准面外径→划线→偏心装夹→粗车、精车偏心孔→偏心装夹→粗车、精车另一偏心孔→调头，用四爪单动卡盘找正装夹→精车内径、外径→检测尺寸。

4. 两孔偏心薄壁套车削加工工艺过程（见表2-5）

表 2-5　两孔偏心薄壁套车削加工工艺过程

操作项目及图示		操作内容及注意事项
粗车削右端	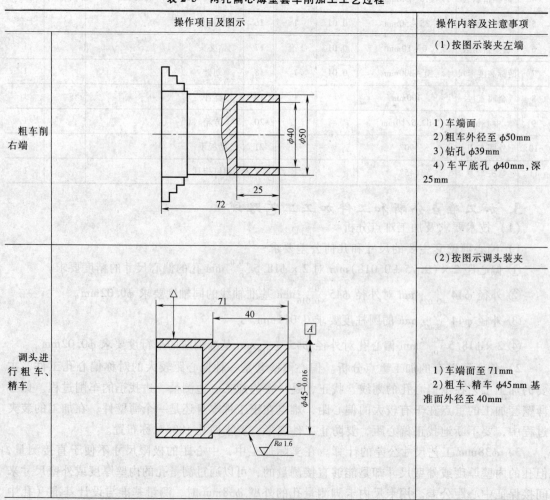	（1）按图示装夹左端 1）车端面 2）粗车外径至 ϕ50mm 3）钻孔 ϕ39mm 4）车平底孔 ϕ40mm，深25mm
调头进行粗车、精车		（2）按图示调头装夹 1）车端面至71mm 2）粗车、精车 ϕ45mm 基准面外径至40mm

（续）

操作项目及图示	操作内容及注意事项
划线 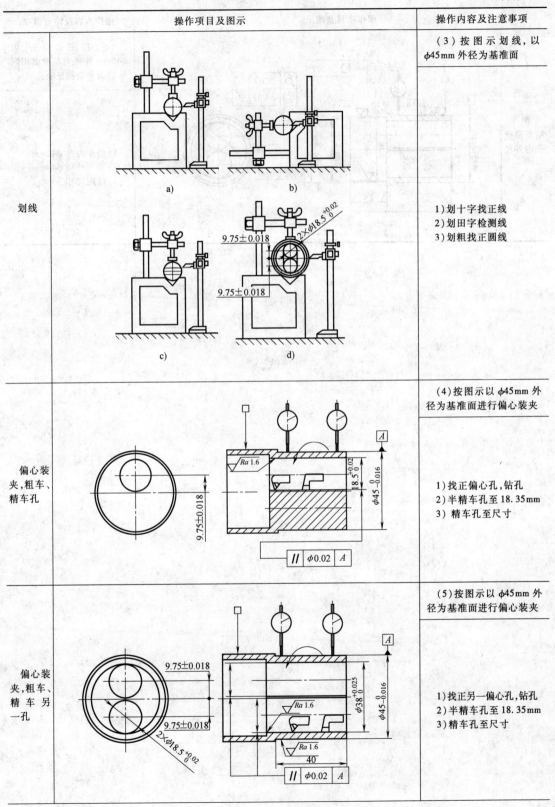	（3）按图示划线，以 $\phi45$mm 外径为基准面 1）划十字找正线 2）划田字检测线 3）划粗找正圆线
偏心装夹,粗车、精车孔	（4）按图示以 $\phi45$mm 外径为基准面进行偏心装夹 1）找正偏心孔，钻孔 2）半精车孔至 18.35mm 3）精车孔至尺寸
偏心装夹,粗车、精车另一孔	（5）按图示以 $\phi45$mm 外径为基准面进行偏心装夹 1）找正另一偏心孔，钻孔 2）半精车孔至 18.35mm 3）精车孔至尺寸

（续）

操作项目及图示	操作内容及注意事项
粗车、精车薄壁孔内外径 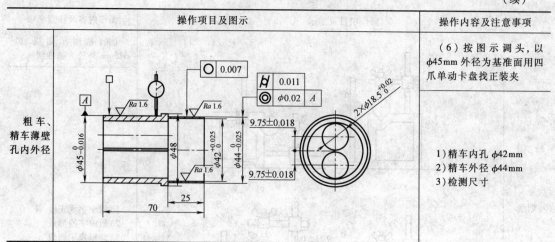	（6）按图示调头，以 $\phi45mm$ 外径为基准面用四爪单动卡盘找正装夹 1）精车内孔 $\phi42mm$ 2）精车外径 $\phi44mm$ 3）检测尺寸

试题三　四孔模板车削

工件加工的考核点和应达到的技能要求：

考核点

模板加工在机械加工工艺中有较高的技术含量，模板有较多的结构形式，有较大的加工难度。作为加工母体的模具，其精度应高于被加工工件，要求有精确的位置度和尺寸精度。

技能要求

① 要求有较高的划线技术和装夹找正技术。

② 要求有较高的测量技术。

1. 试题要求

1）四孔模板零件图（见图3-1）。

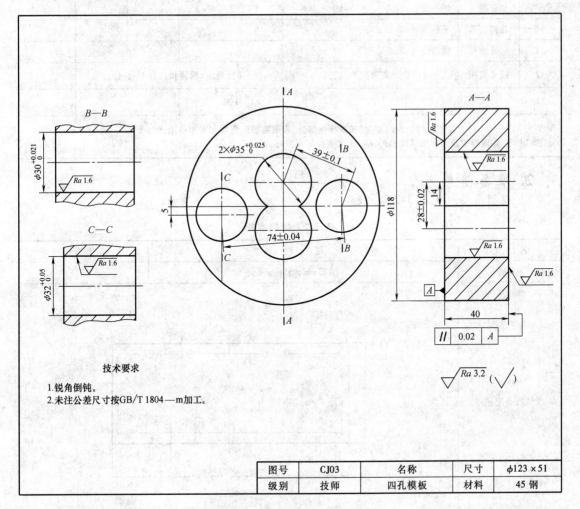

技术要求

1. 锐角倒钝。
2. 未注公差尺寸按GB/T 1804—m加工。

图号	CJ03	名称		尺寸	$\phi123 \times 51$
级别	技师	四孔模板		材料	45 钢

图 3-1　四孔模板零件图

2）四孔模板操作技能评分表（见表3-1）。

表3-1　四孔模板操作技能评分表

考件编号＿＿＿＿＿＿＿＿＿　　　　时间定额＿＿4h＿＿　　　　总分＿＿100＿＿

序号	项目	考核内容		配分		检测		得分
		尺寸/mm	$Ra/\mu m$	尺寸	Ra	尺寸	Ra	
1	外圆	$\phi118$	3.2	2	2			
2	内孔	$\phi35^{+0.025}_{0}$（2处）	1.6	8×2	4×2			
3		$\phi32^{+0.05}_{0}$	1.6	8	4			
4		$\phi30^{+0.021}_{0}$	1.6	8	4			
5	孔中心距	28±0.02		8				
6		41.98（计算得出）		3				
7		39±0.1		5				
		74±0.04		6				
8	偏心距	5		5				
9	长度	40	1.6	5	4×2			
10	几何公差	平行度0.02		6				
11	其他	锐边倒角C0.5		2				
12	安全文明	安全文明有关规定		违反规定，酌情扣总分1~5分				
	合　计			100				

评分标准：凡尺寸精度和几何公差超差时，扣该项全部分，表面粗糙度值增大时扣该项全部分
否 定 项：普通螺纹及内梯形螺纹和外梯形螺纹中径都超差时，视为不合格

2. 准备清单

1）材料准备（见表3-2）。

表3-2　材料准备

名　称	规　格	数量
45钢	$\phi123mm \times 51mm$	1

考试准备毛坯件

2）设备准备（见表3-3）。

表 3-3 设备准备

名　　称	规　　格	数　　量
车　床	C6140（四爪单动卡盘、花盘）	1
卡盘扳手	相应设备	1
刀架扳手	相应设备	1

3）工、量、刃、夹具准备（见表3-4）。

表 3-4　工、量、刃、夹具准备

序号	名称	规格	分度值/mm	数量	序号	名称	规格	分度值/mm	数量
1	游标卡尺	0~150mm	0.02	1	13	内孔精车刀	0°		1
2	外径千分尺	25~50mm	0.01	1	14	内孔车刀	90°		1
3	游标高度卡尺	0~200mm	0.02	1	15	钻头	φ27		1
4	外径千分尺	50~75mm	0.01	1	16	钻头	φ29		1
5	磁座指示表	0~30mm	0.01	1套	17	钻头	φ32		1
6	内径指示表	18~35mm	0.01	1	18	划针			1
7	内卡钳			1	19	样冲			1
8	游标万能角度尺	0°~320°	2′	1	20	方箱			1
9	金属直尺	150mm		1	21	钻夹头			1
10	中心钻	B2.5/10		1	22	活扳手			1
11	外圆车刀	90°		1	23	螺钉旋具			1
12	弯头车刀	45°		1	24	计算器			1

3. 加工难点分析和工件加工工艺路线

（1）技术要求及加工难点分析

1）四孔模板主要的技术要求

① 四孔模板主要的技术要求是两平面的平行度和孔中心距的准确性。

② 四孔模板孔的配合精度要求。

③ 四孔模板相交孔的加工。

④ 表面粗糙度要求较严，表面粗糙度值小于或等于 Ra 1.6μm。

2）四孔模板的加工难点分析

① 四孔模板属于板类加工，因此在装夹上有它自身的特点。

② 四孔模板孔的配合精度要求、孔的几何尺寸精度会直接影响被加工工件的质量，如孔内镶配钻套，由于孔尺寸的超差，造成钻套的脱落，钻套的活动势必造成工件孔位置的不准确。孔内镶嵌导向之类零件，也会造成加工工件尺寸不准确。

③ 四孔模板的相交孔在加工时势必会产生让刀，需要克服。

④ 四孔模板可装在四爪单动卡盘上找正加工，也可装夹在花盘上，怎样计算、找正和移动工件都需要较高的操作技能。

（2）四孔模板工件的加工工艺路线　装夹工件，车削外圆及端面→调头装夹工件，车削端面为 40mm，平行度 0.02mm→划四孔十字中心线→用四爪单动卡盘装夹，一处 φ35mm 孔的钻孔、车孔→用四爪单动卡盘装夹，另一处 φ35mm 孔的钻孔、车孔→用四爪单动卡盘装夹，φ30mm 孔的钻孔、车孔→用四爪单动卡盘装夹，φ32mm 孔的钻孔、车孔→检验各个中心距尺寸。

4. 四孔模板车削加工工艺过程（见表 3-5）

表 3-5　四孔模板车削加工工艺过程

操作项目及图示		操作内容及注意事项
车削外圆及端面	φ118 Ra 1.6 41	（1）按图示装夹外圆 1）车削端面 2）车削外圆 φ118mm 至 41mm
车削另一端面	φ118 Ra 1.6 Ra 1.6 A 40 ∥ 0.02 A	（2）按图示，调头装夹工件外圆 车削端面为 40mm，平行度 0.02mm
划工件十字中心线与 φ35mm 孔圆线	φ35孔 φ35孔 5	（3）划 2×φ35mm 孔线 横坐标 x 尺寸为 0mm，纵坐标 y 尺寸为中心距 28mm，对称距离 14mm

（续）

操作项目及图示	操作内容及注意事项
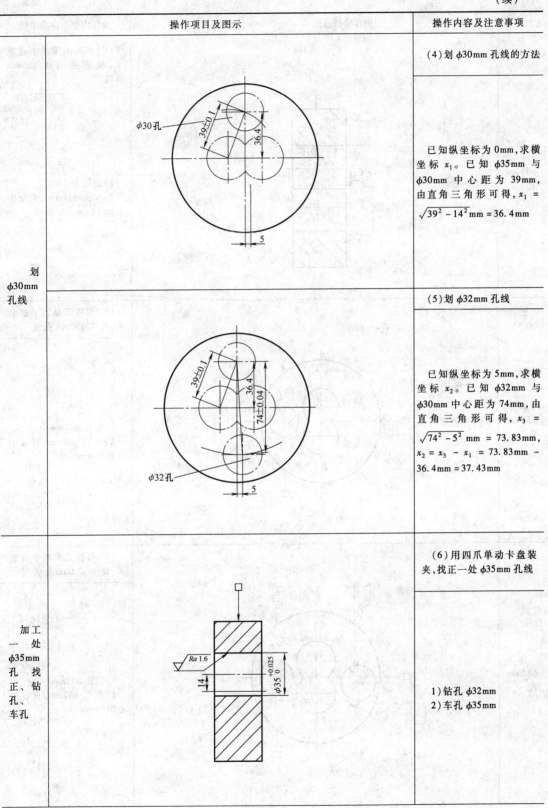	（4）划 $\phi30$ mm 孔线的方法

划
$\phi30$ mm
孔线

已知纵坐标为 0mm，求横坐标 x_1。已知 $\phi35$mm 与 $\phi30$mm 中心距为 39mm，由直角三角形可得，$x_1 = \sqrt{39^2 - 14^2}$ mm $= 36.4$mm

（5）划 $\phi32$mm 孔线

已知纵坐标为 5mm，求横坐标 x_2。已知 $\phi32$mm 与 $\phi30$mm 中心距为 74mm，由直角三角形可得，$x_3 = \sqrt{74^2 - 5^2}$ mm $= 73.83$mm，$x_2 = x_3 - x_1 = 73.83$mm $- 36.4$mm $= 37.43$mm

加工一处 $\phi35$mm 孔找正、钻孔、车孔

（6）用四爪单动卡盘装夹，找正一处 $\phi35$mm 孔线

1）钻孔 $\phi32$mm
2）车孔 $\phi35$mm

图中标注：$\phi30$孔、$\phi32$孔、39 ± 0.1、36.4、74 ± 0.04、5、$Ra1.6$、14、$\phi35^{+0.025}_{0}$

（续）

操作项目及图示	操作内容及注意事项
加工另一处 φ35mm 孔	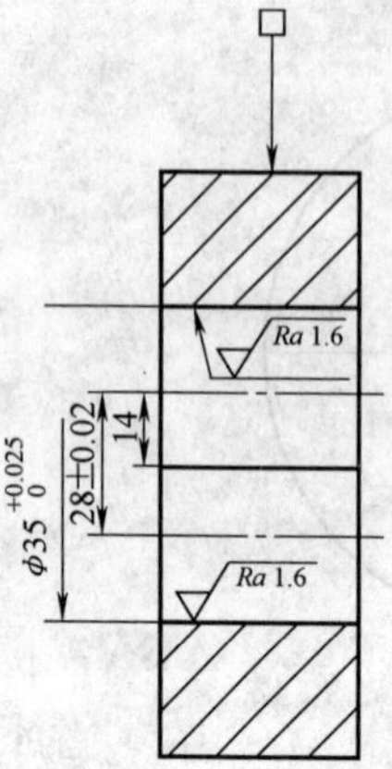 （7）用四爪单动卡盘装卡，找正另一处 φ35mm 孔线 1）钻孔 φ32mm 2）车孔 φ35mm，保证中心距28mm
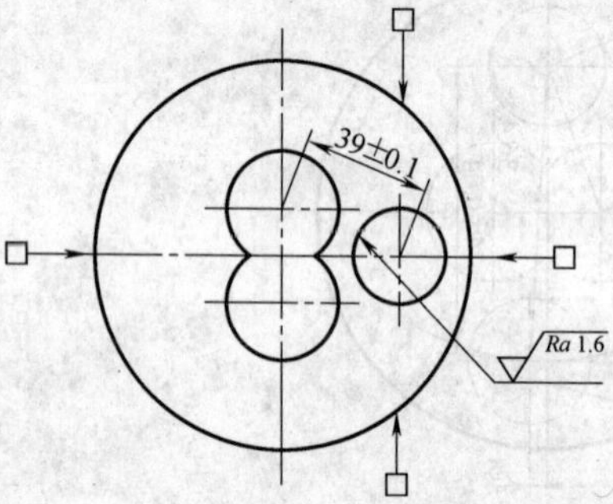 加工 φ30mm 孔	（8）用四爪单动卡盘装夹，找正 φ30mm 孔线 1）钻孔 φ27mm 2）车孔 φ30mm，保证中心距39mm
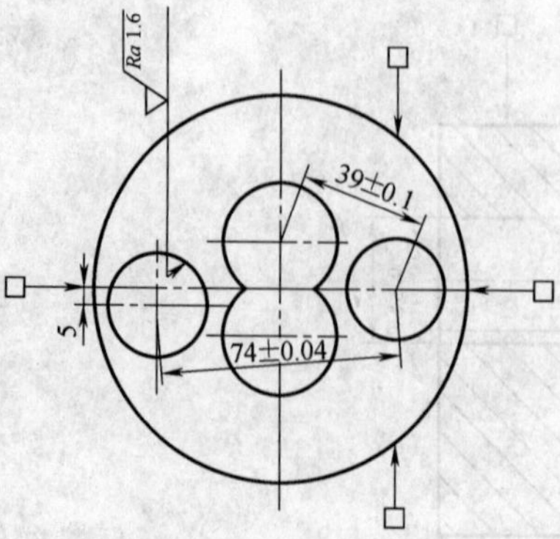 加工 φ32mm 孔	（9）用四爪单动卡盘装夹，找正 φ32mm 孔线 1）钻孔 φ29mm 2）车孔 φ32mm，保证中心距74mm、5mm

（续）

	操作项目及图示	操作内容及注意事项
		(10)检验各个中心距尺寸
检验		1) $L_1 = \sqrt{37.43^2 + (14+5)^2}$ mm = 41.98mm 2) $L_2 = \sqrt{37.43^2 + (14-5)^2}$ mm = 38.5mm 3) $L_3 = \sqrt{36.4^2 + 14^2}$ mm = 39mm 4) 39mm 5) 28mm 6) 5mm

试题四 双头大模数蜗杆车削

工件加工的考核点和应达到的技能要求:

考核点

大模数蜗杆的加工存在一定的加工难度,主要体现在牙型面大、导程角大、牙型尺寸深、刀具刃磨困难等。大模数蜗杆在机械零件加工中占有非常重要的地位。加工大模数蜗杆包括滚刀的加工技术。

技能要求

装夹大模数多头蜗杆工件,大多采用一夹一顶装夹形式,并利用工件的台阶限位,防止工件在车削时沿轴线移动。刀具斜装可采用上下角度垫块扣装,使刀随垫块的角度而倾斜。

在螺纹加工中,大模数蜗杆及滚刀属于难度系数最大的加工类别之一。加工高速钢材料齿轮滚刀的主要困难有对材料的热硬性及耐磨性的掌握,及刀具较大、变化着的后角的刃磨技术。车削大模数蜗杆要求胆大、心细,以保证精确的尺寸精度和形状精度。在车削中解决好因为模数较大、导程角较大、切削力较大带来的加工困难。

1. 试题要求

1) 双头大模数蜗杆零件图(见图 4-1)。

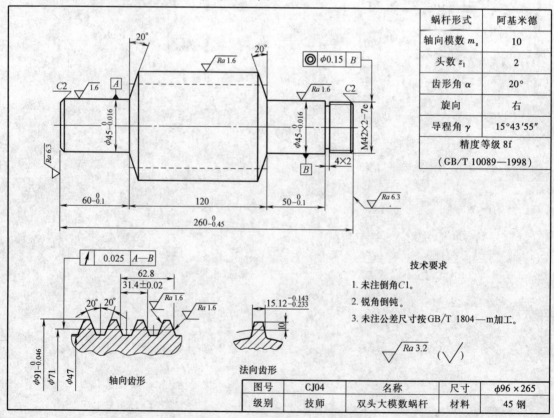

图 4-1 双头大模数蜗杆零件图

2）双头大模数蜗杆操作技能评分表（见表4-1）。

表4-1　双头大模数蜗杆操作技能评分表

考件编号＿＿＿＿＿＿＿＿　　　　时间定额＿＿4h＿＿　　　　总分＿＿100＿＿

序号	项目	考核内容		配分		检测		得分
		尺寸/mm	$Ra/\mu m$	尺寸	Ra	尺寸	Ra	
1	外圆	$\phi 45^{\ 0}_{-0.016}$（2处）	1.6	6×2	2×2			
2		$\phi 91^{\ 0}_{-0.046}$	1.6	2	2×2			
3		$\phi 71$		7.5×2				
4		$\phi 47$	3.2	2	2			
5		齿形侧面	1.6		4×4			
6	蜗杆与螺纹	模数为10	3.2	2				
7		齿形角20°（2处）		3×2				
8		旋向、导程为62.8		5				
9		法向齿距 $15.12^{-0.143}_{-0.233}$		7				
10		$M42 \times 2 \text{-} 7e$	3.2	4	2			
11		120、4×2		2,2				
12	长度	$60^{\ 0}_{-0.1}$		2				
13		$50^{\ 0}_{-0.1}$		2				
14		$260^{\ 0}_{-0.46}$		2				
15	几何公差	同轴度0.15		2				
16		圆跳动0.025		2				
17	倒角	$C2$（2处）		1×2				
18	未注倒角	$C1$		1				
19	安全文明	安全文明有关规定		违反规定,酌情扣总分1~5分				
	合　计			100				

评分标准：凡尺寸精度和几何公差超差时，扣该项全部分，表面粗糙度值增大时扣该项全部分

否定项：普通螺纹及内梯形螺纹和外梯形螺纹中径都超差时，视为不合格

2. 准备清单

1）材料准备（见表4-2）。

表4-2　材料准备

名　称	规　格	数量
45钢	$\phi 96mm \times 265mm$	1
考试准备毛坯件		

2）设备准备（见表4-3）。

表4-3　设备准备

名　　称	规　　格	数　　量
车　床	C6140（四爪单动卡盘）	1
卡盘扳手	相应设备	1
刀架扳手	相应设备	1

3）工、量、刃、夹具准备（见表4-4）。

表4-4　工、量、刃、夹具准备

序号	名称	规格	分度值/mm	数量	序号	名称	规格	分度值/mm	数量
1	游标卡尺	0～150mm	0.02	1	11	弯头车刀	45°		1
2	游标卡尺	0～300mm	0.02	1	12	蜗杆车刀	$m_x = 8mm$		1
3	外径千分尺	25～50mm	0.01	1	13	螺纹车刀	M24mm		1
4	外径千分尺	75～100mm	0.01	1	14	外圆车槽刀	90°		1
5	磁座指示表	0～10mm	0.01	1	15	划针			1
6	螺纹环规	M24mm		1套	16	钻夹头			1
7	游标齿厚卡尺	$m_x(1～16)mm$	0.02	1	17	活扳手			1
8	金属直尺	150mm			18	螺钉旋具			1
9	中心钻	A4/10mm		1	19	计算器			1
10	外圆车刀	90°		1	20	顶尖			1

3. 加工难点分析和工件加工工艺路线

（1）技术要求及加工难点分析

1）双头大模数（$m = 10mm$）蜗杆工件齿廓尺寸计算

① 轴向齿距

$$p_x = \pi m = 3.1416 \times 10mm = 31.416mm$$

② 导程计算

$$p_z = \pi m_x z_1 = 3.1416 \times 10 \times 2mm = 62.832mm$$

③ 齿顶宽计算

$$s_a = 0.843 m_x = 0.843 \times 10mm = 8.43mm$$

④ 齿根槽宽计算

$$e_f = 0.697 m_x = 0.697 \times 10mm = 6.97mm$$

⑤ 轴向齿厚计算

$$s_x = p_x/2 = 31.416/2mm = 15.708mm$$

⑥ 导程角计算

$$\tan\gamma = \frac{p_z}{\pi d_1} = 62.832/3.1416 \times 71 = 0.2817$$

$$\gamma = 15.732°$$

⑦ 法向齿厚计算

$$s_n = s_x\cos\gamma = 15.708\text{mm} \times \cos15.732° = 15.12\text{mm}$$

2）双头大模数蜗杆加工难点分析

① 由于加工时切削力大，要充分考虑刀具的刚度，以防止切削力将刀具折断。

② 双头大模数蜗杆是一种典型的复杂加工零件，它的齿形较深，加工时切削力大，轴径部分应留有余量，待蜗杆加工后，再进行加工。

3）双头大模数（$m = 10\text{mm}$）蜗杆工件刀具角度计算。蜗杆在同一螺旋线上沿某牙侧各点的导程是相等的，但沿其牙深上各点的直径不相等，所以它们各点处的导程角均不相同。当把 d_1 换成齿根圆直径 d_f 时，γ 值增大；当把 d_1 换成齿顶圆直径 d_a 时，γ 值减小；当头数 n 增大时，γ 值大约成倍数增大，不难看出刀具后角的刃磨应在 γ 值基础上再磨出后角，靠近刀尖处刃磨后角应增大为 $\gamma_f + \alpha$，靠近外圆处，刃磨后角适当减小为 $\gamma_a + \alpha$，才能切削顺利，见下面计算式

① 齿根处导程角：$\text{tg}\gamma_f = \dfrac{10 \times \pi \times 2}{\pi \times 47} = \dfrac{20}{47} = 0.4255$ $\qquad \gamma_f = 23.0513°$

② 齿顶处导程角 $\text{tg}\gamma_a = \dfrac{10 \times \pi \times 2}{\pi \times 91} = \dfrac{20}{91} = 0.2198$ $\qquad \gamma_a = 12.4°$

③ 分度圆处导程角 $\text{tg}\gamma_1 = \dfrac{10 \times \pi \times 2}{\pi \times 71} = \dfrac{20}{71} = 0.2817$ $\qquad \gamma_1 = 15.732°$

可见，刀具左侧后角应在刀尖处磨成 $23° + \alpha$，这样刀具的后角实际上是变化值。不然，按分度圆处导程角 $15.732°$ 刃磨，可能会造成在牙槽深处刀具后角值不够，刀具后角与工件齿形侧面摩擦，无法切下切屑，会造成啃刀现象。在外圆处刀后角可磨成 $12.4° + \alpha$。

4）双头大模数蜗杆工件切削方式及切削用量计算

① 切削方式如图 4-2 所示。由于切削量大，因此在车削螺纹槽时，一般切进一定背吃刀量后，在齿槽内采取横向进刀，走到另一侧时，再斜向进刀，再横向进刀，如此往复，直至车至槽底。精车时可采取螺旋面的大面积车削。

② 对螺旋面进行大面积车削时，每次进给量应很小，不能积累过多的让刀量，否则可能会产生扎刀现象。

③ 对螺旋面进行大面积车削时，进给较困难，刀具的切削力也非常大，有时甚至会将刀折断，此时可采取将一个面进行分段接刀车削，但要保证螺旋表面的直线度。

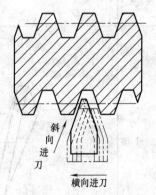

图 4-2 切削方式

（2）双头大模数蜗杆工件加工工艺路线 车削一头装夹的外圆柱→一夹一顶粗车削轴上各部尺寸→一夹一顶粗车、精车削蜗杆各部尺寸→刃磨刀具→计算刃磨刀具时后角→精车削轴上各部尺寸→调头装夹车削轴外径各部尺寸。

4. 双头大模数蜗杆车削加工工艺过程（见表4-5）

表4-5　双头大模数蜗杆车削加工工艺过程

操作项目及图示		操作内容及注意事项
车削工艺装夹外圆柱	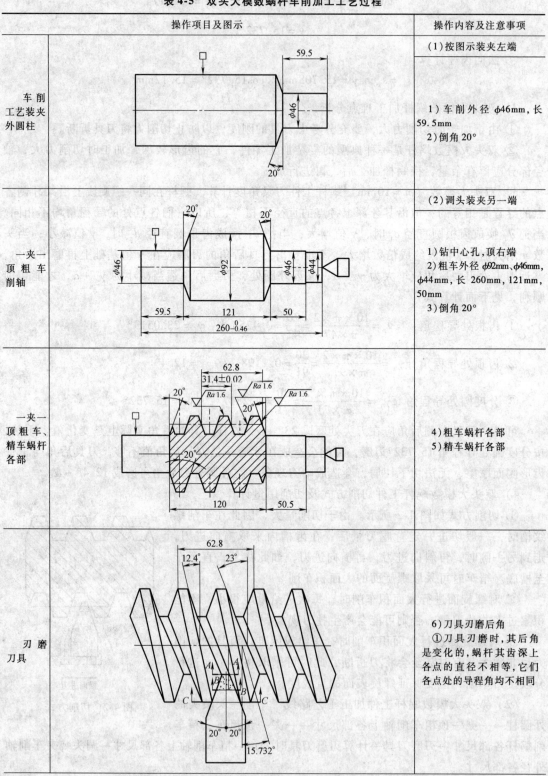	（1）按图示装夹左端 1）车削外径 $\phi46$mm，长59.5mm 2）倒角20°
一夹一顶粗车削轴		（2）调头装夹另一端 1）钻中心孔，顶右端 2）粗车外径 $\phi92$mm、$\phi46$mm，$\phi44$mm，长 260mm，121mm，50mm 3）倒角20°
一夹一顶粗车、精车蜗杆各部		4）粗车蜗杆各部 5）精车蜗杆各部
刃磨刀具		6）刀具刃磨后角 ①刀具刃磨时，其后角是变化的，蜗杆其齿深上各点的直径不相等，它们各点处的导程角均不相同

（续）

操作项目及图示	操作内容及注意事项
刃磨刀具时后角的计算	②A—A图显示牙槽底时的导程角为23°，其主后角为23°+α，副后角为23°−α ③B—B图显示分度圆时的导程角为15.732°，其主后角为15.732°+α，副后角为15.732−α ④C—C图显示齿顶圆处时的导程角为12.4°，其主后角为12.4°+α，副后角为12.4−α 导程角的变化说明：模数较大时，须考虑导程角的变化对刀具后角的影响，即后角不是一个固定值，也不是一个固定的斜面，且刀具后角在刀尖处最大。刀具后刀面是倾斜加旋转的斜面
精车削轴上各部尺寸	7）精车削 ϕ45mm 外径，长 50mm 8）车 4mm×2mm 退刀槽 9）车 M42 螺纹 10）反向精车削 ϕ45.5mm 外径基准 11）倒角
调头装夹车削轴外径	（3）调头装夹 ϕ45mm 外径基准及 ϕ45.5mm 基准 1）钻中心孔，顶住工件 2）精车另一侧 ϕ45mm 外径，长 60mm 3）倒角

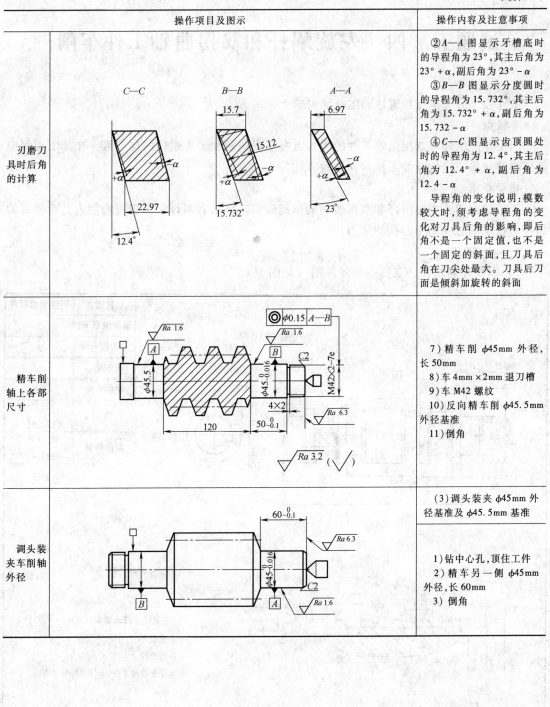

试题五　四头左旋蜗杆和双拐曲轴工件车削

工件加工的考核点和应达到的技能要求：

考核点

四头左旋蜗杆和双拐曲轴工件的考核点有双拐曲轴和多头蜗杆的加工等。在加工过程中需要制订双偏心定位的加工步骤和检验方法等。

技能要求

要求掌握四头左旋蜗杆和双拐曲轴的车削知识。要求有制订工艺规程的能力，有较强的划线、找正偏心和钻中心孔的能力。

1．试题要求

1) 四头左旋蜗杆和双拐曲轴零件图（见图5-1）。

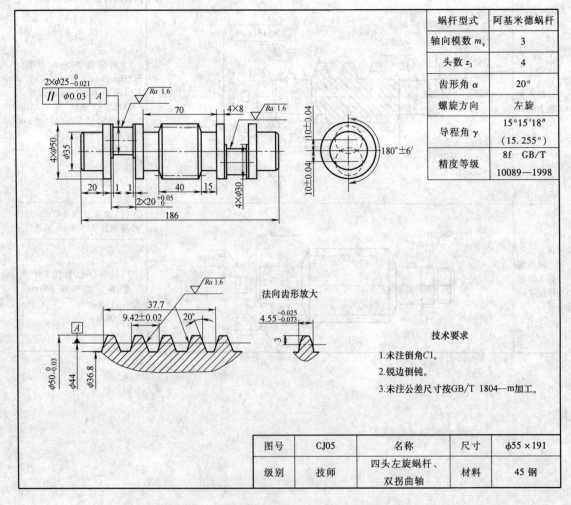

蜗杆型式	阿基米德蜗杆
轴向模数 m_x	3
头数 z_1	4
齿形角 α	20°
螺旋方向	左旋
导程角 γ	15°15′18″（15.255°）
精度等级	8f　GB/T 10089—1998

技术要求

1. 未注倒角C1。
2. 锐边倒钝。
3. 未注公差尺寸按GB/T 1804—m加工。

图号	CJ05	名称	四头左旋蜗杆、双拐曲轴	尺寸	$\phi55 \times 191$
级别	技师			材料	45钢

图5-1　四头左旋蜗杆和双拐曲轴零件图

2）四头左旋蜗杆和双拐曲轴操作技能评分表（见表5-1）。

表5-1 四头左旋蜗杆和双拐曲轴操作技能评分表

考件编号＿＿＿＿＿　　　时间定额＿＿4h＿＿　　　总分＿＿100＿＿

序号	项目	考核内容		配分		检测		得分
		尺寸	$Ra/\mu m$	尺寸	Ra	尺寸	Ra	
1	外圆	$4\times\phi50mm$	3.2	1×4	1×4			
2		$\phi35mm$		1				
3		$\phi50_{-0.03}^{\ 0}mm$	3.2	1	2			
4		$4\times\phi30mm$	1.6	1×4	1×4			
5		$\phi44mm$		1				
6		$\phi36.8mm$	3.2	1	1			
7	蜗杆与螺纹	$2\times\phi25_{-0.021}^{\ 0}mm$	1.6	4×2	4×2			
8		齿形侧面	1.6		2×8			
9		模数为10mm		1				
11		齿形角为20°（2处）		1×2				
12		旋向左、导程为62.8mm		3				
13		法向齿距 $4.55_{-0.078}^{-0.025}mm$（4处）		1.5×4				
14	长度	20mm、40mm、15mm、70mm、186mm		1,1,1,1,1				
15		$4\times8mm$		1×4				
16		1mm（4处）	3.2	2×4	0.5×4			
17		$2\times20_{0}^{+0.05}mm$		3×2				
18	角度	$180°\pm6'$		2				
19	中心距	（10±0.04）mm（2处）		1×2				
20		平行度 $\phi0.03mm$（2处）		1×2				
21	未注倒角	$C1mm$（2处）		1×2				
22	安全文明	安全文明有关规定		违反规定，酌情扣总分1～5分				
合　计				100				

评分标准：凡尺寸精度和几何公差超差时，扣该项全部分，表面粗糙度值增大时扣该项全部分

否 定 项：普通螺纹及内梯形螺纹和外梯形螺纹中径都超差时，视为不合格

2. 准备清单

1）材料准备（见表5-2）。

表5-2 材料准备

名　称	规　格	数量
45 钢	$\phi55mm\times191mm$	1
考试准备毛坯件	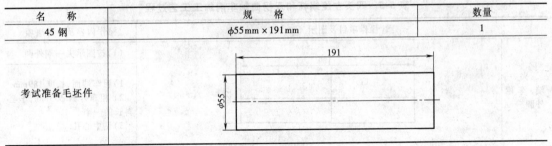	

2）设备准备（见表5-3）。

表5-3　设备准备

名　称	规　格	数　量
车　床	C6140（四爪单动卡盘）	1
卡盘扳手	相应设备	1
刀架扳手	相应设备	1

3）工、量、刃、夹具准备（见表5-4）。

表5-4　工、量、刃、夹具准备

序号	名称	规格	分度值/mm	数量	序号	名称	规格	分度值/mm	数量
1	游标卡尺	0~150mm	0.02	1	11	蜗杆车刀	$m_x=8mm$		
2	游标卡尺	0~300mm	0.02	1	12	螺纹车刀	M24mm		
3	外径千分尺	25~50mm	0.01	1	13	外圆车槽刀	90°		
4	磁座指示表	0~10mm	0.01	1	14	划针			
5	螺纹环规	M24mm		1套	15	钻夹头			
6	游标齿厚卡尺	$m_x(1~16)mm$	0.02		16	活扳手			1
7	金属直尺	150mm			17	螺钉旋具			
8	中心钻	A4/10mm		1	18	计算器			
9	外圆车刀	90°		1	19	顶尖			1
10	弯头车刀	45°		1	20				1

3. 加工难点分析和工件加工工艺路线

（1）技术要求及加工难点分析

1）四头左旋蜗杆和双拐曲轴工件加工的工艺技术要求

① 蜗杆、曲轴的先后加工顺序应考虑工艺系统刚度进行。由于曲轴加工后，工艺系统刚度较差，所以一般应先进行蜗杆加工。

② 双拐曲轴的加工应先进行基准孔的加工，要熟练掌握偏心找正技术。

2）四头左旋蜗杆和双拐曲轴工件加工的难点为双拐曲轴的平行度及角度差的测量。

（2）四头左旋蜗杆和双拐曲轴工件加工工艺路线　车削外圆→两顶尖支承装夹车外圆→划线→钻偏心中心孔→车主轴颈及蜗杆→车削一侧偏心曲轴→车削另一侧偏心曲轴→曲轴最高点与水平点找正平行度→两曲柄颈的角度分布误差测量。

4. 车削加工工艺过程（见表5-5）

表5-5　四头左旋蜗杆和双拐曲轴车削加工工艺过程

操作项目及图示		操作内容及注意事项
夹一端，车削外圆	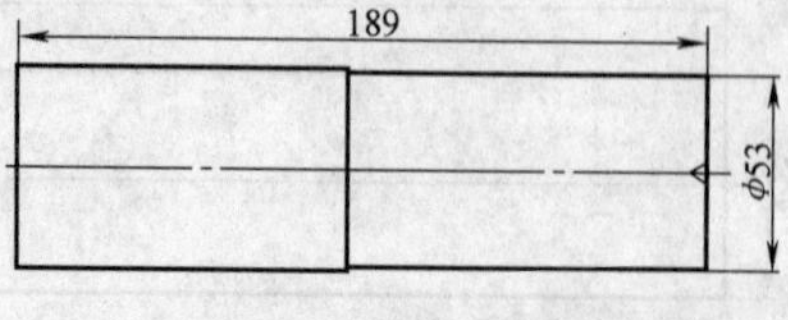 189　φ53	（1）按图示夹一端外圆 1）粗车端面，长度189mm 2）粗车外圆φ53mm，车至料长的一半 3）钻中心孔

（续）

操作项目及图示	操作内容及注意事项
	（2）按图示调头装夹 φ53mm 外圆

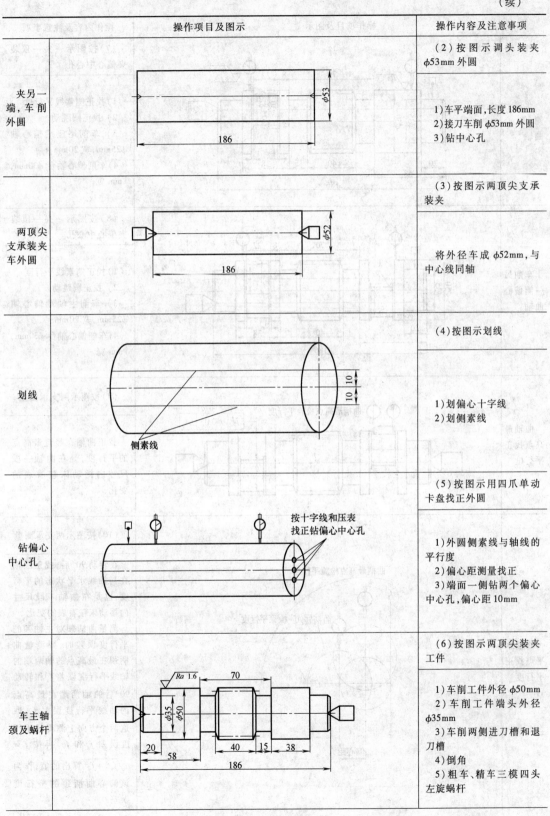

夹另一端，车削外圆

1) 车平端面,长度186mm
2) 接刀车削 φ53mm 外圆
3) 钻中心孔

两顶尖支承装夹车外圆

（3）按图示两顶尖支承装夹

将外径车成 φ52mm,与中心线同轴

划线

（4）按图示划线

1) 划偏心十字线
2) 划侧素线

钻偏心中心孔

（5）按图示用四爪单动卡盘找正外圆

1) 外圆侧素线与轴线的平行度
2) 偏心距测量找正
3) 端面一侧钻两个偏心中心孔,偏心距10mm

车主轴颈及蜗杆

（6）按图示两顶尖装夹工件

1) 车削工件外径 φ50mm
2) 车削工件端头外径 φ35mm
3) 车削两侧进刀槽和退刀槽
4) 倒角
5) 粗车、精车三模四头左旋蜗杆

（续）

操作项目及图示	操作内容及注意事项
车削一侧偏心曲轴 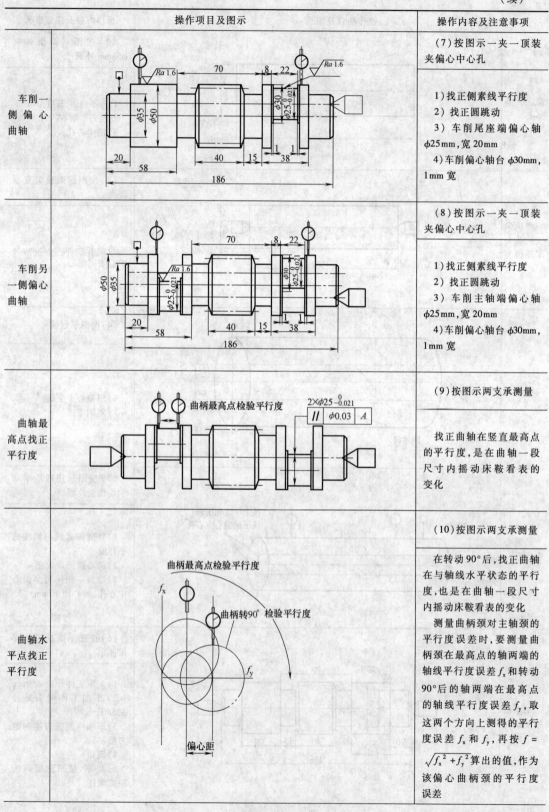	（7）按图示一夹一顶装夹偏心中心孔 1）找正侧素线平行度 2）找正圆跳动 3）车削尾座端偏心轴 $\phi 25 \text{mm}$，宽 20mm 4）车削偏心轴台 $\phi 30 \text{mm}$，1mm 宽
车削另一侧偏心曲轴	（8）按图示一夹一顶装夹偏心中心孔 1）找正侧素线平行度 2）找正圆跳动 3）车削主轴端偏心轴 $\phi 25 \text{mm}$，宽 20mm 4）车削偏心轴台 $\phi 30 \text{mm}$，1mm 宽
曲轴最高点找正平行度	（9）按图示两支承测量 找正曲轴在竖直最高点的平行度，是在曲轴一段尺寸内摇动床鞍看表的变化
曲轴水平点找正平行度	（10）按图示两支承测量 在转动 90° 后，找正曲轴在与轴线水平状态的平行度，也是在曲轴一段尺寸内摇动床鞍看表的变化 测量曲柄颈对主轴颈的平行度误差时，要测量曲柄颈在最高点的轴两端的轴线平行度误差 f_x 和转动 90° 后的轴两端在最高点的轴线平行度误差 f_y，取这两个方向上测得的平行度误差 f_x 和 f_y，再按 $f = \sqrt{f_x^2 + f_y^2}$ 算出的值，作为该偏心曲柄颈的平行度误差

（续）

操作项目及图示	操作内容及注意事项
测量两曲柄颈的角度分布误差 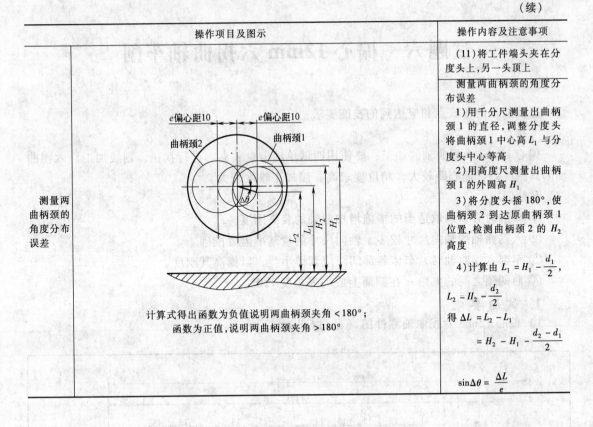 计算式得出函数为负值说明两曲柄颈夹角 $<180°$；函数为正值，说明两曲柄颈夹角 $>180°$	（11）将工件端头夹在分度头上，另一头顶上 测量两曲柄颈的角度分布误差 1）用千分尺测量出曲柄颈 1 的直径，调整分度头将曲柄颈 1 中心高 L_1 与分度头中心等高 2）用高度尺测量出曲柄颈 1 的外圆高 H_1 3）将分度头摇 $180°$，使曲柄颈 2 到达原曲柄颈 1 位置，检测曲柄颈 2 的 H_2 高度 4）计算由 $L_1 = H_1 - \dfrac{d_1}{2}$， $L_2 = H_2 - \dfrac{d_2}{2}$ 得 $\Delta L = L_2 - L_1$ $= H_2 - H_1 - \dfrac{d_2 - d_1}{2}$ $\sin\Delta\theta = \dfrac{\Delta L}{e}$

试题六　偏心 12mm 六拐曲轴车削

工件加工的考核点和应达到的技能要求：

考核点

偏心 12mm 六拐曲轴的加工，要使用四爪单动卡盘装夹、进行找正，划线加工。六拐曲轴因其刚度差，偏心距较大，精度要求高，固加工难度较大。

技能要求

① 车削时必须采取适当的措施增加曲轴的装夹刚度。

② 六拐曲轴的轴向尺寸较多，轴向尺寸测量基准需要准确。

③ 车削六拐曲轴时，车床各部间隙应调得小些，以提高其刚度。

④ 曲柄颈之间的夹角 α 在圆周上成均等角度120°。

1. 试题要求

1）偏心 12mm 六拐曲轴零件图（见图6-1）。

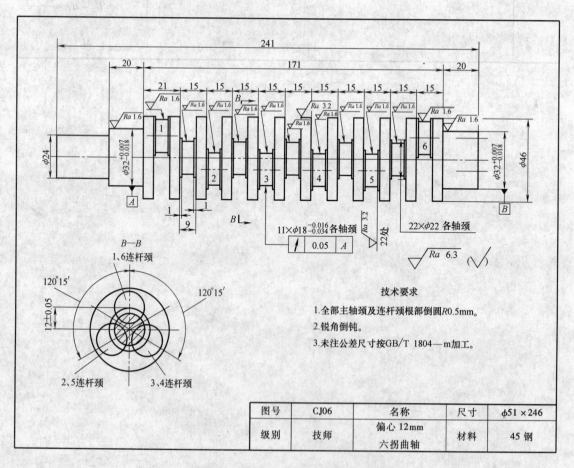

图 6-1　偏心 12mm 六拐曲轴零件图

2）偏心 12mm 六拐曲轴操作技能评分表（见表 6-1）。

表 6-1 偏心 12mm 六拐曲轴操作技能评分表

考件编号 _____   时间定额 ____4h____   总分 ____100____

序号	项目	考核内容		配分		检测		得分
		尺寸	$Ra/\mu m$	尺寸	Ra	尺寸	Ra	
1	外圆	$\phi 24mm$		0.2				
2		$\phi 32^{+0.007}_{-0.018}mm$（2 处）	1.6	1×2	1×2			
3		$\phi 46mm$（12 处）	3.2	0.5×12	0.5×12			
4		$\phi 18^{-0.016}_{-0.034}mm$（11 处）	1.6	1×11	1×11			
5		$\phi 22mm$（22 处端面）	3.2	0.5×22	0.5×22			
6	中心距	$(12 \pm 0.05)mm$（3 处）		0.5×3				
7	角度	$120° \pm 15'mm$（3 处）		1.5×3				
8	长度	20mm（2 处）		0.5×2				
9		171mm、21mm、241mm		0.5×3				
10		15mm（10 处）		0.4×10				
11		9mm（11 处）		0.5×11				
12		1mm（22 处）		0.5×22				
13	几何公差	圆跳动 0.05mm（6 处）		1×6				
14	根部倒圆	$R0.5mm$（22 处）		0.1×22				
15	未注倒角	$C1mm$（4 处）		0.1×4				
16	锐边倒角	$C0.2mm$（22 处）		0.1×22				
17	安全文明	安全文明有关规定		违反规定，酌情扣总分 1~5 分				
合 计				100				

评分标准：凡尺寸精度和几何公差超差时，扣该项全部分，表面粗糙度值增大时扣该项全部分

否 定 项：普通螺纹及内梯形螺纹和外梯形螺纹中径都超差时，视为不合格

2. 准备清单

1）材料准备（见表 6-2）。

表 6-2 材料准备

名 称	规 格	数量
45 钢	$\phi 51mm \times 246mm$	1
考试准备毛坯件		

2）设备准备（见表6-3）。

表6-3　设备准备

名　　称	规　　格	数　　量
车　　床	C6140（四爪单动卡盘）	1
卡盘扳手	相应设备	1
刀架扳手	相应设备	1

3）工、量、刃、夹具准备（见表6-4）。

表6-4　工、量、刃、夹具准备

序号	名称	规格	分度值/mm	数量	序号	名称	规格	分度值/mm	数量
1	游标卡尺	0~150mm	0.02	1	13	划针			1
2	游标卡尺	0~300mm	0.02	1	14	样冲			1
3	外径千分尺	25~50mm	0.01	1	15	钻夹头			1
4	游标高度卡尺	0~300mm	0.02	1	16	方箱			1
5	磁座指示表	0~30mm	0.01	1	17	活扳手			1
6	游标深度卡尺	0~200mm	0.02	1	18	螺钉旋具			1
7	金属直尺	150mm		1	19	计算器			1
8	中心钻	B2/8mm		1	20	顶尖	莫氏5号		1
9	外圆车刀	90°		1	21	分度头			1
10	弯头车刀	45°		1	22	中心架			1
11	外圆车槽刀	90°		1	23	跟刀架			1
12	外圆弧刀	R2mm		1					

3. 加工难点分析和工件加工工艺路线

（1）技术要求及加工难点分析

1）主要技术要求

① 曲柄颈轴线与主轴颈轴线之间的平行度。

② 曲柄颈在圆周上的等分精度。

③ 曲柄颈的偏心距精度。

④ 曲轴较高的尺寸精度。

⑤ 曲轴较高的几何精度。

⑥ 曲轴较低的表面粗糙度值。

2）曲轴的装夹

① 车削曲轴时，工件有条件在右端面上钻主轴颈中心孔及曲柄颈中心孔，因此采用一夹一顶进行装夹。

② 也可用其他方法装夹，如用偏心夹板装夹。在偏心夹板上钻有分度很精确的中心孔及几个偏心中心孔，用偏心夹板将曲轴的轴端头固定，顶尖顶在偏心夹板上，这样一夹一顶就可以车削曲轴了。

3）曲轴车刀。车削偏心距较大的曲轴时，车刀伸出较长，刚性较差，因此应使用 B 形加强肋车刀，如图 6-2 所示。这样能提高车刀伸出部分的刚度。

4）曲轴车削时的曲轴刚度

① 粗车各轴颈的先后顺序，主要考虑曲轴的刚度。因而，一般遵循先粗车的轴颈对后粗车的轴颈加工刚度降低较小的原则。

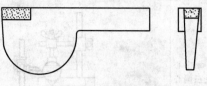

图 6-2　B 形加强肋车刀

② 精车各轴颈的先后顺序，主要是考虑车削过程中曲轴的变形对加工精度的影响。因而，一般遵循先精车在加工中最容易引起变形的轴颈，后精车影响曲轴变形最小的轴颈的原则。

③ 由于曲轴刚度不足，在曲柄颈开档处可用 15mm 长硬木支承，如图 6-3 所示。

④ 使用中心架支承工件外圆。车削主轴颈及曲柄颈时，由于外径小，可以用中心架进行支承，以增加曲轴刚度，但要防止轴颈表面被中心架支承爪擦伤。

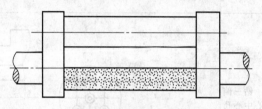

图 6-3　用硬木支承

（2）偏心 12mm 六拐曲轴工件加工工艺路线　车总长及两端钻中心孔→两顶尖装夹，粗车、半精车外圆→划三偏心中心孔的十字线→钻三偏心中心孔→粗车 1、6 曲柄颈→粗车 2、5 及 3、4 曲柄颈→粗车主轴颈→精车曲轴及大部→精车轴头。

4. 车削加工工艺过程（见表 6-5）

表 6-5　偏心 12mm 六拐曲轴车削加工工艺过程

操作项目及图示		操作内容及注意事项
车总长，两端钻中心孔		（1）按图示用卡盘夹坯料外圆，探出约 20mm，找正，夹紧
		1）车端面，钻一端中心孔 B2/8mm
		2）工件调头装夹，总长车至图样要求，钻另一端中心孔 B2/8mm
两顶尖装夹，粗车、半精车外圆	$\phi 47$	（2）按图示两顶尖装夹工件
		1）粗车外圆至 $\phi 48$mm
		2）工件调头装夹，粗车外圆至接刀处
		3）半精车外圆至 $\phi 47$mm
		4）工件调头装夹，半精车外圆至接刀处

（续）

操作项目及图示	操作内容及注意事项
划中心及三偏心中心孔的十字线 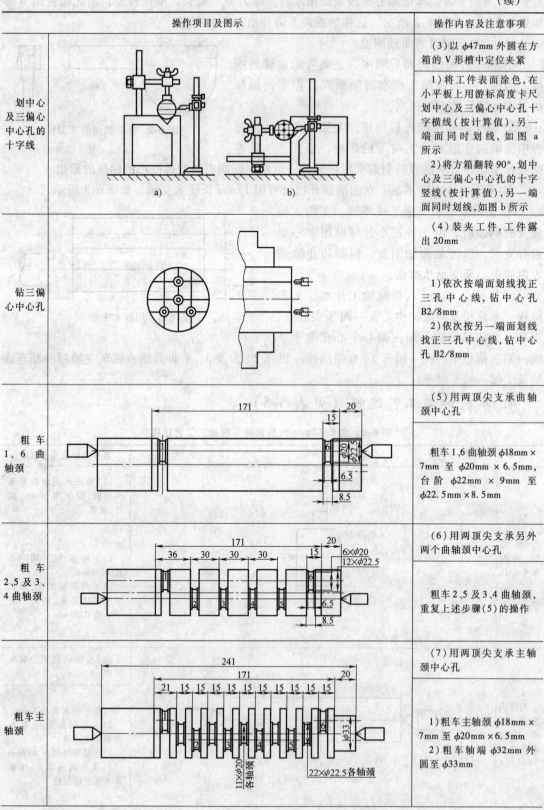 a) b)	（3）以 φ47mm 外圆在方箱的 V 形槽中定位夹紧 1）将工件表面涂色，在小平板上用游标高度卡尺划中心及三偏心中心孔十字横线（按计算值），另一端面同时划线，如图 a 所示 2）将方箱翻转 90°，划中心及三偏心中心孔的十字竖线（按计算值），另一端面同时划线，如图 b 所示
钻三偏心中心孔	（4）装夹工件，工件露出 20mm 1）依次按端面划线找正三孔中心线，钻中心孔 B2/8mm 2）依次按另一端面划线找正三孔中心线，钻中心孔 B2/8mm
粗车 1、6 曲轴颈	（5）用两顶尖支承曲轴颈中心孔 粗车 1、6 曲轴颈 φ18mm × 7mm 至 φ20mm × 6.5mm，台阶 φ22mm × 9mm 至 φ22.5mm × 8.5mm
粗车 2、5 及 3、4 曲轴颈	（6）用两顶尖支承另外两个曲轴颈中心孔 粗车 2、5 及 3、4 曲轴颈，重复上述步骤（5）的操作
粗车主轴颈	（7）用两顶尖支承主轴颈中心孔 1）粗车主轴颈 φ18mm × 7mm 至 φ20mm × 6.5mm 2）粗车轴端 φ32mm 外圆至 φ33mm

（续）

操作项目及图示	操作内容及注意事项
精车曲轴及大部 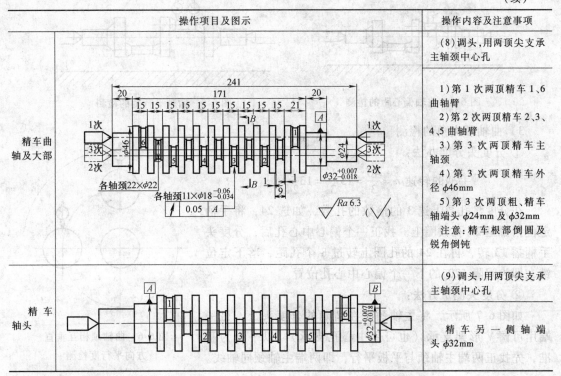	（8）调头，用两顶尖支承主轴颈中心孔 1）第 1 次两顶精车 1、6 曲轴臂 2）第 2 次两顶精车 2、3、4、5 曲轴臂 3）第 3 次两顶精车主轴颈 4）第 3 次两顶精车外径 $\phi46$mm 5）第 3 次两顶粗、精车轴端头 $\phi24$mm 及 $\phi32$mm 注意：精车根部倒圆及锐角倒钝
精车轴头	（9）调头，用两顶尖支承主轴颈中心孔 精车另一侧轴端头 $\phi32$mm

5. 偏心 12mm 六拐曲轴检验

（1）主要检验项目

1）曲轴颈偏心距。

2）轴颈间的平行度。

3）曲轴颈间的夹角。

（2）检具　平板或平台，游标高度卡尺 0.02mm/（0～300）mm，磁座指示表 0.01mm/（0～10）mm，分度头，垫块，带两顶尖的检验工具，带支承的检验工具，V 形架。

（3）检验方法

1）曲轴偏心距的检测：将曲轴装夹在专用检验工具（如偏摆仪或机床）的两顶尖间，如图 6-4 所示。用指示表或游标高度卡尺测出主轴颈表面最高点至平板表面间的距离 h 及曲轴颈表面最高点至平板表面间的距离 H，同时测量出主轴颈的直径 d_1 和曲轴颈的直径 d_2，然后用下式计算偏心距 e

$$e = H - h + \frac{d_1 - d_2}{2}$$

2）曲轴平行度的检测：如图 6-5 所示，将工件两端的主轴颈置于专用检测工具的支承上，以平板为基准，用指示表检查轴颈两端的高度是否相等，确定两端主轴颈是否在一个轴线位置上，要测量的偏心曲轴颈转到最高点停止。

测量曲轴颈对主轴颈的平行度误差时，要测量曲轴颈在最高点的轴两端的轴线平行度误差 f_x 和转动 90°后的轴两端在最高点的轴线平行度误差 f_y，如图 6-6 所示，取这两个方向上测得的平行度误差 f_x 和 f_y，再按 $f = \sqrt{f_x{}^2 + f_y{}^2}$ 算出的值，作为该偏心曲轴颈的平行度误差。

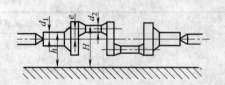

图 6-4　曲轴偏心距的检测

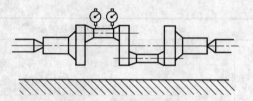

图 6-5　曲轴平行度的检测

3）曲轴颈夹角的检测

① 分度头分度办法：

$$n = \frac{40}{3} = 13\frac{1}{3} = 13\frac{8}{24}$$
手柄的转速

在分度盘孔数上选 3 的倍数的孔数，如选 24，将手柄定位销挪至 24 孔数圈上。找正一个偏心中心孔后，分度头手柄摇 13 转，再在 24 的孔圈上转过 8 个孔距，落下定位销，即为间隔 120° 的下一个偏心中心孔位置。

② 分度头测量方法：

如图 6-7 所示，将主轴颈夹在精确的分度头上，另一端用可调 V 形架支承（也可用中心孔支承）。以平板为基准，先找正两端主轴颈与平板平行，即两端主轴颈同轴线。

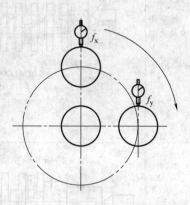

图 6-6　曲轴颈相互垂直
方向平行度检测

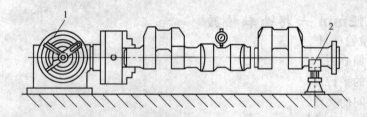

图 6-7　用分度头和可调 V 形架装夹
1—分度头　2—可调 V 形架

如图 6-8 所示，将第一个 d_1 曲轴颈转到水平位置，曲轴颈的顶点高度 H_1 应等于分度头中心高与曲轴颈 d_1 的实际半径值之和，再将分度头顺时针旋转 120°，将曲轴颈 d_2 转到水平位置，用指示表测量曲轴颈 d_2 的顶点高度 H_2，这时可用各自所测的 H_1、H_2 计算出各自的曲轴颈中心高度 L_1 及 L_2，用后测的 L_2 减去先测的 L_1 可得出 ΔL 高度差，用 ΔL 代入公式后，函数为负值说明两曲轴颈夹角小于 120°（即 d_2 的曲轴颈转 120° 后，d_2 的中心已低于 d_1 的中心，说明两曲轴颈夹角不够 120°）；函数为正值，说明两曲轴颈夹角大于 120°。曲轴颈的夹角误差 $\Delta\theta$ 用下式计算：

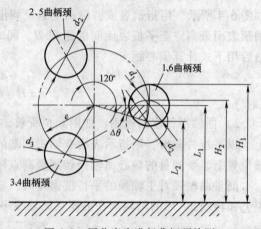

图 6-8　用分度头进行曲柄颈检测

已知：
$$L_1 = H_1 - \frac{d_1}{2}$$

$$L_2 = H_2 - \frac{d_2}{2}$$

$$\Delta L = L_2 - L_1 = H_2 - H_1 - \frac{d_2 - d_1}{2}$$

公式
$$\sin\Delta\theta = \frac{\Delta L}{e}$$

式中 $\Delta\theta$——两曲轴颈间夹角误差（°）；

ΔL——两曲轴颈中心高度差（mm）；

e——曲轴颈偏心距（mm）；

L_1、L_2——两曲轴颈中心高度（mm）；

H_1、H_2——两曲轴颈顶点高度（mm）；

d_1、d_2——两曲轴颈直径实际尺寸（mm）。

如果 $\sin\Delta\theta$ 计算值为负值，说明两曲轴颈在测量方向的夹角小于 120°。

普通分度头转角误差较大，检测精度要求高的曲轴时，可用光学分度头或精密分度板代替普通分度头。

试题七 十字蜗杆轴车削

工件加工的考核点和应达到的技能要求：

考核点

十字蜗杆轴的加工属于技师畸形零件加工项，使用四爪单动卡盘进行划线、找正装夹，要求精度高、位置准确，加工难度较大。

技能要求

① 熟练掌握蜗杆多线螺纹的加工。

② 熟练掌握划线技术。

③ 熟练掌握用四爪单动卡盘装夹找正技术。

④ 熟练掌握钻孔、扩孔、铰孔技术。

1. 试题要求

1）十字蜗杆轴零件图（见图7-1）。

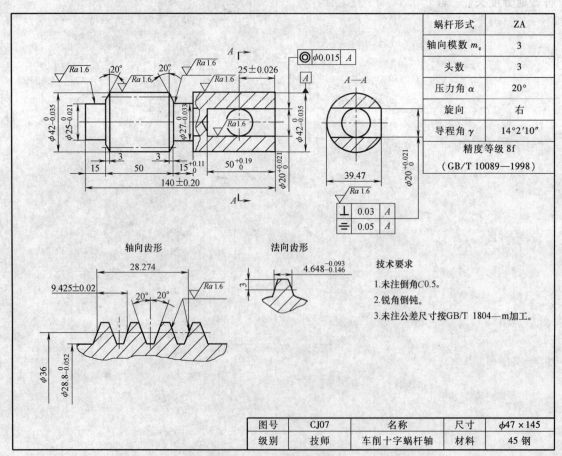

蜗杆形式	ZA
轴向模数 m_z	3
头数	3
压力角 α	20°
旋向	右
导程角 γ	14°2′10″
精度等级8f（GB/T 10089—1998）	

图号	CJ07	名称		尺寸	$\phi47 \times 145$
级别	技师	车削十字蜗杆轴		材料	45 钢

图 7-1 十字蜗杆轴零件图

2）十字蜗杆轴操作技能评分表（见表7-1）。

表 7-1 十字蜗杆轴操作技能评分表

考件编号＿＿＿＿＿＿＿ 时间定额＿＿4h＿＿ 总分＿＿100＿＿

序号	项目	考核内容		配分		检测		得分
		尺寸	$Ra/\mu m$	尺寸	Ra	尺寸	Ra	
1	外圆	$\phi 42^{0}_{-0.035}$ mm（2处）	1.6	3×2	3×2			
2		$\phi 25^{0}_{-0.021}$ mm	1.6	3	2			
3		$\phi 27^{0}_{-0.33}$ mm	1.6	3	2			
4	内孔	$\phi 20^{+0.021}_{0}$ mm（2处）	1.6	5×2	2×2			
5		$\phi 28.8^{0}_{-0.052}$ mm	3.2	4	1			
6		$\phi 36$ mm		2				
7	蜗杆	头数、齿距（3处）		1×3				
8		模数3mm		1				
9		齿形角20°（2处）		2×2				
10		两牙侧面粗糙度（6处）	1.6		3×6			
11		法向齿距$4.648^{-0.093}_{-0.146}$ mm（3处）		2×3				
12	长度	15mm，50mm		1×2				
13		39.47mm	3.2	1	1			
14		$15^{+0.11}_{0}$ mm	3.2	2	1			
15		$50^{+0.19}_{0}$ mm	3.2	2	1			
16		（25±0.026）mm		3				
17		（140±0.20）mm	3.2	2	1			
18	几何公差	同轴度ϕ0.015mm		2				
19		垂直度0.03mm		2				
20		对称度0.05mm		2				
21	其他	倒角20°（2处）		1×2				
22		锐边倒角C0.5mm		1				
23	安全文明	安全文明有关规定		违反规定，酌情扣总分1~5分				
合 计				100				

评分标准：凡尺寸精度和几何公差超差时，扣该项全部分，表面粗糙度值增大时扣该项全部分

否 定 项：普通螺纹及内梯形螺纹和外梯形螺纹中径都超差时，视为不合格

2. 准备清单

1）材料准备（见表7-2）。

表7-2　材料准备

名　称	规　格	数量
45钢	$\phi47mm \times 145mm$	1
考试准备毛坯件		

2）设备准备（见表7-3）。

表7-3　设备准备

名　称	规　格	数　量
车床	C6140A	1
卡盘扳手	相应设备	1
刀架扳手	相应设备	1

3）工、量、刃、夹具准备（见表7-4）。

表7-4　工、量、刃、夹具准备

序号	名称	规格	分度值/mm	数量	序号	名称	规格	分度值/mm	数量
1	游标卡尺	$0 \sim 150mm$	0.02	1	12	蜗杆车刀	$m_x = 3mm$		1
2	游标高度卡尺	$0 \sim 300mm$	0.02		13	外车槽刀			1
3	外径千分尺	$0 \sim 25mm$	0.01		14	钻头	$\phi18mm, \phi19.7mm, \phi20mm$		各1
4	外径千分尺	$25 \sim 50mm$	0.01		15	铰刀	$\phi20mm$		1
5	磁座指示表	$0 \sim 30mm$	0.01	1	16	划针			1
6	游标齿厚卡尺	$m_x(1 \sim 16)mm$	0.02	1套	17	样冲			1
7	分度头	F11100		1	18	方箱			1
8	金属直尺	400mm		1	19	顶尖			1
9	中心钻	B2.5/10mm		1	20	钻夹头			1
10	外圆车刀	90°		1	21	活扳手			1
11	弯头车刀	45°		1	22	螺钉旋具			1

3. 加工难点分析和工件加工工艺路线

（1）技术要求及加工难点分析

1）技术要求

① 3头3模数蜗杆的加工精度等级8f。

② 垂直孔轴线对基准$\phi42mm$轴线的垂直度及对称度要求。

③ 39.47mm平面的车削。

④ 平底孔的加工。

⑤ 内孔轴线对外圆的同轴度要求。

2）加工难点为垂直交叉孔的位置找正与车削。

（2）十字蜗杆轴工件加工工艺路线　　车削外圆及端面→一夹一顶粗车外径、外沟槽→

一夹一顶粗车、精车蜗杆齿形→调头，粗车、精车内外径→找正，车 39.47mm 扁平面→划 φ25mm 孔线→找正，钻、扩、铰垂直孔。

4. 十字蜗杆轴车削加工工艺过程（见表7-5）

表7-5　十字蜗杆轴车削加工工艺过程

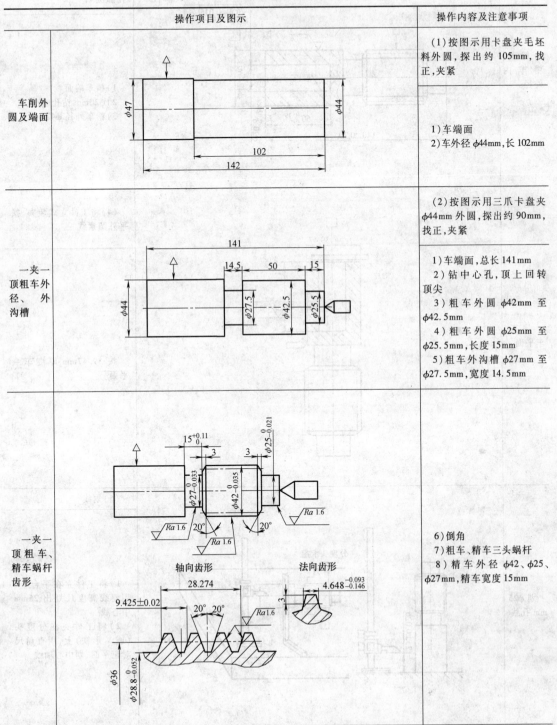

操作项目及图示	操作内容及注意事项
车削外圆及端面	（1）按图示用卡盘夹毛坯料外圆，探出约 105mm，找正，夹紧 1）车端面 2）车外径 φ44mm，长 102mm
一夹一顶粗车外径、外沟槽	（2）按图示用三爪卡盘夹 φ44mm 外圆，探出约 90mm，找正，夹紧 1）车端面，总长 141mm 2）钻中心孔，顶上回转顶尖 3）粗车外圆 φ42mm 至 φ42.5mm 4）粗车外圆 φ25mm 至 φ25.5mm，长度 15mm 5）粗车外沟槽 φ27mm 至 φ27.5mm，宽度 14.5mm
一夹一顶粗车、精车蜗杆齿形	6）倒角 7）粗车、精车三头蜗杆 8）精车外径 φ42、φ25、φ27mm，精车宽度 15mm

（续）

操作项目及图示	操作内容及注意事项
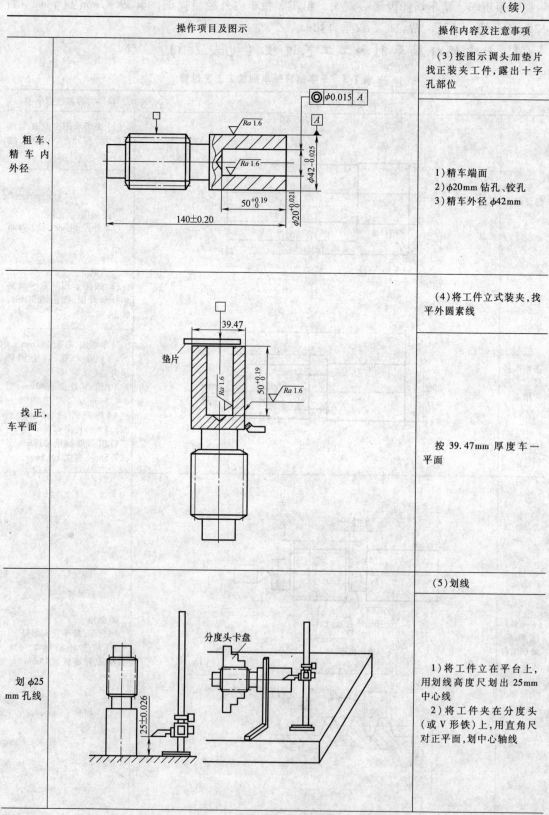粗车、精车内外径	（3）按图示调头加垫片找正装夹工件，露出十字孔部位 1）精车端面 2）φ20mm 钻孔、铰孔 3）精车外径 φ42mm
找正，车平面	（4）将工件立式装夹，找平外圆素线 按 39.47mm 厚度车一平面
划 φ25mm 孔线	（5）划线 1）将工件立在平台上，用划线高度尺划出 25mm 中心线 2）将工件夹在分度头（或 V 形铁）上，用直角尺对正平面，划中心轴线

（续）

操作项目及图示	操作内容及注意事项
	(6)将工件立式装夹,找正十字线
找正, 钻孔、扩孔、铰孔 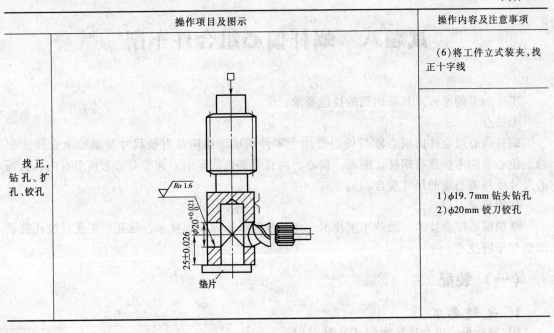	1)φ19.7mm 钻头钻孔 2)φ20mm 铰刀铰孔

试题八 蜗杆偏心组合件车削

工件加工的考核点和应达到的技能要求：

考核点

蜗杆偏心组合件由偏心轴与偏心套两个零件组成，他们在直径尺寸及偏心上有尺寸配合。偏心轴的考核点有蜗杆、曲面、偏心、内孔等部位的车削，偏心套的考核点有内孔、偏心尺寸及与偏心轴的尺寸配合。

技能要求

掌握偏心配合技术，圆球车削技术，尤其掌握坐标点车削技术，钻孔、扩孔、铰孔技术和蜗杆车削技术。

（一）装配

1. 试题要求

1）蜗杆偏心组合件装配图（见图 8-1）。

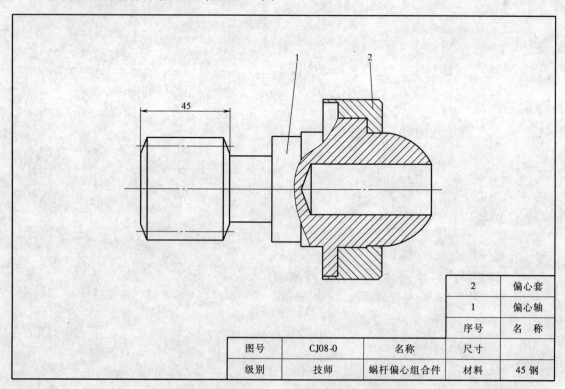

2	偏心套		
1	偏心轴		
序号	名　称		
图号	CJ08-0	名称	尺寸
级别	技师	蜗杆偏心组合件	材料	45 钢

图 8-1　蜗杆偏心组合件装配图

2）蜗杆偏心组合件装配操作技能评分表（见表 8-1）。

表 8-1 蜗杆偏心组合件装配操作技能评分表

考件编号 _____ 时间定额 __0.5h__ 总分 __100__

序号	项目	考核内容		配分		检测		得分
		尺寸	Ra	尺寸	Ra	尺寸	Ra	
1	倒角	锐角倒钝		1				
2	几何公差	二件装配平面度公差 0.1mm		2				
3	安全文明	安全文明有关规定		违反规定,酌情扣总分 1~5 分				
合 计				3				

评分标准:凡尺寸精度和几何公差超差时,扣该项全部分,表面粗糙度值增大时扣该项全部分
否定项:普通螺纹及内梯形螺纹和外梯形螺纹中径都超差时,视为不合格

2. 准备清单

1)材料准备(见表 8-2)。

表 8-2 材料准备

名　称	规　格	数　量
45 钢	件 1 及件 2	2
装配准备工件	件 1 及件 2 的合格产品	

2)设备准备(见表 8-3)。

表 8-3 设备准备

名　称	规　格	数　量
安装平台	400mm×400mm	1

3)工、量、刃、夹具准备(见表 8-4)。

表 8-4 工、量、刃、夹具准备

序号	名称	规格	分度值/mm	数量	序号	名称	规格	分度值/mm	数量
1	游标卡尺	0~150mm	0.02	1	6	铜锤	φ25mm 铜棒		1
2	外径千分尺	25~50mm	0.01	1	7	锉刀	细光锉		1
3	外径千分尺	50~75mm	0.01	1	8	润滑油	HL46		1
4	内径指示表	35~50mm	0.01	1	9	活扳手			1
5	内径指示表	50~160mm	0.01	1		螺钉旋具			1

3. 装配难点分析和装配工艺路线

(1)蜗杆偏心组合件技术要求及装配难点分析

1)蜗杆偏心组合件是一种典型的蜗杆、圆弧及偏心配合件,要求蜗杆及圆弧部分单独车削。偏心部分的 $\phi 56mm$、$\phi 42mm$、偏心中心距 2mm 有直径精度尺寸和互相制约的尺寸链要求,件 1 和件 2 配合后偏心转动的转动角度不超过 10°。

2)件 1 和件 2 配合后的 $\phi 56mm$ 处端面平面度为 0.1mm。

(2)蜗杆偏心组合件装配工艺路线 检验件 1 和件 2 各自的精度,确保精度的合格→进行必要的倒角和去毛刺→润滑配合面→装配件 1 和件 2(如精度不符合要求进行修配)。

4. 装配工艺过程

装配过程较简单,略。

（二）偏心轴零件

1. 试题要求

1）偏心轴零件图（见图 8-2）。

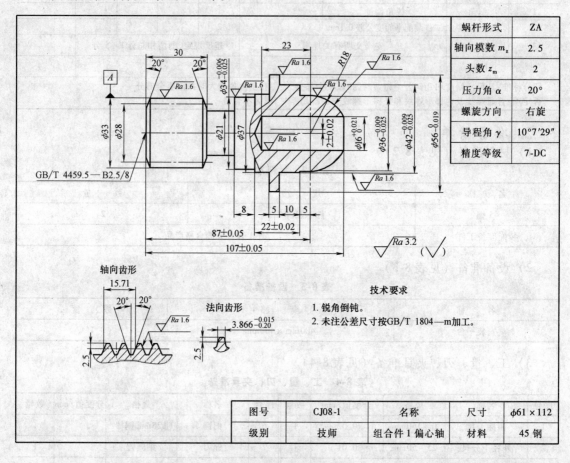

蜗杆形式	ZA
轴向模数 m_z	2.5
头数 z_m	2
压力角 α	20°
螺旋方向	右旋
导程角 γ	10°7′29″
精度等级	7-DC

技术要求

1. 锐角倒钝。
2. 未注公差尺寸按GB/T 1804—m加工。

图号	CJ08-1	名称		尺寸	$\phi61 \times 112$
级别	技师	组合件1 偏心轴		材料	45 钢

图 8-2　偏心轴零件图

2）偏心轴操作技能评分表（见表 8-5）。

表 8-5　偏心轴操作技能评分表

考件编号 ＿＿＿＿＿＿　　　时间定额　3h　　　总分　73

序号	项目	考核内容		配分		检测		得分
		尺寸	$Ra/\mu m$	尺寸	Ra	尺寸	Ra	
1		$\phi21mm$	3.2	1	1			
2		$\phi34^{-0.006}_{-0.025}mm$	1.6	2	2			
3	外圆	$\phi36^{-0.009}_{-0.025}mm$	1.6	2	2			
4		$\phi42^{-0.009}_{-0.025}mm$	1.6	2	2			
5		$\phi56^{0}_{-0.019}mm$	1.6	2	2			
6	内孔	$\phi16^{+0.021}_{0}mm$	1.6	3	2			

（续）

序号	项目	考核内容		配分		检测		得分
		尺寸	$Ra/\mu m$	尺寸	Ra	尺寸	Ra	
7		$\phi 22mm$、$\phi 28mm$	3.2	1×2	0.5×2			
8		$\phi 33mm$	1.6	1	2			
9		头数、齿距（2 处）		1,1×2				
10	蜗杆	模数 2.5mm		1				
11		螺旋方向右		1				
12		齿形角 20°（2 处）		1×2				
13		两牙侧面粗糙度（4 处）	1.6		2×4			
		法向齿距 $3.866^{-0.15}_{-0.20}mm$（2 处）		4×2				
14	偏心距	$(2\pm0.02)mm$		2				
15	球部	$R18mm$	1.6	4	2			
16		30mm、23mm、8mm、5mm、10mm、5mm		0.5×6				
17	长度	$(22\pm0.02)mm$ 两端面	3.2	1	0.5×2			
18		$(107\pm0.05)mm$ 端面	3.2	1	1			
19	中心孔	GB/T 4459.5—B2.5/8		1				
20	几何公差	圆跳动 0.02mm		2				
21	其他	倒角 20°（2 处）		1×2				
22		锐边倒角 $C0.5mm$		1				
23	安全文明	安全文明有关规定		违反规定,酌情扣总分 1~5 分				
合　计				73				

评分标准：凡尺寸精度和几何公差超差时，扣该项全部分，表面粗糙度值增大时扣该项全部分
否定项：普通螺纹及内梯形螺纹和外梯形螺纹中径都超差时，视为不合格

2. 准备清单

1) 材料准备（见表 8-6）。

表 8-6　材料准备

名　称	规　格	数　量
45 钢	$\phi 61mm\times112mm$	1
考试准备毛坯件		

2) 设备准备（见表 8-7）。

表 8-7 设备准备

名　　称	规　格	数　量
车　床	C6140A（四爪单动卡盘）	1
卡盘扳手	相应设备	1
刀架扳手	相应设备	1

3）工、量、刃、夹具准备（见表 8-8）。

表 8-8 工、量、刃、夹具准备

序号	名称	规　格	分度值/mm	数量	序号	名称	规　格	分度值/mm	数量
1	游标卡尺	0～150mm	0.02	1	13	弯头车刀	45°		1
2	外径千分尺	0～25mm	0.01	1	14	蜗杆车刀	$m_x = 2.5$mm		1
3	外径千分尺	25～50mm	0.01	1	15	外车槽刀			1
4	外径千分尺	50～75mm	0.01	1	16	钻头	ϕ14mm，ϕ15.7mm		各1
5	内径指示表	0～18mm	0.01	1	17	铰刀	ϕ16mm		1
6	内径指示表	18～35mm	0.01	1	18	划针			1
7	磁座指示表	0～10mm	0.01	1套	19	样冲			1
8	游标齿厚卡尺	$m_x(1～16)$mm	0.02	1	20	方箱			1
9	游标万能角度尺	0°～320°	2′	1	21	顶尖			1
10	金属直尺	400mm		1	22	钻夹头			1
11	中心钻	B2.5/10mm		1	23	活扳手			1
12	外圆车刀	90°		1	24	螺钉旋具			1

3. 加工难点分析和工件加工工艺路线

（1）技术要求及加工难点分析

1）偏心轴零件的技能要求的特点

① 蜗杆加工模数 2.5mm，头数为 2，可以在 CA6136 机床上进行练习和加工。

② R18mm 球面可以用坐标法进行加工。

③ 左侧蜗杆应在右侧除球面粗加工、其他精加工后，装夹外圆 Φ36mm 端，顶工件进行加工。

2）偏心轴长度和孔深计算。知右端前部的 R18mm 的顶端为弦长 16mm 的平面，因此全长并不为 87mm + 18mm = 105mm，需要进行三角计算，如图 8-3 所示。

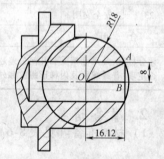

图 8-3 偏心轴长度和孔深计算

已知：$OA = 18$mm，$AB = 8$mm，$OB = \sqrt{AO^2 - AB^2} = \sqrt{18^2 - 8^2}$mm = 16.12mm

可知：偏心轴长度 = 87mm + 16.12mm = 103.12mm

孔深 = 23mm + 16.12mm = 39.12mm

3）采用坐标值，用 R5mm 球形成形刀车削方法。在车削 R18 圆球时，一般用双手凭经验进行车削所得到的球形不准确，必须进行修整。如果进刀时能按圆弧曲线进给，就能实现圆弧的圆滑过渡，经过粗车后，一次精车成形。

用坐标法车削圆球可以经过粗车及一遍精车即可达到尺寸精度和形状精度要求。

用坐标车削圆球时，是取一定标准半径的圆弧刀按算好的 X 轴及 Y 轴坐标值去配合车削，即可达到要求。例如用 R5mm 球形成形刀车 18mm 圆球的坐标计算，如图 8-4 所示。

① 坐标点计算分析。精车削时，设 R5mm 圆弧刀从圆弧的右侧面起刀，圆弧刀的位置

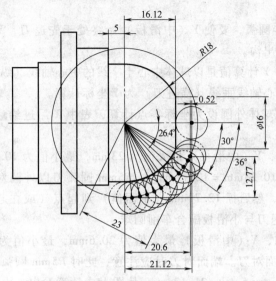

图 8-4 用 R5mm 球形成形刀车 R18mm 圆球的坐标计算

需计算 X、Y 坐标值。从图样知道：从 R18mm 中心到孔口的边缘直径 φ16mm 可以建立直角三角形，可知对边为 8mm，临边为 16.12mm，计算角度为 26.4°，即 X 坐标为（小滑板移动）16.12mm，Y 坐标为（中滑板移动）8mm。现在设用 R5mm 圆弧刀进行车削，可将斜边从球体中心至 R5mm 圆弧刀中心，即尺寸为 18mm + 5mm = 23mm，从 R5mm 圆弧刀中心向上拉线与中心轴线垂直相交，形成直角三角形，由于已知斜边长及夹角 26.4°，这时可计算 R5mm 圆弧刀中心所走的轨迹，每隔一定角度（或设定一个 X 值，求 Y 值，或设定一个 Y 值，求 X 值）都可求出相应的 X、Y 值。现以 R5mm 圆弧刀中心与中心轴线夹角 30° 为例计算说明。通过 30° 直角三角形性质知，斜边为 18mm + 5mm = 23mm，对边为 11.5mm，邻边为 11.5mm × 1.732 = 19.92mm。

现在以 26.4° 为坐标起点，第二点位 30°，以后每隔 6° 计算一次 X、Y 坐标点（即每次中滑板和小滑板的进给值），共计算 26.4°、30°、36°、42°、48°、54°、60°、66°、72°、78°、84°、90° 12 个坐标点。此时只要将 R5mm 圆弧刀以工件端面和外圆为基准对好尺寸，即将小滑板分度值和中滑板分度值起始点对成零位，就可以分别按各自的坐标交替进给，车削出圆球了。如果表面粗糙可增加坐标点。

② 坐标点计算（见表 8-9）。已知斜边为 23mm，角度见表分布，用余弦计算 X 坐标值，用正弦计算 Y 坐标值。

表 8-9 坐标点计算 （单位：mm）

角度值	X 计算值	Y 计算值	Y 先退刀量（单面值）	X 后进给量	角度值	X 计算值	Y 计算值	Y 先退刀量（单面值）	X 后进给量
26.4°	20.6	10.23	0	0	60°	11.5	19.92	9.69	9.1
30°	19.92	11.5	1.27	0.68	66°	9.35	21.01	10.78	11.25
36°	18.6	13.15	2.92	2	72°	7.11	21.87	11.64	13.49
42°	17.09	15.39	5.26	3.51	78°	4.78	22.5	12.27	15.82
48°	15.39	17.09	6.86	5.21	84°	2.4	22.87	12.64	18.2
54°	13.52	18.61	8.38	7.08	90°	0	23	12.77	20.6

4）技术说明

① 本工件属于右半圆弧，要使 Y（中滑板）始终处于先退刀，X（小滑板）始终处于后进刀状态，否则会车出沟。

② 表中 X 计算值、Y 计算值是以球体中心十字线的中心轴线（纵进刀）为 X 坐标计算，以球体中心十字线的中心轴线垂线（横进刀）为 Y 坐标计算。

③ Y 先退刀量是以球体外圆设为坐标零点计算，表中 X 后进给量是以球体端面设为坐标零点计算。

从表中计算值得知，Y（中滑板）最大值为 23mm，最小值为 10.23mm，进刀值范围为 0～12.77mm（23mm－10.23mm＝12.77mm），R5mm 圆弧刀以外圆对刀，将刻度对到零值（或对到 12.77mm）后，然后摇 12.77mm（单面值）到起点（或在起点设为零值，向回摇 12.77mm），准备向回退刀与小滑板配合车削圆球。

从表中计算值得知，X（中滑板）最大值为 20.6mm，最小值为 0mm，进刀值范围为 0～20.6mm，然后以端面对刀。端面对刀时应注意，此时 R5mm 圆弧刀的中心至 R18mm 的中心水平距离是 16.12mm＋5mm＝21.12mm，从图上或计算看出，由于圆弧的缘故，R5mm 圆弧刀的中心至 R18mm 的中心水平距离 X 是 20.6mm，因此 R5mm 圆弧刀以端面对刀后，应将刀摇出端面，在向前进刀 21.12mm－20.6mm＝0.52mm，到达起始点，此时将小滑板刻度设为零点，准备与中滑板配合车削圆球，终点是摇到 20.6mm。

表中 Y 先退刀量值是由 Y 计算值的当前值减第一项值，如 30°的 1.27mm 是由（11.5－10.23）mm 得来。

表中 X 后进给量值是由 X 最大值减当前的计算值，如 30°的 0.68mm 由（20.6－19.92）mm 得来。

（2）偏心轴加工工艺路线　粗车削一侧外圆及端面→调头，粗车头部尺寸→装夹圆柱部分找正，精车同心外径及内孔→装夹圆柱部分找正，精车偏心外径→头部找正，一夹一顶粗车、精车蜗杆→开口套装夹，车削圆球部分。

4. 偏心轴车削加工工艺过程（见表 8-10）

表 8-10　偏心轴车削加工工艺过程

操作项目及图示		操作内容及注意事项
		（1）按图示装夹外径
粗车削一侧外圆及端面	∇ Ra 1.6 φ38 55 107	1）车端面，长度大于 107mm 2）车外圆至 φ38mm，长 55mm，作为定位基准

（续）

操作项目及图示	操作内容及注意事项
调头，粗车头部尺寸 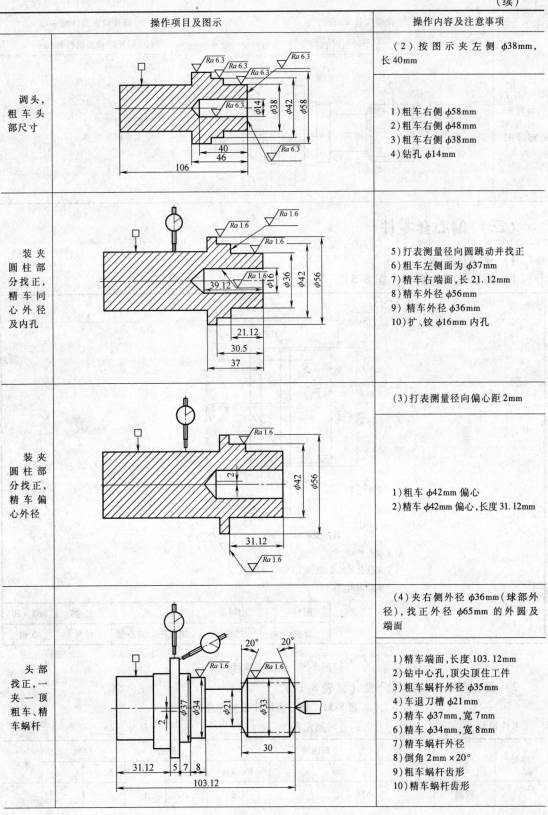	（2）按图示夹左侧 φ38mm，长40mm 1）粗车右侧 φ58mm 2）粗车右侧 φ48mm 3）粗车右侧 φ38mm 4）钻孔 φ14mm
装夹圆柱部分找正，精车同心外径及内孔	5）打表测量径向圆跳动并找正 6）粗车左端面为 φ37mm 7）精车右端面，长21.12mm 8）精车外径 φ56mm 9）精车外径 φ36mm 10）扩、铰 φ16mm 内孔
装夹圆柱部分找正，精车偏心外径	（3）打表测量径向偏心距2mm 1）粗车 φ42mm 偏心 2）精车 φ42mm 偏心，长度31.12mm
头部找正，一夹一顶粗车、精车蜗杆	（4）夹右侧外径 φ36mm（球部外径），找正外径 φ65mm 的外圆及端面 1）精车端面，长度103.12mm 2）钻中心孔，顶尖顶住工件 3）粗车蜗杆外径 φ35mm 4）车退刀槽 φ21mm 5）精车 φ37mm，宽7mm 6）精车 φ34mm，宽8mm 7）精车蜗杆外径 8）倒角 2mm×20° 9）粗车蜗杆齿形 10）精车蜗杆齿形

（续）

操作项目及图示	操作内容及注意事项
开口套装夹，车削圆球部分 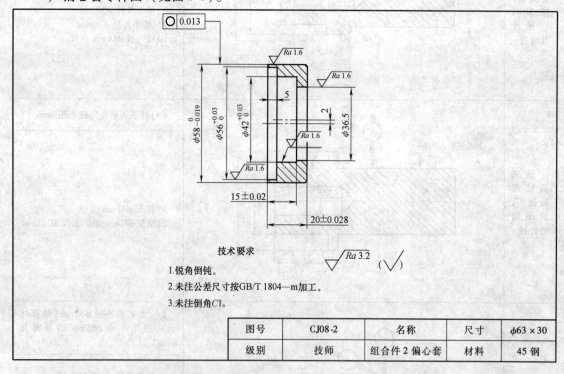	（5）用开口套夹蜗杆外径 1）粗车球部尺寸 2）坐标法车圆球

（三）偏心套零件

1. 试题要求

1）偏心套零件图（见图 8-5）。

技术要求

1. 锐角倒钝。
2. 未注公差尺寸按 GB/T 1804—m 加工。
3. 未注倒角 C1。

图号	CJ08-2	名称		尺寸	$\phi63 \times 30$
级别	技师	组合件 2 偏心套		材料	45 钢

图 8-5 偏心套零件图

2）偏心套操作技能评分表（见表 8-11）。

表 8-11 偏心套操作技能评分表

考件编号 _____ 时间定额 ___0.5h___ 总分 __24__

序号	项目	考核内容		配分		检测		得分
		尺寸/mm	$Ra/\mu m$	尺寸	Ra	尺寸	Ra	
1	外圆	$\phi58^{\ 0}_{-0.019}$	1.6	2	1			

（续）

序号	项目	考核内容		配分		检测		得分
		尺寸	$Ra/\mu m$	尺寸	Ra	尺寸	Ra	
2	内孔	$\phi36.5$	1.6	1	1			
3		$\phi56^{+0.03}_{0}$	1.6	2	1			
4		$\phi42^{+0.03}_{0}$	1.6	2	1			
5	偏心距	2 ± 0.02		2				
6	长　度	5,端面	3.2	1	0.5			
7		15 ± 0.02,端面	3.2	2	0.5			
8		20 ± 0.028,两端面	3.2	2	0.5×2			
9	几何公差	圆度0.013		2				
10	其　他	$C1$		1				
11		锐边倒角$C0.5$		1				
12	安全文明	安全文明有关规定		违反规定,酌情扣总分1~5分				
	合　计			24				

评分标准:凡尺寸精度和几何公差超差时,扣该项全部分,表面粗糙度值增大时扣该项全部分

否定项:普通螺纹及内梯形螺纹和外梯形螺纹中径都超差时,视为不合格

2. 准备清单

1）材料准备（见表8-12）。

表8-12　材料准备

名　称	规　格	数量
45钢	$\phi63mm\times30mm$	1

考试准备毛坯件

$\phi63$

30

2）设备准备（见表8-13）。

表8-13　设备准备

名　称	规　格	数量
车床	C6140A(四爪单动卡盘)	1
卡盘扳手	相应设备	1
刀架扳手	相应设备	1

3）工、量、刃、夹具准备（见表8-14）。

表8-14　工、量、刃、夹具准备

序号	名称	规格	分度值/mm	数量	序号	名称	规格	分度值/mm	数量
1	游标卡尺	0～150mm	0.02	1	9	弯头车刀	45°		1
2	外径千分尺	25～50mm	0.01	1	10	内孔车刀	90°		1
3	内径指示表	18～35mm	0.01	1	11	钻头	φ34mm		1
4	内径指示表	35～50mm	0.01	1	12	划针			1
5	内径指示表	50～160mm	0.01	1	13	顶尖			1
6	磁座指示表	0～3mm	0.01	1套	14	活扳手			1
7	金属直尺	150mm		1	15	螺钉旋具			1
8	外圆车刀	90°		1	16				

3. 加工难点分析和工件加工工艺路线

（1）技术要求及加工难点分析

1）技术要求。偏心套零件在内孔上有偏心要求，应以外圆为基准，用指示表找正。

2）加工难点为垂直交叉孔的位置找正与车削。

（2）偏心套工件加工工艺路线　车削夹头→装夹夹头，粗车、精车同心外径及内孔→找正，车削偏心内孔→调头车去平面多余毛坯量。

4. 偏心套车削加工工艺过程（见表8-15）

表8-15　偏心套车削加工工艺过程

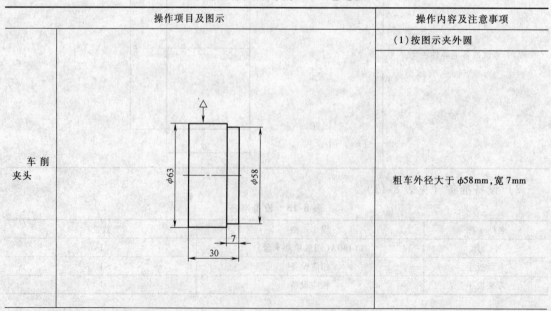

操作项目及图示	操作内容及注意事项
车削夹头	（1）按图示夹外圆 粗车外径大于φ58mm，宽7mm

（续）

操作项目及图示	操作内容及注意事项
粗车、精车同心外径及内孔	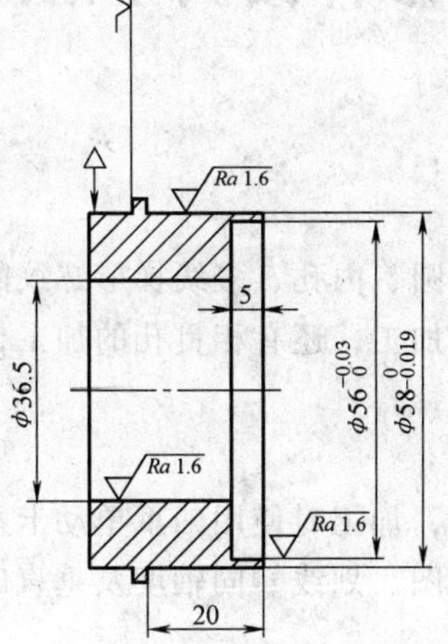 （2）按图示夹台阶 $\phi58\text{mm}$，宽 7mm 1）车平面，厚度 20mm 2）钻孔 $\phi34\text{mm}$ 3）粗车内孔 $\phi36.5\text{mm}$ 4）粗车外径 $\phi58\text{mm}$ 5）精车内孔 $\phi36.5\text{mm}$ 6）精车外径 $\phi58\text{mm}$ 7）倒角
车削偏心内孔	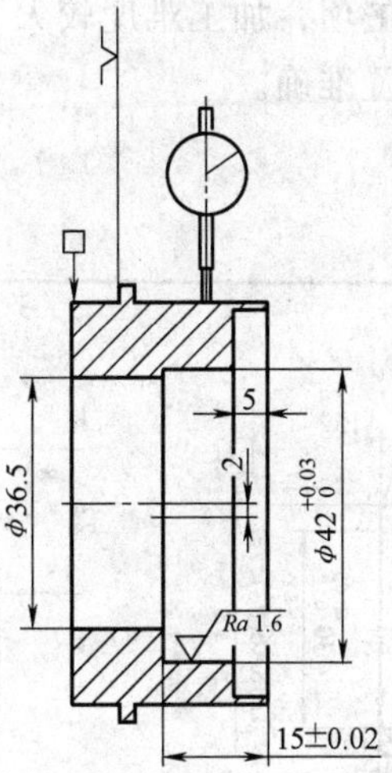 （3）按图示夹台阶 $\phi58\text{mm}$，宽 7mm，找正偏心距 1）粗车内孔 $\phi42\text{mm}$ 2）精车内孔 $\phi42\text{mm}$
调头车去多余毛坯量	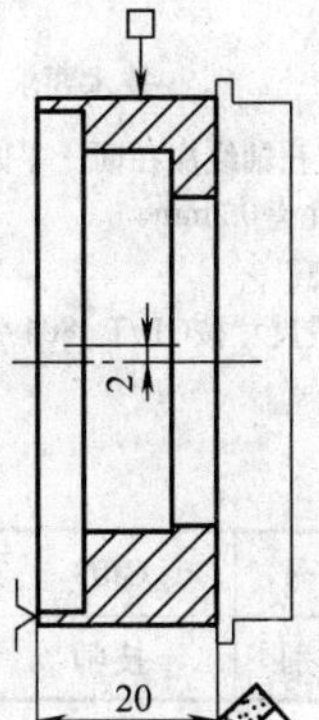 （4）按图示调头装夹外径 车去多余毛坯量

试题九 畸形件接头车削

工件加工的考核点和应达到的技能要求：

考核点

畸形件接头零件在车削加工时有偏心外圆、内孔、多线梯形螺纹的加工，而两头偏心轴孔还有同轴度要求。工件不仅有垂直轴孔的加工，还有相贯孔的加工，这些孔的加工需要精确划线和找正。

技能要求

畸形件接头的加工属于十字贯通孔加工，加工时使用四爪单动卡盘装夹、找正。划线和偏心距测量有一定的难度。其主要体现在识图、划线、同轴度及垂直度找正，相贯孔的位置精度，两线梯形螺纹的精度和各部尺寸精度。

相贯孔锥体的加工属于技师畸形零件加工项，加工难度较大，加工时需要使用四爪单动卡盘进行划线、找正装夹，要求精度高、位置准确。

1. 试题要求

1）畸形件接头零件图（见图9-1）。

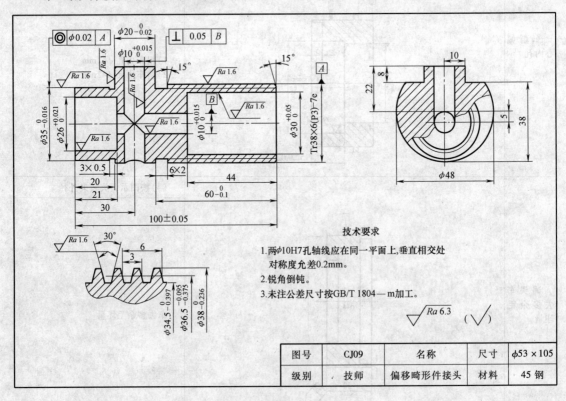

图9-1 畸形接头零件图

2）畸形件接头操作技能评分表（见表9-1）。

表9-1　畸形件接头操作技能评分表

考件编号＿＿＿＿＿＿＿＿＿　　　　时间定额＿＿4h＿＿　　　　总分＿＿100＿＿

序号	项目	考核内容		配分		检测		得　分
		尺寸	Ra/μm	尺寸	Ra	尺寸	Ra	
1	外圆	$\phi 35_{-0.016}^{0}$ mm	1.6	6	3			
2		$\phi 20_{-0.02}^{0}$ mm	1.6	6	3			
3		$\phi 48$ mm		2				
4	内孔	$\phi 26_{0}^{+0.021}$ mm	1.6	6	3			
5		$\phi 10_{0}^{+0.015}$ mm（2 处）	1.6	4×2	3×2			
6		$\phi 30_{0}^{+0.05}$ mm	1.6	6	3			
7	偏心距	5mm		2				
8		Tr38×6（P3）-7e		2				
9	螺纹	$\phi 38_{-0.236}^{0}$ mm	1.6	5	3			
10		$\phi 36.5_{-0.375}^{-0.095}$ mm		5				
11		$\phi 34.5_{-0.397}^{0}$ mm		3				
12		螺纹两侧面	1.6		3×2			
13	长度	21mm、20mm、44mm、30mm		1×4				
14		$60_{-0.1}^{0}$ mm		2				
15		6mm×2mm、3mm×0.5mm		2,2				
16		（100±0.05）mm		2				
17		38mm、8mm		1.5×2				
18	几何公差	同轴度 $\phi 0.02$mm		2				
19		两孔 $\phi 10_{0}^{+0.015}$ mm 垂直度允差0.05mm		2				
20	其 他	15°（2 处）		1×2				
21		锐边倒角 C0.5mm		1				
22	安全文明	安全文明有关规定		违反规定，酌情扣总分1～5分				
合　计				100				

评分标准：凡尺寸精度和几何公差超差时，扣该项全部分，表面粗糙度增值时扣该项全部分

否定项：普通螺纹及内梯形螺纹和外梯形螺纹中径都超差时，视为不合格

2. 准备清单

1）材料准备（见表9-2）。

表9-2　材料准备

名　称	规　格	数　量
45 钢	$\phi 53$mm×105mm	1
考试准备毛坯件		

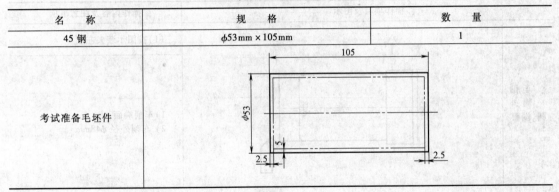

2）设备准备（见表9-3）。

表9-3　设备准备

名　　称	规　　格	数量
车床	C6140（四爪单动卡盘）	1
卡盘扳手	相应设备	1
刀架扳手	相应设备	1

3）工、量、刃、夹具准备（见表9-4）。

表9-4　工、量、刃、夹具准备

序号	名称	规　　格	分度值/mm	数量	序号	名称	规　　格	分度值/mm	数量
1	游标卡尺	0 ~ 150mm	0.02	1	13	外圆车槽刀			1
2	外径千分尺	0 ~ 25mm	0.01	1	14	内孔精车刀	90°,ϕ24mm 孔		1
3	外径千分尺	25 ~ 50mm	0.01	1	15	外梯形螺纹车刀	Tr38 ×6（P3）		1
4	内径指示表	18 ~ 35mm	0.01	1	16	钻头	ϕ8mm,ϕ9.8mm, ϕ24mm,ϕ29mm		各1
5	游标高度卡尺	0 ~ 300mm		1	17	铰刀	ϕ10mm		1
6	磁座指示表	0 ~ 10mm	0.01	1 套	18	划针			1
7	游标万能角度尺	0° ~ 320°	2′	1	19	样冲			1
8	计算器			1	20	方箱			1
9	金属直尺	300mm		1	21	顶尖			1
10	中心钻	B2/8mm		1	22	钻夹头			1
11	外圆车刀	90°		1	23	活扳手			1
12	弯头车刀	45°		1	24	螺钉旋具			1

3. 加工难点分析和工件加工工艺路线

（1）技术要求及加工难点分析　畸形件接头是一种典型的十字交叉管状机械零件，要求将一块棒料四面车通。三面为圆柱接口，要求垂直。

1）ϕ10mm 的孔要求钻、扩、铰。

2）要求具有划线技能，要进行偏心轴孔及垂直交叉划线。

（2）畸形件接头工件加工工艺路线　车削一侧外圆、端面→在端面划偏心中心线→粗车、精车梯形螺纹一侧各部尺寸→调头装夹，粗车、精车另一侧各部尺寸→垂直装夹，粗车、精车垂直轴端部分尺寸。

4. 车削加工工艺过程（见表9-5）

表9-5　畸形件接头车削加工工艺过程

操作项目及图示		操作内容及注意事项
车削一侧外圆、端面	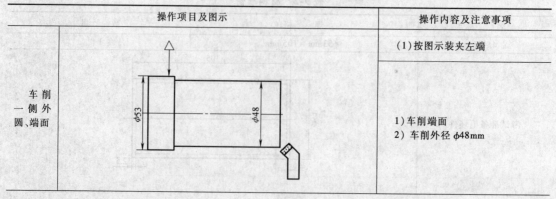	（1）按图示装夹左端 1）车削端面 2）车削外径 ϕ48mm

（续）

操作项目及图示	操作内容及注意事项
在端面划偏心中心线	（2）在端面划十字线和十字偏心线
粗车、精车削右侧各部	（3）按线找正装夹 1）粗车外径 2）粗钻 $\phi27mm$ 孔 3）粗钻 $\phi9.7mm$ 孔 4）粗车 $\phi30mm$ 孔径 5）铰孔 $\phi10mm$ 6）精车 $\phi30mm$ 孔径 7）车 $6mm \times 2mm$ 退刀槽，精车Tr38 螺纹 8）倒角
调头装夹，粗车、精车左侧各部	（4）调头夹螺纹部分找正同轴度 1）粗车、精车长度尺寸 $100mm$ 2）粗车 $\phi35mm$ 外圆 3）钻平底孔 $\phi24mm$ 4）车空刀槽 $3mm \times 0.5mm$ 5）精车平底孔 $\phi26mm$ 6）精车 $\phi35mm$ 外径 7）倒角
垂直装夹，粗车、精车垂直部分	（5）垂直垫片装夹找正 1）车 $46mm$ 厚度 2）钻孔 $\phi9.7mm$ 3）铰孔 $\phi10mm$ 4）精车圆柱 $\phi20mm$ 5）倒角

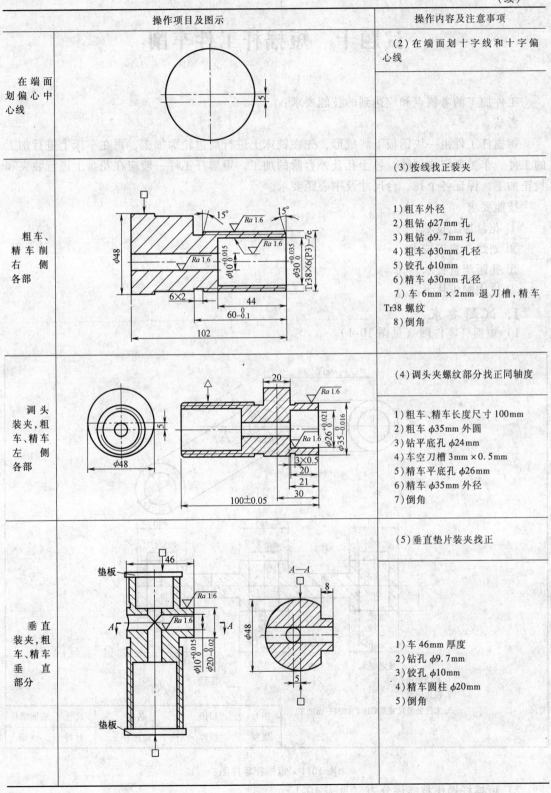

试题十 短摇杆工件车削

工件加工的考核点和应达到的技能要求：

考核点

短摇杆工件由一块钢板下料成形，先在铣床上进行周边轮廓加工，再在车床上进行加工的工件。车工要完成划线、各个孔及外台阶的加工。短摇杆工件一般应在花盘上进行装夹和找正加工，保证各个孔、台尺寸及中心距要求。

技能要求

① 花盘加工技术。

② 划线、找正技术。

③ 孔距测量技术。

④ 机床配重技术。

1. 试题要求

1）短摇杆零件图（见图10-1）。

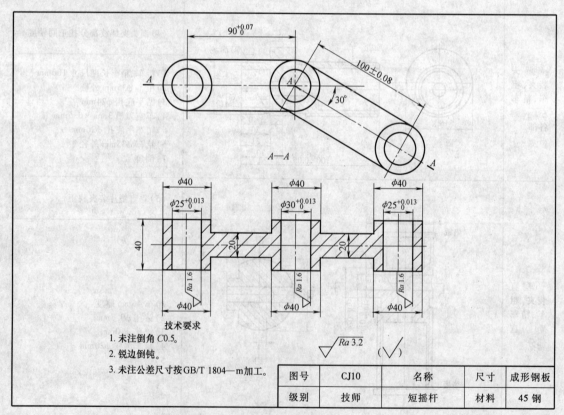

图 10-1 短摇杆零件图

2）短摇杆操作技能评分表（见表10-1）。

表 10-1　短摇杆操作技能评分表

考件编号＿＿＿＿＿＿＿　　时间定额＿＿4h＿＿　　　　总分＿＿100＿＿

序号	项目	考核内容		配分		检测		得　分
		尺寸/mm	$Ra/\mu m$	尺寸	Ra	尺寸	Ra	
1	外圆	$\phi 40$（6 处）	3.2	3×6	1×6			
2	内孔	$\phi 25^{+0.013}_{0}$（2 处）	1.6	6×2	5×2			
3		$\phi 30^{+0.013}_{0}$	1.6	6	5			
4	厚度	40（3 处）	3.2	4×3	1×3			
5		20（2 处）	3.2	4×2	1×2			
6	中心距	$90^{+0.07}_{0}$		5				
7		100 ± 0.08		5				
8	折角	30°		6				
9	其　他	锐边倒角 C0.5		2				
10	安全文明	安全文明有关规定		违反规定,酌情扣总分 1~5 分				
	合　计			100				

评分标准:凡尺寸精度超差时,扣该项全部分,表面粗糙度值增大时扣该项全部分

否定项:普通螺纹及内梯形螺纹和外梯形螺纹中径都超差时,视为不合格

2. 准备清单

1）材料准备（见表 10-2）。

表 10-2　材料准备

名　称	规　格	数　量
45 钢	225mm × 95mm × 45mm 成形材料	1

考试准备毛坯件

2）设备准备（见表 10-3）。

表 10-3　设备准备

名　称	规　格	数量
车　床	C6140（四爪单动卡盘、花盘、角铁）	1
卡盘扳手	相应设备	1
刀架扳手	相应设备	1

3）工、量、刃、夹具准备（见表10-4）。

表 10-4　工、量、刃、夹具准备

序号	名称	规　格	分度值	数量	序号	名　称	规　格	分度值	数量
1	游标卡尺	0～150mm	0.02mm	1	13	端面车槽刀			1
2	游标卡尺	0～300mm	0.02mm	1	14	内孔粗车刀	60°，ϕ23mm 孔		1
3	外径千分尺	25～50mm	0.01mm	1	15	内孔精车刀	90°，ϕ23mm 孔		1
4	内径指示表	18～35mm	0.01mm	1	16	钻头	ϕ23mm，ϕ27mm		各1
5	游标高度卡尺	0～300mm	0.02mm	1	17	铰刀	ϕ10mm		1
6	磁座指示表	0～10mm	0.01mm	1套	18	划针			1
7	游标万能角度尺	0°～320°	2′	1	19	样冲			1
8	计算器			1	20	方箱			1
9	金属直尺	300mm		1	21	顶尖			1
10	中心钻	B2/8mm		1	22	钻夹头			1
11	外圆车刀	90°		1	23	活扳手			1
12	弯头车刀	45°		1	24	螺钉旋具			1

3. 加工难点分析和工件加工工艺路线

（1）技术要求及加工难点分析

1）工件加工时用花盘装夹需要准备穿通螺钉、压板、导向板等。

2）内孔之间的中心距测量与加工。

3）各个平面的车削与平面度测量。

（2）短摇杆工件加工工艺路线

1）在花盘上：孔距划线→压板压住两侧，加工中间孔 ϕ30mm 及台阶→将工件中间孔靠在花盘平面上，中间孔用定位柱定位，压板压在两孔之间加工一侧 ϕ25mm 孔及台阶→还是以中间孔用定位柱定位，压板压在两孔之间加工另一侧 ϕ25mm 孔及台阶。

2）在四爪单动卡盘上：孔距划线→压板压住两侧，中间孔用卡盘爪夹住，加工中间孔 ϕ30mm 及台阶→将一侧孔用卡盘爪夹住，压板压住工件中间孔部分，加工一侧 ϕ25mm 孔及台阶→还是以卡盘爪夹住另一侧 ϕ25mm 孔，压板压住工件中间孔部分，加工另一侧 ϕ25mm 孔及台阶。

4. 短摇杆在花盘上车削加工工艺过程（见表10-5和表10-6）

表10-5 短摇杆在花盘上车削加工工艺过程

操作项目及图示		操作内容及注意事项
花盘上正、反面加工中间 φ30mm 孔径		（1）按图示在花盘上装夹找正摇杆中间孔，将工件靠在花盘平面上，两端用压板压过孔距一半的地方
		1）粗钻孔 φ28mm 2）粗车 φ42mm 台阶，车深9mm，在平面内最大直径车削时超过孔距的一半 3）精车 φ30mm 孔径 4）精车 φ40mm 台阶，车深10mm 平面
		（2）原位置翻面，按内孔找正
	φ30 φ40 超过孔距一半直径	1）粗车 φ42mm 台阶，在平面内最大直径车削时超过孔距的一半 2）精车 φ40mm 台阶，车深10mm 平面
花盘上正、反面加工左侧 φ25mm 孔径	1 2 3 4	（3）在花盘上将工件中间孔靠在花盘平面上，中间孔用定位柱定位，压板压在两孔之间
		1）粗钻孔 φ23mm 2）粗车 φ42mm 台阶，在平面内粗车深9mm 3）精车 φ25mm 孔径 4）精车 φ40mm 台阶，车深10mm 平面，与已车平面接刀
		（4）原位置翻面，按内孔找正
	φ25 φ40 1—花盘 2—压板 3—定位螺钉 4—工件	1）粗车 φ42mm 台阶，在平面内粗车深9mm 2）精车 φ40mm 台阶，车深10mm 平面，与已车平面接刀

（续）

操作项目及图示	操作内容及注意事项
花盘上正、反面加工右侧 φ25mm 孔径 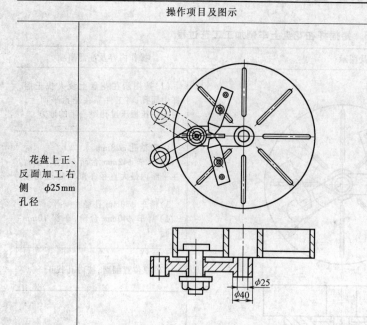	（5）在花盘上将工件中间孔靠在花盘平面上，中间孔用定位柱定位，压板压在两孔之间已车的平面上 1）粗钻孔 φ23mm 2）粗车 φ42mm 台阶，在平面内粗车深 9mm 3）精车 φ25mm 孔径 4）精车 φ40mm 台阶，车深 10mm 平面，与已车平面接刀 （6）原位置翻面，按内孔找正 1）粗车 φ42mm 台阶，在平面内粗车，深 9mm 2）精车 φ40mm 台阶，车深 10mm 平面，与已车平面接刀

表 10-6　短摇杆工件在带穿通槽的四爪单动卡盘上车削加工工艺过程

操作项目及图示	操作内容及注意事项
四爪单动卡盘上正、反面加工中间 φ30mm 孔径 φ30 φ40 超过孔距一半直径	（1）按图示在四爪单动卡盘上装夹找正摇杆中间孔，将工件靠在四爪单动卡盘平面上，三面用卡盘爪夹住、一面用压板压过孔距一半的地方 1）粗钻孔 φ28mm 2）粗车 φ42mm 台阶，车深 9mm，在平面内最大直径车削超过孔距的一半 3）精车 φ30mm 孔径 4）精车 φ40mm 台阶，车深 10mm 平面 （2）原位置翻面，按内孔找正 1）粗车 φ42mm 台阶，在平面内最大直径车削超过孔距的一半 2）精车 φ40mm 台阶，车深 10mm 平面

（续）

操作项目及图示	操作内容及注意事项
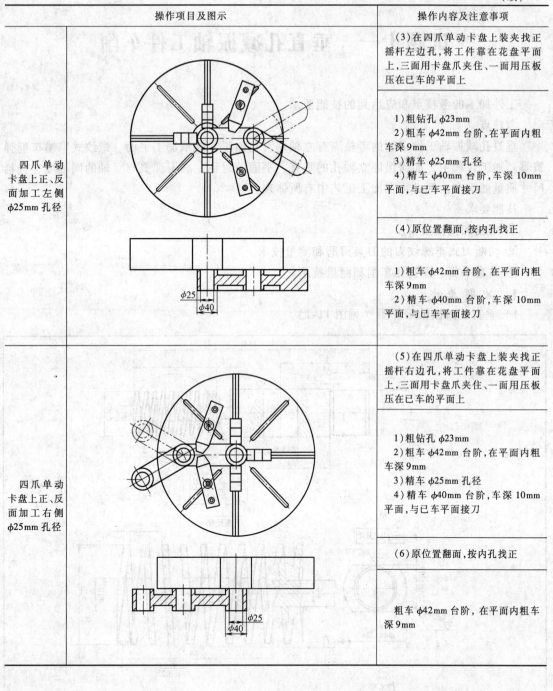四爪单动卡盘上正、反面加工左侧φ25mm孔径	（3）在四爪单动卡盘上装夹找正摇杆左边孔，将工件靠在花盘平面上，三面用卡盘爪夹住、一面用压板压在已车的平面上 1）粗钻孔 φ23mm 2）粗车 φ42mm 台阶，在平面内粗车深 9mm 3）精车 φ25mm 孔径 4）精车 φ40mm 台阶，车深 10mm平面，与已车平面接刀 （4）原位置翻面，按内孔找正 1）粗车 φ42mm 台阶，在平面内粗车深 9mm 2）精车 φ40mm 台阶，车深 10mm平面，与已车平面接刀
四爪单动卡盘上正、反面加工右侧φ25mm孔径	（5）在四爪单动卡盘上装夹找正摇杆右边孔，将工件靠在花盘平面上，三面用卡盘爪夹住、一面用压板压在已车的平面上 1）粗钻孔 φ23mm 2）粗车 φ42mm 台阶，在平面内粗车深 9mm 3）精车 φ25mm 孔径 4）精车 φ40mm 台阶，车深 10mm平面，与已车平面接刀 （6）原位置翻面，按内孔找正 粗车 φ42mm 台阶，在平面内粗车深 9mm

试题十一 垂直孔减振轴工件车削

工件加工的考核点和应达到的技能要求：

考核点

垂直孔减振轴工件车削的考核点有立轴垂直孔加工、四爪加工平面、螺纹式窄槽车削弹簧等。加工过程中，如何保证立轴孔的垂直、平面的对称、减振弹簧与立轴的同轴度，包括尺寸质量的确定，都必须在加工工艺中有所体现。

技能要求

① 划线和找正技术。

② 切断刀式车螺纹刀的刀具刃磨和测量技术。

③ 垂直平面、垂直孔车削和测量技术。

1. 试题要求

1）垂直孔减振轴零件图（见图11-1）。

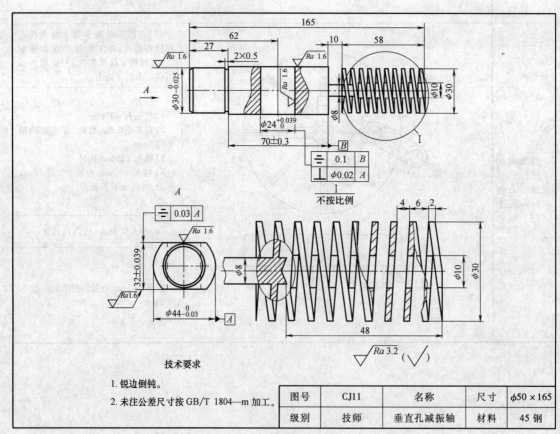

技术要求

1. 锐边倒钝。
2. 未注公差尺寸按 GB/T 1804—m 加工。

图号	CJ11	名称		尺寸	φ50×165
级别	技师	垂直孔减振轴		材料	45钢

图 11-1 垂直孔减振轴零件图

2）垂直孔减振轴操作技能评分表（见表 11-1）。

表 11-1　垂直孔减振轴操作技能评分表

考件编号 _____　　　时间定额 ___4h___　　　总分 ___100___

序号	项目	考核内容		配分		检测		得　分
		尺寸/mm	$Ra/\mu m$	尺寸	Ra	尺寸	Ra	
1	外圆	$\phi30_{-0.025}^{0}$	1.6	5	3			
2		$\phi30$	3.2	2				
3		$\phi44_{-0.03}^{0}$	1.6	5	3			
4		$\phi8$	3.2	4				
5	内孔	$\phi24_{0}^{+0.039}$	1.6	5	3			
6		$\phi10$	3.2	3	1			
7	扁宽	32 ± 0.039	1.6	4	3×2			
8	牙型	4,6,2		8×3				
9		牙型两侧面	3.2		2×2			
10	长度	165,两侧面	3.2		1×2			
11		58,两侧面	3.2		1×2			
12		62、27、35		2×3				
13		2×0.5		1				
14		70 ± 0.3		3				
15	几何公差	对称度 0.03		4				
16		对称度 0.1		4				
17		垂直度 $\phi0.02$		4				
18	其他	倒角 C1		1				
19		锐边倒角 C0.5		1				
20	安全文明	安全文明有关规定		违反规定,酌情扣总分 1 ~ 5 分				
合　　计				100				

评分标准:凡尺寸精度和几何公差超差时,扣该项全部分,表面粗糙度增值时扣该项全部分
否定项:普通螺纹及内梯形螺纹和外梯形螺纹中径都超差时,视为不合格

2. 准备清单

1) 材料准备（见表 11-2）。

表 11-2　材料准备

名　　称	规　　格	数　　量
45 钢	$\phi50mm\times170mm$ 成形材料	1
考试准备毛坯件		

2）设备准备（见表11-3）。

表 11-3　设备准备

名　称	规　格	数　量
车　床	C6140（四爪单动卡盘）	1
卡盘扳手	相应设备	1
刀架扳手	相应设备	1

3）工、量、刃、夹具准备（见表11-4）。

表 11-4　工、量、刃、夹具准备

序号	名　称	规　格	分度值/mm	数量	序号	名　称	规　格	分度值/mm	数量
1	游标卡尺	0~200mm	0.02	1	13	外圆车槽刀			1
2	外径千分尺	0~25mm	0.01	1	14	空刀车槽刀	2mm 宽		1
3	外径千分尺	25~50mm	0.01	1	15	钻头	ϕ10mm, ϕ22mm, ϕ23.6mm		各1
4	内径指示表	18~35mm	0.01	1	16	铰刀	ϕ24mm		1
5	游标高度卡尺	0~300mm	0.02	1	17	划针			1
6	磁座指示表	0~3mm	0.01	1套	18	样冲			1
7	计算器			1	19	方箱			1
8	金属直尺	300mm		1	20	顶尖			1
9	中心钻	B2/8mm		1	21	钻夹头			1
10	外圆车刀	90°		1	22	活扳手			1
11	弯头车刀	45°		1	23	螺钉旋具			1
12	螺旋槽车槽刀	4mm 宽		1	24				1

3. 加工难点分析和工件加工工艺路线

（1）技术要求及加工难点分析

1）应先加工立轴，确定立轴与垂直孔的位置。

2）立轴加工后，加工减振弹簧。减振弹簧在加工前，应刃磨好刀具的角度。刀具呈窄切刀形式，刚度低，具有一定的明显的螺旋角，刀具后角在加工过程中会发生角度变化，极容易造成刀具刚度继续下降。

（2）垂直孔减振轴工件加工工艺路线　粗车一侧外圆、端面→调头，粗车、精车另一侧外圆各表面→垂直孔平台划线→用四爪单动卡盘找正垂直对称孔位置→进行扁平面车削→调头，平行车削另一平面→用四爪单动卡盘找正车削弹簧部分→钻孔。

4. 垂直减振轴车削加工工艺过程（见表11-5）

表 11-5　垂直减振轴车削加工工艺过程

操作项目及图示	操作内容及注意事项
粗车一侧外圆、端面	（1）按图示用四爪单动卡盘夹一端外圆 1）粗车端面，长度169mm 2）粗车外圆φ32mm，长度66mm
调头，粗车、精车外圆各表面	（2）按图示调头夹φ32mm外圆 1）车平端面，长度165mm 2）粗车、精车轴台φ30mm外圆，长度27mm 3）车空刀槽2mm×0.5mm 4）粗车、精车外圆φ44mm
平台划线	（3）按图示划线 在平台上用游标高度卡尺划62mm高的孔中心线
用四爪单动卡盘找正垂直对称孔位置，进行扁平面车削	（4）按图示用四爪单动卡盘装夹工件 1）找正端面径向圆跳动。用指示表压在工件端面上，转动工件，找平端面，如图a所示 2）用两块指示表同时压在工件的一个侧面上，在爪的上下，将表针拨零，纵向移动出指示表，转动工件180°，两块指示表同时移近另一个侧面，压在工件的另一个侧面上，观察表针的变化，如上下表同时为零，说明工件轴线与主轴中心线交叉重合。不为零，则说明工件轴线与主轴中心线错开，不对称，需要找正，如图b所示 3）找正十字线 4）车削端面，厚38mm 5）钻、扩、铰孔φ24mm

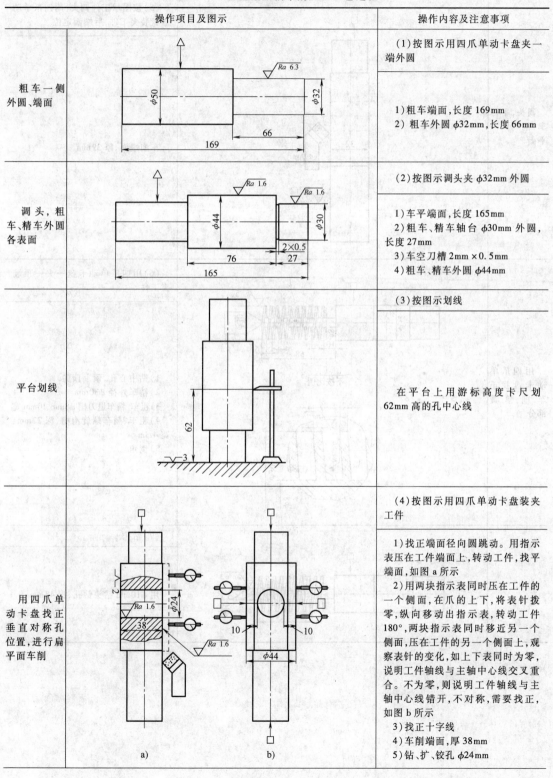

（续）

操作项目及图示	操作内容及注意事项
调头，平行车削另一平面	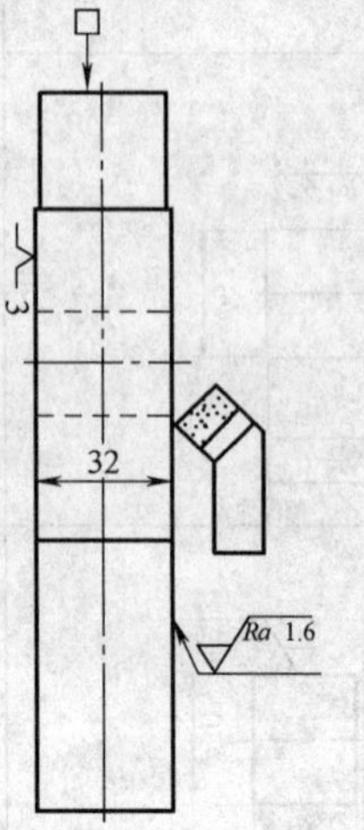 (5)按图示工件调头，用四爪单动卡盘装夹工件，后端面定位 车削端面，厚32mm
用四爪单动卡盘找正车削弹簧部分	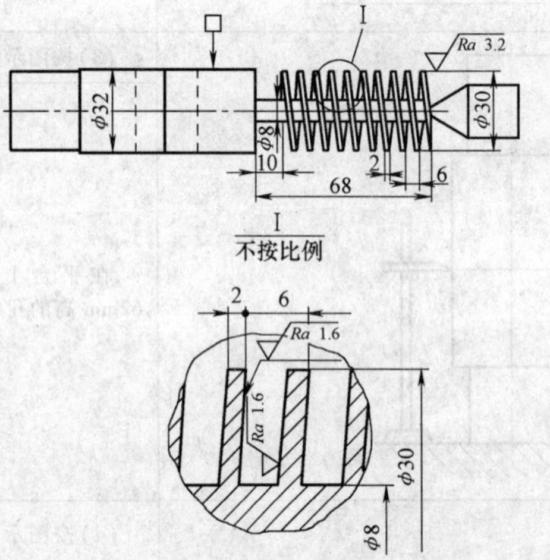 (6)用四爪单动卡盘一夹一顶装夹工件 1)钻中心孔，顶上顶尖 2)精车外径 φ30mm 3)粗车、精车退刀槽 φ8mm、10mm 宽 4)粗车、精车螺旋沟槽，深22mm、宽4mm 5)倒角
钻孔	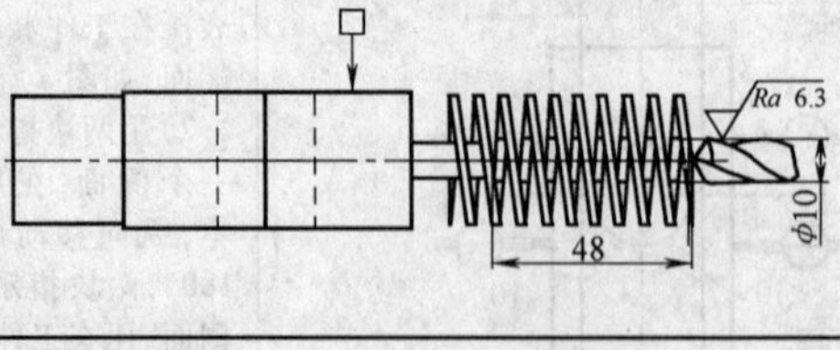 (7)钻孔 用 φ10mm 钻头钻孔，深48mm

试题十二 梯形螺纹偏心组合件车削

工件加工的考核点和应达到的技能要求：

考核点

梯形螺纹偏心组合件由多线梯形螺纹联接、端面连接、圆弧曲线、台阶偏心连接、内孔等组成。需要熟练掌握梯形螺纹的多线车削，需要正确计算和车削圆弧曲面，需要有三件工件偏心装配后再加工的熟练技术。

技能要求

① 端面沟槽车削、配合技术。

② 偏心车削、配合技术。

③ 圆弧面车削技术。

④ 装配车削技术。

⑤ 内孔车削技术。

（一）装配

1. 试题要求

1）梯形螺纹偏心组合件装配图（见图12-1）。

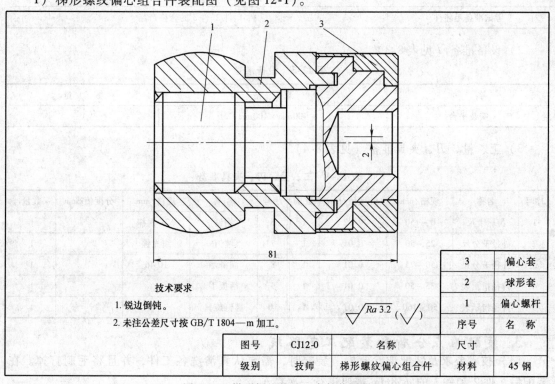

技术要求

1. 锐边倒钝。

2. 未注公差尺寸按GB/T 1804—m加工。

$\sqrt{Ra\,3.2}$ $\sqrt{}$

3	偏心套
2	球形套
1	偏心螺杆
序号	名　称

图号	CJ12-0	名称		尺寸	
级别	技师	梯形螺纹偏心组合件		材料	45钢

图 12-1　梯形螺纹偏心组合件装配图

2）梯形螺纹偏心组合件装配操作技能评分表（见表12-1）。

表12-1　梯形螺纹偏心组合件装配操作技能评分表

考件编号 _____　　时间定额 ___0.5h___　　总分 __4__

序号	项目	考核内容		配分		检测		得分
		尺寸/mm	Ra/μm	尺寸	Ra	尺寸	Ra	
1	装配	锐边倒角 C0.5		1				
2		件1与件2，件2与件3装配平面度允差0.1		1				
3		件1与件2，件2与件3装配间隙公差0~0.1		1				
4		件2与件3外圆φ58mm 直线度0.02		1				4
5	安全文明	安全文明有关规定		违反规定，酌情扣总分1~5分				
合　计				4				

评分标准：凡尺寸精度和几何公差超差时，扣该项全部分，表面粗糙度值增大时扣该项全部分

否定项：普通螺纹及内梯形螺纹和外梯形螺纹中径都超差时，视为不合格

2. 准备清单

1）材料准备（见表12-2）。

表12-2　材料准备

名　称	规　格	数　量
45钢	件1、件2、件3	3
考试准备毛坯件	件1、件2、件3 的合格产品	

2）设备准备（见表8-3）。

表12-3　设备准备

名　称	规　格	数　量
安装平台	400mm×400mm	1

3）工、量、刃、夹具准备（见表8-4）。

表12-4　工、量、刃、夹具准备

序号	名称	规格/mm	分度值/mm	数量	序号	名　称	规格/mm	分度值/mm	数量
1	游标卡尺	0~150	0.02	1	6	铜锤	φ25铜棒		1
2	外径千分尺	25~50	0.01	1	7	锉刀	细光锉		1
3	外径千分尺	50~75	0.01	1	8	润滑油	HL46		1
4	内径指示表	35~50	0.01	1	9	活扳手			1
5	内径指示表	50~160	0.01	1	10	螺钉旋具			1

3. 装配难点分析和装配工艺路线

（1）技术要求及装配难点分析　装配时，需要认真清洗各工件，并且将毛刺打掉。在装配后，件2和件3的φ58mm需要进行一次精车。

（2）装配工艺路线　装配件1和件2→装配件1和件3→修配件2和件3外径。

4. 梯形螺纹偏心组合件装配工艺过程（见表12-5）

表12-5 梯形螺纹偏心组合件装配工艺过程

操作项目及图示	操作内容及注意事项
做中心堵 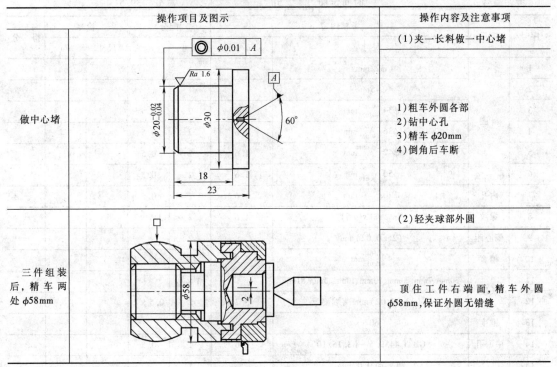	（1）夹一长料做一中心堵 1）粗车外圆各部 2）钻中心孔 3）精车 $\phi20mm$ 4）倒角后车断
三件组装后，精车两处 $\phi58mm$ 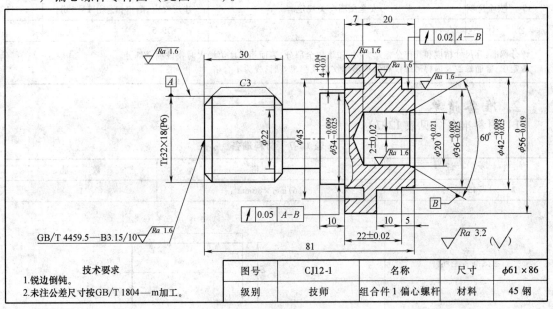	（2）轻夹球部外圆 顶住工件右端面，精车外圆 $\phi58mm$，保证外圆无错缝

（二）偏心螺杆

1. 试题要求

1）偏心螺杆零件图（见图12-2）。

图 12-2 偏心螺杆零件图

2）偏心螺杆操作技能评分表（见表12-6）。

表12-6 偏心螺杆操作技能评分表

考件编号＿＿＿＿＿＿＿＿＿＿　　时间定额＿＿2.5h＿＿　　总分＿39.5＿

序号	项目	考核内容		配分		检测		得 分
		尺寸	$Ra/\mu m$	尺寸	Ra	尺寸	Ra	
1	外圆	$\phi22mm$		1				
2		$\phi45mm$		1				
3		$\phi34^{-0.009}_{-0.025}mm$	3.2	2	0.5			
4		$\phi36^{-0.009}_{-0.025}mm$	1.6	2	0.5			
5		$\phi42^{-0.009}_{-0.025}mm$	1.6	2	0.5			
6		$\phi56^{\ 0}_{-0.019}mm$	1.6	2	0.5			
7	内孔	$\phi20^{+0.021}_{0}mm$	1.6	2	0.5			
8	螺纹	$Tr32\times18(P6)$	1.6	2	0.5×2			
9	偏心距	$(2\pm0.02)mm$		2				
10	槽宽	$4^{+0.04}_{+0.01}mm$	3.2	3	0.5			
11	长度	30mm、7mm、20mm、10mm、10mm、5mm、81mm		1×7				
12		$(22\pm0.02)mm$ 两端面	3.2	2	0.5×2			
13	锥度	$60°$		1				
14	中心孔	GB/T 4459.5—B3.15/10	1.6	1	0.5			
15	几何公差	圆跳动0.02mm		1				
16		圆跳动0.05mm		1				
17	其他	倒角20°（2处）		0.5×2				
18		锐边倒角C0.5		1				
19	安全文明	安全文明有关规定		违反规定，酌情扣总分1~5分				
合 计				39.5				

评分标准：凡尺寸精度和几何公差超差时，扣该项全部分，表面粗糙度值增大时扣该项全部分
否定项：普通螺纹及内梯形螺纹和外梯形螺纹中径都超差时，视为不合格

2. 准备清单

1）材料准备（见表12-7）。

表12-7 材料准备

名　称	规　格	数　量
45钢	$\phi61mm\times86mm$	1
考试准备毛坯件		

2）设备准备（见表12-8）。

表12-8 设备准备

名　　称	规　　格	数　　量
车　床	C6140A(四爪单动卡盘)	1
卡盘扳手	相应设备	1
刀架扳手	相应设备	1

3）工、量、刃、夹具准备（见表12-9）。

表12-9 工、量、刃、夹具准备

序号	名称	规格	分度值/mm	数量	序号	名　称	规格	分度值/mm	数量
1	游标卡尺	0~200mm	0.02	1	10	梯形螺纹车刀	$p=6$mm		1
2	外径千分尺	0~25mm	0.01		11	外车槽刀			1
3	外径千分尺	23~30mm	0.01	1	12	端面车刀	4mm		1
4	外径千分尺	50~75mm	0.01	1	13	钻头	ϕ17mm, ϕ19.6mm		各1
	内径指示表	18~35mm	0.01	1	14	铰刀	ϕ20mm		1
5	磁座指示表	0~10mm	0.01	1套	15	顶尖			1
6	金属直尺	150mm		1	13	钻夹头			1
7	中心钻	B3.15/10mm		1	16	活扳手			1
8	外圆车刀	90°		1	17	螺钉旋具			1
9	弯头车刀	45°		1					

3. 加工难点分析和工件加工工艺路线

（1）技术要求及加工难点分析

1）Tr32三线螺纹车削时，分线的精度要准确。

2）端面连接槽车削时，槽的大径与小径的尺寸控制。

3）偏心轴径车削时，偏心距的找正。

（2）偏心螺杆工件加工工艺路线　粗车一侧内径和外径→调头，粗车、精车梯形螺纹→精车端面槽→装夹螺纹大径，精车头部内径和外径→加开口套车削头部偏心轴径。

4. 偏心螺杆车削加工工艺过程（见表12-10）

表12-10 偏心螺杆车削加工工艺过程

操作项目及图示		操作内容及注意事项
粗车一侧内径和外径	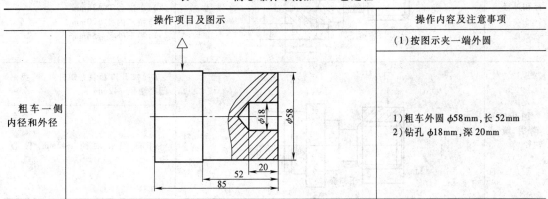	（1）按图示夹一端外圆 1）粗车外圆 ϕ58mm，长52mm 2）钻孔 ϕ18mm，深20mm

（续）

操作项目及图示	操作内容及注意事项
调头，粗车、精车梯形螺纹 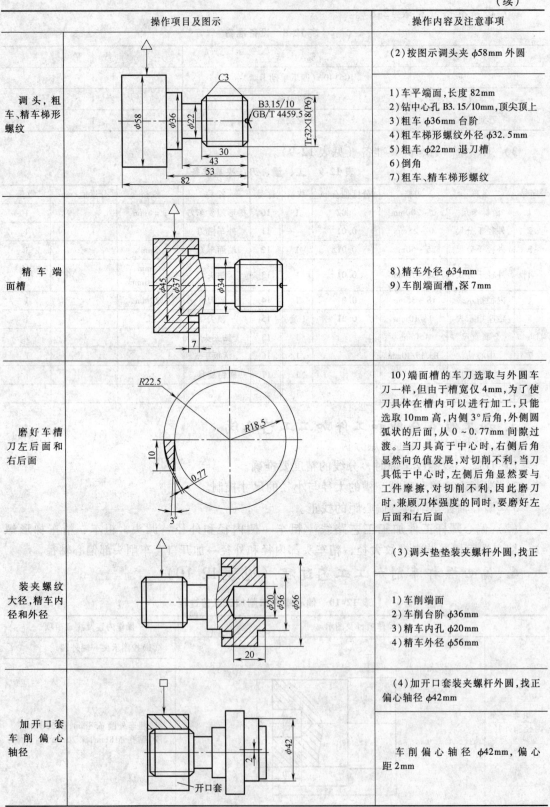	（2）按图示调头夹 φ58mm 外圆 1）车平端面，长度 82mm 2）钻中心孔 B3.15/10mm，顶尖顶上 3）粗车 φ36mm 台阶 4）粗车梯形螺纹外径 φ32.5mm 5）粗车 φ22mm 退刀槽 6）倒角 7）粗车、精车梯形螺纹
精车端面槽	8）精车外径 φ34mm 9）车削端面槽，深 7mm
磨好车槽刀左后面和右后面	10）端面槽的车刀选取与外圆车刀一样，但由于槽宽仅 4mm，为了使刀具体在槽内可以进行加工，只能选取 10mm 高，内侧 3°后角，外侧圆弧状的后面，从 0～0.77mm 间隙过渡。当刀具高于中心时，右侧后角显然向负值发展，对切削不利，当刀具低于中心时，左侧后角显然要与工件摩擦，对切削不利，因此磨刀时，兼顾刀体强度的同时，要磨好左后面和右后面
装夹螺纹大径，精车内径和外径	（3）调头垫垫装夹螺杆外圆，找正 1）车削端面 2）车削台阶 φ36mm 3）精车内孔 φ20mm 4）精车外径 φ56mm
加开口套车削偏心轴径	（4）加开口套装夹螺杆外圆，找正偏心轴径 φ42mm 车削偏心轴径 φ42mm，偏心距 2mm

（三）球形套

1. 试题要求

1）球形套零件图（见图12-3）。

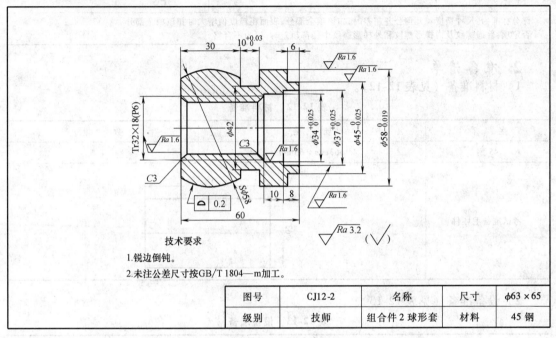

技术要求

1. 锐边倒钝。
2. 未注公差尺寸按GB/T 1804—m加工。

图号	CJ12-2	名称		尺寸	$\phi63 \times 65$
级别	技师	组合件2 球形套		材料	45 钢

图 12-3　球形套零件图

2）球形套操作技能评分表（见表12-11）。

表 12-11　球形套操作技能评分表

考件编号 _____　　　时间定额　**2h**　　　总分　**31.5**

序号	项目	考核内容		配分		检测		得　分
		尺寸/mm	$Ra/\mu m$	尺寸	Ra	尺寸	Ra	
1	外圆	$\phi42$	3.2	1	0.5			
2		$\phi45_{-0.025}^{0}$	1.6	2	1			
3		$\phi58_{-0.019}^{0}$	1.6	2	1			
4	内孔	$\phi34_{0}^{+0.025}$	1.6	2	1			
5		$\phi37_{0}^{+0.025}$	1.6	2	1			
6	螺纹	$Tr32 \times 18(P6)$	1.6	2	1			
7	球部	$S\phi58$	3.2	4	0.5			
8	长度	30、6、60、10、8		1×5				
9		$10^{+0.03}$ 两端面	3.2	2	0.5			
10	几何公差	面轮廓度0.2		1				
11	其他	$C3$（2 处）		0.5×2				
12		锐边倒角 $C0.5$		1				

（续）

序号	项目	考核内容		配分		检测		得分
		尺寸/mm	$Ra/\mu m$	尺寸	Ra	尺寸	Ra	
13	安全文明	安全文明有关规定		违反规定，酌情扣总分 1～5 分				
合　计				31.5				

评分标准：凡尺寸精度和几何公差超差时，扣该项全部分，表面粗糙度值增大时扣该项全部分

否定项：普通螺纹及内梯形螺纹和外梯形螺纹中径都超差时，视为不合格

2. 准备清单

1）材料准备（见表 12-12）。

表 12-12　材料准备

名　称	规　格	数　量
45 钢	$\phi63mm \times 65mm$	1
考试准备毛坯件		

2）设备准备（见表 12-13）。

表 12-13　设备准备

名　称	规　格	数　量
车床	C6140A(四爪单动卡盘)	1
卡盘扳手	相应设备	1
刀架扳手	相应设备	1

3）工、量、刃、夹具准备（见表 12-14）。

表 12-14　工、量、刃、夹具准备

序号	名称	规格	分度值/mm	数量	序号	名称	规格	分度值/mm	数量
1	游标卡尺	0～150mm	0.02	1	11	外圆车槽刀			1
2	外径千分尺	25～50mm	0.01	1	12	梯形内螺纹车刀			1
3	外径千分尺	50～75mm	0.01	1	13	球头刀	$S\phi58mm$		1
4	内径指示表	18～35mm	0.01	1	14	中心钻	A2/5mm		1
5	内径指示表	35～50mm	0.01	1	15	钻头	$\phi23mm, \phi32mm$		2
6	磁座指示表	0～10mm	0.01	1 套	16	划针			1
7	金属直尺	150mm		1	17	顶尖			1
8	外圆车刀	90°		1	18	活扳手			1
9	弯头车刀	45°		1	19	螺钉旋具			1
10	内孔车刀	90°		1					

3. 加工难点分析和工件加工工艺路线

（1）技术要求及加工难点分析

1）Tr32 三线内螺纹的车削难度系数较大，分线的精度不易控制。

2）$S\phi58mm$ 球面尺寸精度及面轮廓度的控制，需要采取一定的加工方法和检测方法。

3）内径和外径的同轴度与找正。

4）$\phi58mm$ 外径车削时应留量 0.5mm，装配后统一进行外圆精车。

5）球形套对刀车削分析：

如图 12-4 所示为圆弧刀 $R5mm$ 车削圆球 $S\phi58mm$ 的进给分析。

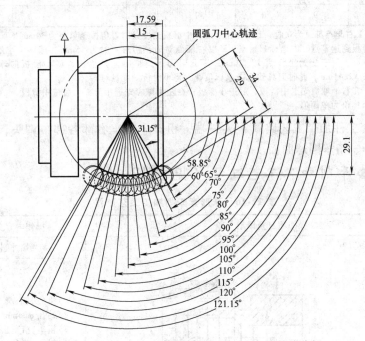

图 12-4　圆弧刀 $R5mm$ 车削圆球 $S\phi58mm$ 的进给分析

在用圆弧刀 $R5mm$ 车削圆球 $S\phi58mm$ 时，可用坐标法进行精车。

右侧为起刀点。

① 已知球半体宽15mm，球体半径为29mm，计算起点夹角：

$$\cos\alpha = \frac{15}{29} = 0.517, \alpha = 58.85°$$

② 计算 X、Y 坐标点：

从球体中心至 $R5mm$ 刀中心为 29mm + 5mm = 34mm，夹角为 58.85°，根据三角形计算得知：

$$X = 34mm \times \cos58.85° = 17.59mm$$

$$Y = 34mm \times \sin58.85° = 29.1mm$$

将整个圆弧球面首尾分成 58.85°、60°、65°、70°、75°、80°、85°、90°、95°、100°、105°、110°、115°、120°、121.15°共 15 个坐标点，见表 12-15。

表 12-15　车削 Sϕ58mm 圆球弧面坐标点数值　　　　（单位：mm）

进刀次数	度数	右 Y 计算值	右 Y 先退刀值	右 X 计算值	右 X 后进刀值	进刀次数	度数	左 X 计算值	左 X 先进刀值	左 Y 计算值	左 Y 后进刀值
1	58.85°	29.1	0	17.59	0	9	95°	−2.96	20.55	33.87	4.77
2	60°	29.44	0.34	17	0.59	10	100°	−5.9	23.49	33.48	4.38
3	65°	30.81	1.71	14.37	3.22	11	105°	−8.8	26.39	32.84	3.74
4	70°	31.95	2.85	11.63	5.96	12	110°	−11.63	29.22	31.95	2.85
5	75°	32.84	3.74	8.8	8.79	13	115°	−14.37	31.96	30.81	1.71
6	80°	33.48	4.38	5.9	11.69	14	120°	−17	34.59	29.44	0.34
7	85°	33.87	4.77	2.96	14.63	15	121.15°	17.59	35.18	29.1	0
8	90°	34	4.9	0	17.59						

注：1. 表中 X、Y 右起点都设为 0 时，Y 以外径对刀，中滑板刻度盘对刀值拨至单面为 34mm（双面为 68mm 值），然后摇中滑板到达零点、即坐标起始点。X 以右端面对刀，初对刀时为 15mm（球体 − 半厚）+5mm（刀具半径）=20mm，由于初始坐标为 17.59mm，因此对刀后，将刀向外摇出，将小滑板向球心摇进 20mm − 17.59mm =2.41mm，此时刀具到达 X 坐标位置，将小滑板刻度盘对零。

2. 车削时，在右半球应先退中滑板，后进小滑板；在左半球应先进小滑板，后进中滑板。

3. 以上 Y 坐标值为单面值。

（2）球形套工件加工工艺路线　夹一端，粗车、精车右部各部→调头，粗车、精车梯形内螺纹→粗车、精车圆球曲面。

4. 球形套车削加工工艺过程（见表 12-16）

表 12-16　球形套车削加工工艺过程

操作项目及图示	操作内容及注意事项
夹一端，粗车和精车右部各部	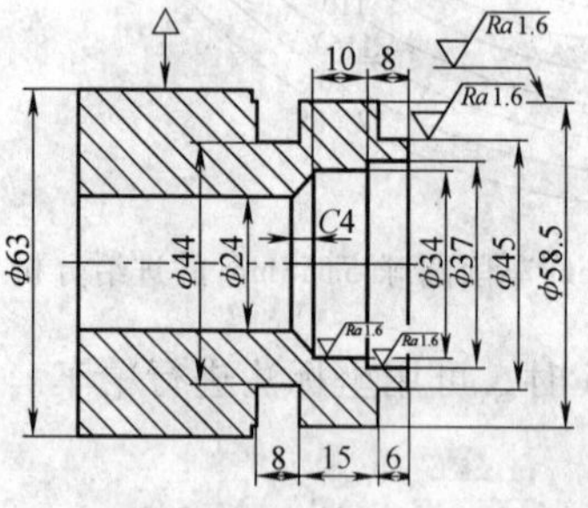 （1）夹一端外圆 1）粗车外圆 ϕ58.5mm，长度大于 29mm 2）钻孔 ϕ24mm 3）粗车、精车止口 ϕ34mm 4）粗车、精车止口 ϕ37mm 5）粗车、精车台阶 ϕ45mm 6）车削倒角 C4 mm 7）粗车削沟槽 ϕ44mm，宽 8mm
调头，粗车、精车梯形内螺纹	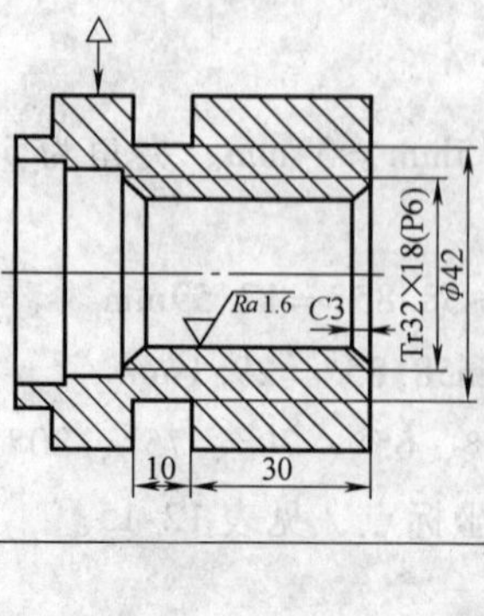 （2）调头夹 ϕ58.5mm 外径 1）车平端面 2）车内孔 ϕ26mm 3）倒角 C3mm 4）粗车和精车内梯形螺纹 5）精车削沟槽 ϕ42mm，宽 10mm

（续）

操作项目及图示	操作内容及注意事项
粗车、精车圆球曲面 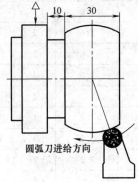 圆弧刀进给方向	6）安装 $R5\text{mm}$ 圆弧刀具，对刀车削 7）粗车 $S\phi52\text{mm}$ 圆球 8）按坐标法精车 $S\phi58\text{mm}$ 圆球

（四）偏心套

1. 试题要求

1）偏心套零件图（见图 12-5）。

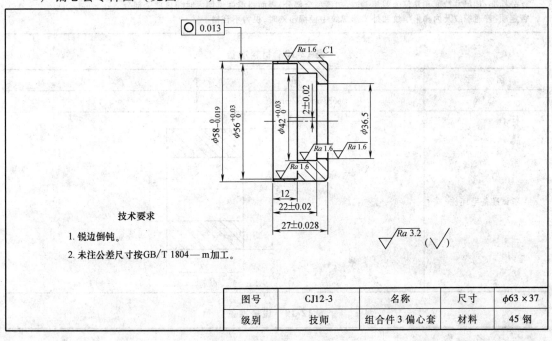

技术要求

1. 锐边倒钝。

2. 未注公差尺寸按 GB/T 1804—m 加工。

图号	CJ12-3	名称		尺寸	$\phi63 \times 37$
级别	技师	组合件3 偏心套		材料	45 钢

图 12-5　偏心套零件图

2）偏心套操作技能评分表（见表 12-17）。

2. 准备清单

1）材料准备（见表 12-18）。

2）设备准备（见表 12-19）。

表 12-17　偏心套操作技能评分表

考件编号＿＿＿＿＿＿＿＿　　时间定额＿＿1h＿＿　　总分＿25＿

序号	项目	考核内容		配分		检测		得分
		尺寸/mm	$Ra/\mu m$	尺寸	Ra	尺寸	Ra	
1	外圆	$\phi 58_{-0.019}^{\ 0}$	1.6	2	1			
2		$\phi 36.5$	1.6	2	1			
3	内孔	$\phi 56_{\ 0}^{+0.03}$	1.6	2	1			
4		$\phi 42_{\ 0}^{+0.03}$	1.6	2	1			
5	偏心距	2 ± 0.02		2				
6		12,端面	3.2	1	0.5			
7	长度	22 ± 0.02,端面	3.2	2	0.5			
8		27 ± 0.028,两端面	3.2		0.5×2			
9	几何公差	圆度 0.013		2				
10	其他	$C1$		1				
11		锐边倒角 $C0.5$		1				
12	安全文明	安全文明有关规定		违反规定,酌情扣总分 $1 \sim 5$ 分				
合　计				25				

评分标准:凡尺寸精度和几何公差超差时,扣该项全部分,表面粗糙度值增大时扣该项全部分

否定项:普通螺纹及内梯形螺纹和外梯形螺纹中径都超差时,视为不合格

表 12-18　材料准备

名　称	规　格	数　量
45 钢	$\phi 63mm \times 37mm$	1
考试准备毛坯件		

表 12-19　设备准备

名　称	规　格	数　量
车　床	C6140A(四爪单动卡盘)	1
卡盘扳手	相应设备	1
刀架扳手	相应设备	1

3）工、量、刃、夹具准备（见表 12-20）。

表 12-20　工、量、刃、夹具准备

序号	名称	规格	分度值/mm	数量	序号	名称	规格	分度值/mm	数量
1	游标卡尺	0~150mm	0.02	1	9	弯头车刀	45°		1
2	外径千分尺	25~50mm	0.01	1	10	内孔车刀	90°		1
3	外径千分尺	50~75mm	0.01	1	11	钻头	φ34mm		1
4	内径指示表	35~50mm	0.01	1	12	划针			1
5	内径指示表	50~160mm	0.01	1	13	顶尖			1
6	磁座指示表	0~5mm	0.01	1套	14	活扳手			1
7	金属直尺	150mm		1	15	螺钉旋具			1
8	外圆车刀	90°		1	16				

3. 加工难点分析和工件加工工艺路线

（1）技术要求及加工难点分析

1）φ58mm 外径与 φ56mm 内径属于薄壁部分，注意此部分容易变形。

2）偏心部分的尺寸注意其准确性。

3）φ58mm 外径车削时应留量 0.5mm，装配后统一进行外圆精车。

（2）偏心套工件加工工艺路线　夹一端，粗车、精车同心外径与内径→用四爪单动卡盘找正，粗车、精车偏心内径→调头，车去厚度余量。

4. 偏心套车削加工工艺过程（见表 12-21）

表 12-21　偏心套车削加工工艺过程

操作项目及图示	操作内容及注意事项
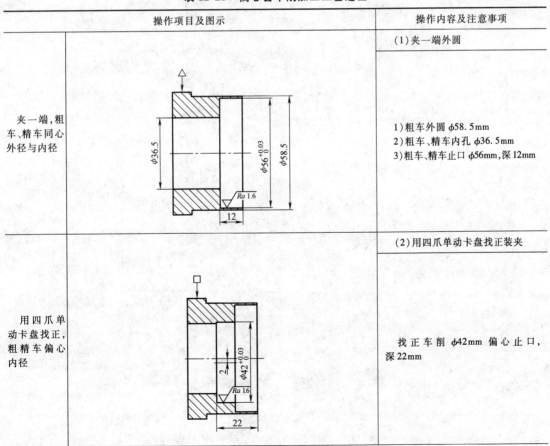	（1）夹一端外圆 1）粗车外圆 φ58.5mm 2）粗车、精车内孔 φ36.5mm 3）粗车、精车止口 φ56mm，深 12mm （2）用四爪单动卡盘找正装夹 找正车削 φ42mm 偏心止口，深 22mm

（续）

操作项目及图示	操作内容及注意事项
	（3）调头装夹外圆
调头，车去厚度余量	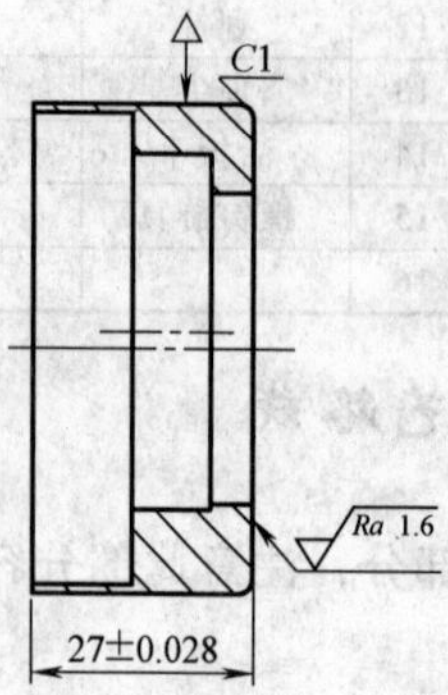 车端面，宽度 27mm

试题十三 相贯孔锥体车削

工件加工的考核点和应达到的技能要求：

考核点

相贯孔锥体的加工属于技师畸形零件加工项，使用四爪单动卡盘进行划线、找正装夹，要求精度高、位置准确，加工难度较大。

① 相贯孔锥体零件有 7 个孔立体交叉，孔与孔之间相通，类似于阀体，整体小而孔的位置多，在平面、外圆弧面有直孔、锥孔通过。

② 加工毛坯料为圆料，加工成方与圆共存的几何形状。

技能要求

① 划线、找正技术。

② 矩形车削技术。

③ 锥度测量技术。

④ 钻孔、扩孔、铰孔技术。

⑤ 用指示表测量垂直度技术。

1. 试题要求

1）相贯孔锥体零件图（见图 13-1）。

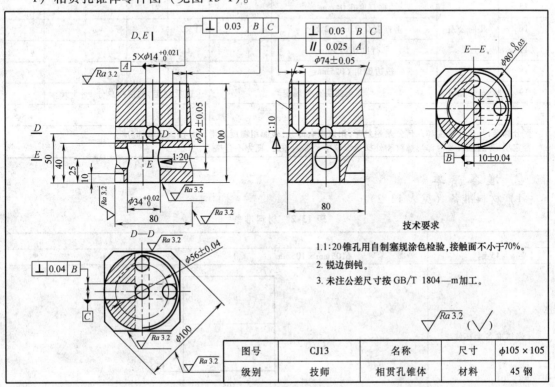

图 13-1 相贯孔锥体零件图

2）相贯孔锥体操作技能评分表（见表 13-1）。

表 13-1　相贯孔锥体操作技能评分表

考件编号＿＿＿＿＿＿＿＿　　　时间定额＿＿4h＿＿　　　总分＿＿100＿＿

序号	项目	考核内容		配分		检测		得　分
		尺寸	$Ra/\mu m$	尺寸	Ra	尺寸	Ra	
1	外圆	$\phi100mm$		2				
2		$\phi80_{-0.03}^{\ \ 0}mm$	1.6	5	2			
3	四方	$80mm \times 80mm$	3.2	6	2			
4	内孔	$\phi34_{0}^{+0.02}mm$	1.6	5	4			
5		$5 \times \phi14_{0}^{+0.021}mm$	1.6	4×5	1×5			
6	锥度尺寸	内锥（$\phi24 \pm 0.05$）mm		4				
7		外锥（$\phi74 \pm 0.05$）mm		4				
8	中心距	（10 ± 0.04）mm		5				
9		（$\phi56 \pm 0.04$）mm		5				
10		$50mm$、$25mm$		1,1				
11	锥度	1:20	1.6	5	4			
12		1:10	1.6	5	4			
13	长度	$100mm$，两端面	3.2	1	1×2			
14		$40mm$、$10mm$		1,1				
15	几何公差	垂直度 $0.04mm$		1				
16		垂直度 $0.03mm$（2 处）		1×2				
17		平行度 $0.025mm$		1				
18	其他	锐边倒角 $C0.5mm$		1				
19	安全文明	安全文明有关规定		违反规定，酌情扣总分 1～5 分				
合　计				100				

评分标准：凡尺寸精度和几何公差超差时，扣该项全部分，表面粗糙度值增大时扣该项全部分

否定项：普通螺纹及内梯形螺纹和外梯形螺纹中径都超差时，视为不合格

2. 准备清单

1）材料准备（见表 13-2）。

表 13-2　材料准备

名　称	规　格	数　量
45 钢	$\phi105mm \times 105mm$	1
考试准备毛坯件		

2) 设备准备（见表13-3）。

表 13-3 设备准备

名 称	规 格	数 量
车床	C6140（四爪单动卡盘）	1
卡盘扳手	相应设备	1
刀架扳手	相应设备	1

3) 工、量、刃、夹具准备（见表13-4）。

表 13-4 工、量、刃、夹具准备

序号	名称	规格	分度值	数量	序号	名 称	规格	分度值	数量
1	游标卡尺	0～150mm	0.02mm	1	12	外圆车刀	90°		1
2	外径千分尺	0～25mm	0.01mm	1	13	弯头车刀	45°		1
3	外径千分尺	75～100mm	0.01mm	1	14	内孔精车刀	90°		1
4	内径指示表	0～18mm	0.01mm	1	15	钻头	ϕ13.8mm,ϕ18mm,ϕ31mm		各1
5	内径指示表	18～35mm	0.01mm	1	16	铰刀	ϕ14mm		
6	游标高度卡尺	0～300mm	0.02mm	1	17	划针			1
7	磁座指示表	0～10mm	0.01mm	1套	18	样冲			1
8	游标万能角度尺	0°～320°	2′	1	19	方箱			1
9	锥度量器	1:20		1	20	顶尖			1
10	计算器			1	21	钻夹头			1
11	金属直尺	300mm		1	22	活扳手			1

3. 加工难点分析和工件加工工艺路线

(1) 技术要求及加工难点分析

1) 有5个ϕ14mm孔属于立体交叉，其中三孔在锥体小头端面上，有两孔在锥体表面上，需要划线，并需要底座的四方作为基准进行找正。

2) 在外圆表面上有锥孔横向通过与底孔ϕ34mm交叉穿过，同样需要底座的四方作为基准进行找正。

3) 底孔ϕ34mm除与锥孔交叉外，也与ϕ14mm孔相通，并且侧素线与ϕ14mm内孔的一侧素线取齐，有位置度要求。

4) 七孔要求垂直平行。

5) 工艺上要求，车好四方与锥体后，要两端面、外圆柱面与外圆锥面整体划线。

6) 锥体零件外锥尺寸测量。外锥体尺寸测量方法如图13-2所示：将一平板靠在端面上，在靠板与锥面上放两个标准圆柱，测量 M 值。

① 已知尺寸

a：锥度斜角

锥度比为 $1:10$，$\tan\dfrac{\alpha}{2}=\dfrac{C}{2}=\dfrac{0.5}{10}=0.05$

$\dfrac{\alpha}{2}=2.86°$

b：锥度小头尺寸为（$\phi74\pm0.05$）mm

c：相等直径的量柱直径尺寸 $d=\phi10$mm

② 测量方法

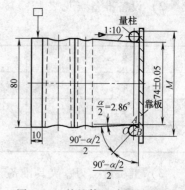

图 13-2　外锥体尺寸测量方法

量棒被夹角度 $90°-\alpha$，用 $\triangle ABO$ 计算 M 值

已知 $BO=d/2$，$AB=\dfrac{d/2}{\tan\dfrac{90°-\alpha/2}{2}}$

即

$$M=2\left(\dfrac{d}{2}+AB\right)+74=d+2\dfrac{d/2}{\tan\dfrac{90°-\beta/2}{2}}+74$$

设锥度小头尺寸实际值为 d_1，则：

$$d_1=M-d-d\dfrac{1}{\tan\dfrac{90°-\alpha/2}{2}}$$

$$=M-d\left(1+1/\tan\dfrac{90°-\alpha/2}{2}\right)$$

例：如测得 $M=\phi94.70$mm，求实际值。

解：

$$d_1=M-d\left(1+1/\tan\dfrac{90°-\alpha/2}{2}\right)$$

$$d_1=94.70-10\left(1+1/\tan\dfrac{90°-2.86°}{2}\right)$$

$$d_1=94.70-10(1+1/\tan43.57°)$$

$$d_1=94.70\text{mm}-10\times2.05\text{mm}=74.2\text{mm}$$

背吃刀量还有尺寸加工余量：$74.2\text{mm}-74\text{mm}=0.2\text{mm}$

注意：在计算时，需要将公差代进去一起运算。

（2）相贯孔锥体工件加工工艺路线　车削 $\phi100$mm 外圆、端面→车 $80\text{mm}\times80\text{mm}$ 方体→划全部孔线→粗车、精车 $1:20$ 内锥孔→钻、扩、铰平行于 $1:20$ 内锥孔的 $\phi14$mm 的孔→钻、扩、铰水平垂直于 $1:20$ 内锥孔的 $\phi14$mm 的孔→钻、扩、铰立体垂直于 $1:20$ 内锥孔的 $\phi14$mm 的孔→钻、车底部 $\phi34$mm 的孔→精车外圆锥 $1:10$ 表面。

4. 相贯孔锥体车削加工工艺过程（见表13-5）

表13-5 相贯孔锥体车削加工工艺过程

操作项目及图示	操作内容及注意事项
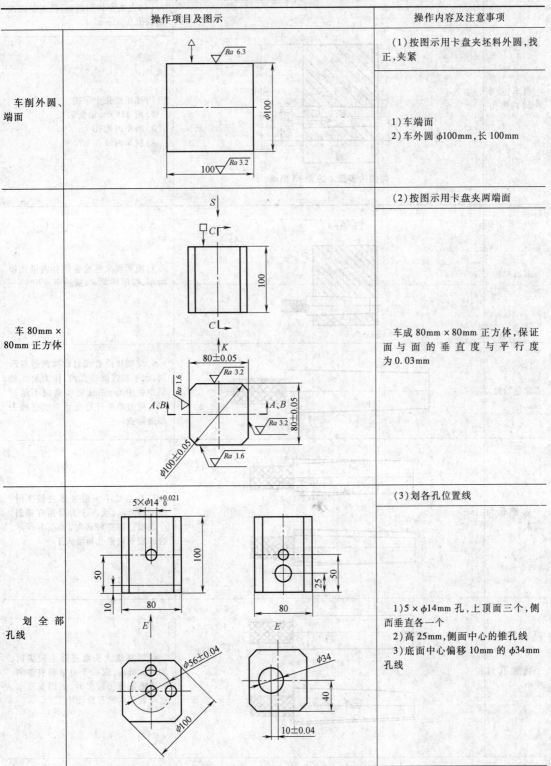 车削外圆、端面	（1）按图示用卡盘夹坯料外圆，找正，夹紧 1）车端面 2）车外圆 $\phi100$mm，长 100mm
车 80mm×80mm 正方体	（2）按图示用卡盘夹两端面 车成 80mm×80mm 正方体，保证面与面的垂直度与平行度为 0.03mm
划全部孔线	（3）划各孔位置线 1）5×$\phi14$mm 孔，上顶面三个，侧面垂直各一个 2）高 25mm，侧面中心的锥孔线 3）底面中心偏移 10mm 的 $\phi34$mm 孔线

（续）

操作项目及图示	操作内容及注意事项
粗车、精车 1:20 内锥孔 简图为步骤 2 的 A—A 剖面	（4）夹长方体两端面，找正平面圆跳动值 0.02mm 1）找正锥孔十字线 2）用 φ18mm 钻头钻孔 3）粗车内锥孔 4）精车内锥孔至尺寸
塞规检验	5）用塞规涂色检验研合内锥孔接触率，按图样要求，接触率≥70%
涂色检验	6）将塞规沿素线对称抹两道显示剂，水平塞进圆锥孔内，使力量尽量集中在中心，正反旋转塞规不超过 90°，拔出塞规进行显示剂痕迹擦去痕迹检查
内锥孔角度大	7）当塞规小头痕迹擦去较多时，如图 a 所示，或由于力量稍有歪斜，一边痕迹擦去较多时，如图 b 所示，这时表明内锥孔角度大了
内锥孔角度小	8）当塞规大头痕迹擦去较多时，如图 a 所示，或由于力量稍有歪斜，一边痕迹擦去较多时，如图 b 所示，这时表明内锥孔角度小了

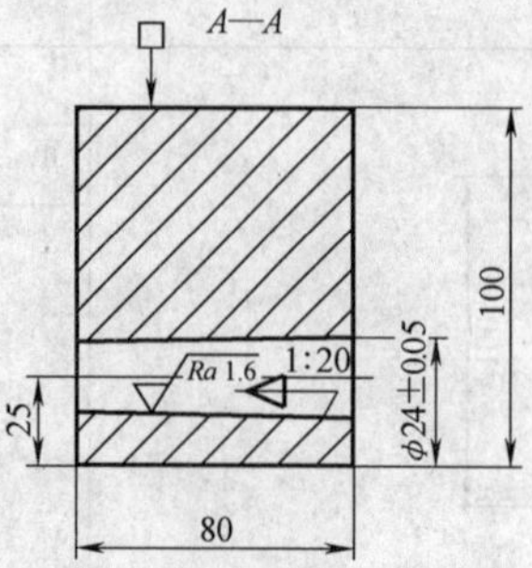

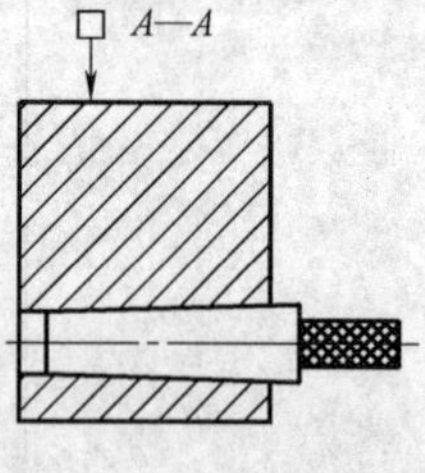

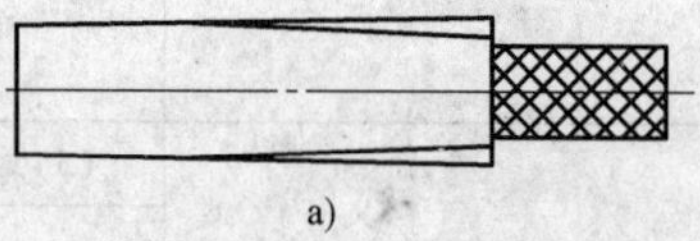

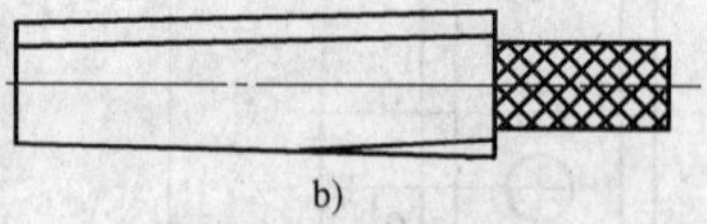

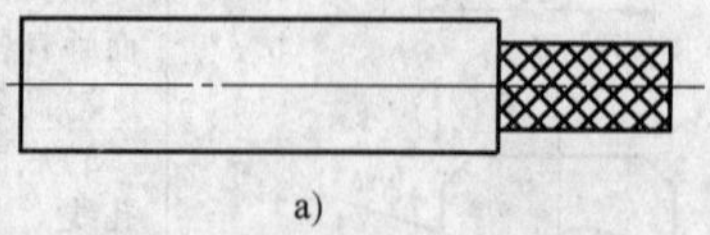

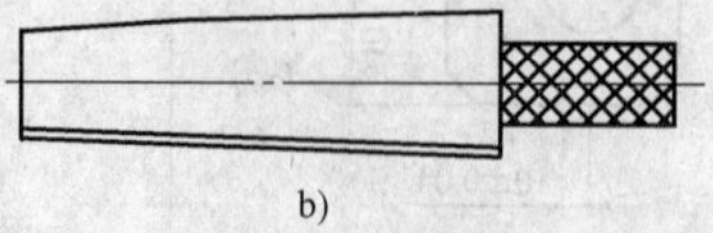

（续）

操作项目及图示	操作内容及注意事项
双曲线误差 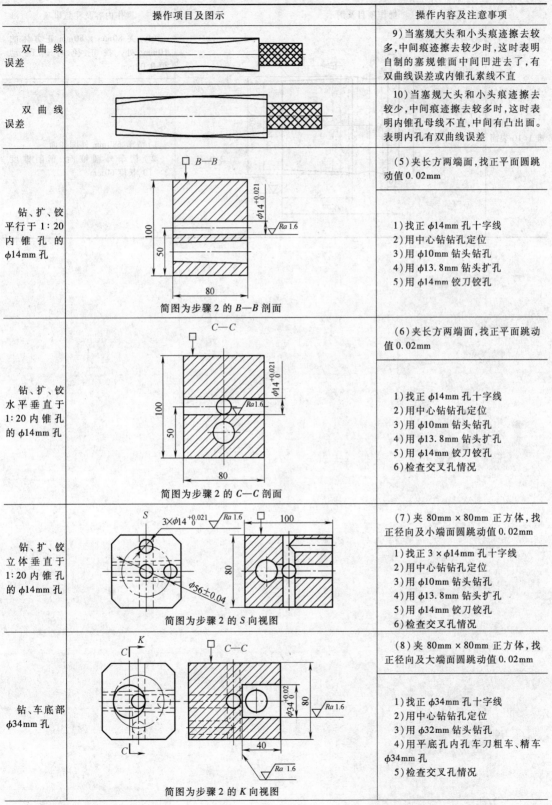	9）当塞规大头和小头痕迹擦去较多，中间痕迹擦去较少时，这时表明自制的塞规锥面中间凹进去了，有双曲线误差或内锥孔素线不直
双曲线误差	10）当塞规大头和小头痕迹擦去较少，中间痕迹擦去较多时，这时表明内锥孔母线不直，中间有凸出面。表明内孔有双曲线误差
钻、扩、铰平行于1：20内锥孔的 φ14mm 孔	（5）夹长方两端面，找正平面圆跳动值 0.02mm
	1）找正 φ14mm 孔十字线 2）用中心钻钻孔定位 3）用 φ10mm 钻头钻孔 4）用 φ13.8mm 钻头扩孔 5）用 φ14mm 铰刀铰孔
钻、扩、铰水平垂直于1：20内锥孔的 φ14mm 孔	（6）夹长方两端面，找正平面跳动值 0.02mm
	1）找正 φ14mm 孔十字线 2）用中心钻钻孔定位 3）用 φ10mm 钻头钻孔 4）用 φ13.8mm 钻头扩孔 5）用 φ14mm 铰刀铰孔 6）检查交叉孔情况
钻、扩、铰立体垂直于1：20内锥孔的 φ14mm 孔	（7）夹 80mm×80mm 正方体，找正径向及小端面圆跳动值 0.02mm
	1）找正 3×φ14mm 孔十字线 2）用中心钻钻孔定位 3）用 φ10mm 钻头钻孔 4）用 φ13.8mm 钻头扩孔 5）用 φ14mm 铰刀铰孔 6）检查交叉孔情况
钻、车底部 φ34mm 孔	（8）夹 80mm×80mm 正方体，找正径向及大端面圆跳动值 0.02mm
	1）找正 φ34mm 孔十字线 2）用中心钻钻孔定位 3）用 φ32mm 钻头钻孔 4）用平底孔内孔车刀粗车、精车 φ34mm 孔 5）检查交叉孔情况

简图为步骤 2 的 B—B 剖面

简图为步骤 2 的 C—C 剖面

简图为步骤 2 的 S 向视图

简图为步骤 2 的 K 向视图

（续）

操作项目及图示	操作内容及注意事项
精车外圆 锥1:10表面 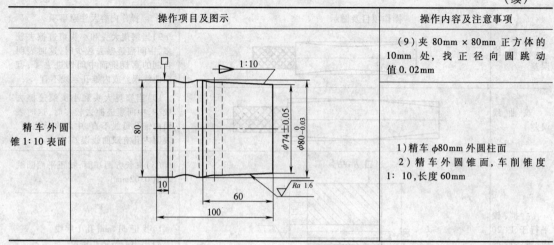	（9）夹 80mm×80mm 正方体的 10mm 处，找正径向圆跳动值0.02mm 1）精车 $\phi80mm$ 外圆柱面 2）精车外圆锥面，车削锥度1:10，长度60mm

试题十四　偏心畸形组合件车削

工件加工的考核点和应达到的技能要求:

考核点

偏心畸形组合件的考核点有偏心轴、多线梯形螺纹、垂直孔配合加工等。在加工过程中需要制定工艺尺寸的配合公差和检验方法等。

技能要求

① 配合加工技术。

② 划线、找正技术。

③ 工艺尺寸装配技术。

④ 内孔及内多线梯形螺纹车削技术。

⑤ 圆弧车削和测量技术。

⑥ 偏心车削技术。

（一）装配

1. 试题要求

1) 偏心畸形组合件装配图（见图14-1）。

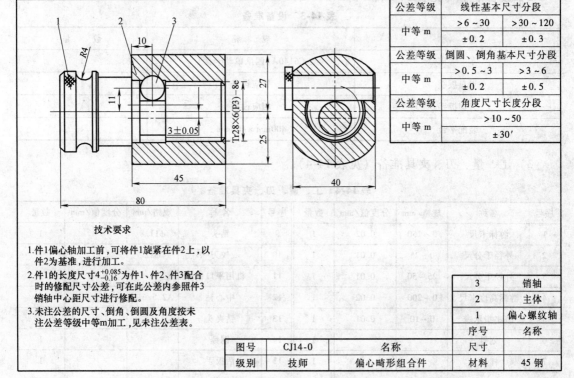

公差等级	线性基本尺寸分段	
中等 m	>6 ~ 30	>30 ~ 120
	±0.2	±0.3
公差等级	倒圆、倒角基本尺寸分段	
中等 m	>0.5 ~ 3	>3 ~ 6
	±0.2	±0.5
公差等级	角度尺寸长度分段	
中等 m	>10 ~ 50	
	±30′	

技术要求

1. 件1偏心轴加工前,可将件1旋紧在件2上,以件2为基准,进行加工。
2. 件1的长度尺寸 $4^{+0.085}_{-0.16}$ 为件1、件2、件3配合时的修配尺寸公差,可在此公差内参照件3销轴中心距尺寸进行修配。
3. 未注公差的尺寸、倒角、倒圆及角度按未注公差等级中等m加工,见未注公差表。

3	销轴
2	主体
1	偏心螺纹轴
序号	名称

图号	CJ14-0	名称		尺寸	
级别	技师		偏心畸形组合件	材料	45钢

图 14-1　偏心畸形组合件装配图

2）偏心畸形组合件装配操作技能评分表（见表14-1）。

表14-1 偏心畸形组合件装配操作技能评分表

考件编号_____ 时间定额____0.5h____ 总分____4____

序号	项目	考核内容		配分		检测		得分
		尺寸	Ra	尺寸	Ra	尺寸	Ra	
1	中心距	件3与件1配合中,不能产生过盈		2				
2		件1与件2配合中,间隙≤0.05mm		2				
3	安全文明	安全文明有关规定		违反规定,酌情扣总分1~5分				
合　计				4				

评分标准：凡尺寸精度和几何公差超差时，扣该项全部分，表面粗糙度值增大时扣该项全部分
否定项：普通螺纹及内梯形螺纹和外梯形螺纹中径都超差时，视为不合格

2. 准备清单

1）材料准备（见表14-2）。

表14-2 材料准备

名　称	规　格	数　量
45钢	件1、件2、件3	3
考试准备毛坯件	件1、件2、件3合格产品	

2）设备准备（见表14-3）。

表14-3 设备准备

名　称	规　格	数　量
车　床	C6140A(四爪单动卡盘)	1
卡盘扳手	相应设备	1
刀架扳手	相应设备	1
装配平台	400mm×400mm	1

3）工、量、刃、夹具准备（见表14-4）。

表14-4 工、量、刃、夹具准备

序号	名称	规格/mm	分度值/mm	数量	序号	名　称	规格/mm	分度值/mm	数量
1	游标卡尺	0~150	0.02	1	9	钻头	ϕ11.8		1
2	外径千分尺	0~25	0.01	1	10	铰刀	ϕ12		1
3	外径千分尺	25~50	0.01	1	11	机用平口钳			1
4	游标高度卡尺	0~200	0.02	1	12	中心钻	A2.5/6.3		1
5	磁座指示表	0~10	0.01	1	13	钻夹头			1
6	划针			1	14	铜锤			1
7	样冲			1	15	活扳手			1
8	方箱			1	16	螺钉旋具			1

3. 装配难点分析和装配工艺路线

（1）偏心畸形组合件装配技术要求及装配难点分析

1）应先加工偏心螺纹轴，以它为基准加工主体的内梯形螺纹。

2）主体加工后，加工 40mm 尺寸，然后划销轴孔线。

3）将内梯形螺纹和外梯形螺纹配合装夹，一同进行销轴孔的找正、钻孔加工。

4）将偏心螺纹轴单独进行装夹，以钻锪的垂直孔位置作参考，以外圆找正作基准，加工偏心轴。

5）进行装配检验。

（2）偏心畸形组合件装配工艺路线　偏心螺纹轴与主体装配→按划线，加工 $\phi 12$mm孔，以 $\phi 12$mm 销轴试装→拧下偏心螺纹轴→一夹一顶偏心螺纹轴，找正偏心距，车出12mm 宽槽→装配偏心螺纹轴、主体和销轴。

4. 偏心畸形组合件装配加工工艺过程（见表 14-5）

表 14-5　偏心畸形组合件装配加工工艺过程

操作项目及图示		操作内容及注意事项
偏心螺纹轴与主体装配	加工线	（1）装配加工 偏心螺纹轴与主体进行装配
按划线，加工 $\phi 12$mm 孔，以 $\phi 12$mm 销轴试装	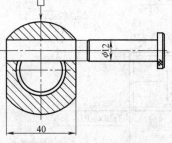	（2）装配后进行装夹加工 钻、扩、铰 $\phi 12$mm 销轴孔，以 $\phi 12$mm 销轴试装
拧下偏心螺纹轴	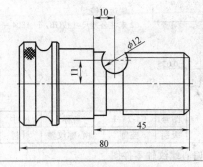	（3）钻后拧出偏心螺纹轴 图示为钻后偏心螺纹轴几何形状

（续）

操作项目及图示	操作内容及注意事项
一夹一顶偏心螺纹轴，找正偏心距，车出 12mm 宽槽 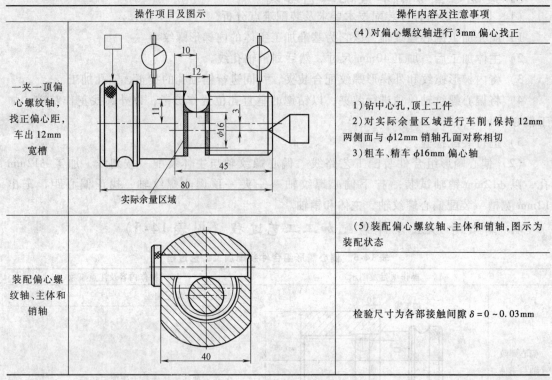	（4）对偏心螺纹轴进行 3mm 偏心找正 1）钻中心孔，顶上工件 2）对实际余量区域进行车削，保持 12mm 两侧面与 ϕ12mm 销轴孔面对称相切 3）粗车、精车 ϕ16mm 偏心轴
装配偏心螺纹轴、主体和销轴 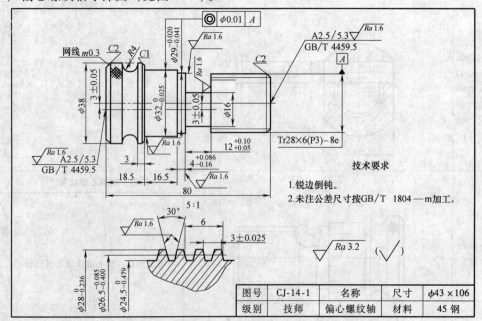	（5）装配偏心螺纹轴、主体和销轴，图示为装配状态 检验尺寸为各部接触间隙 $\delta = 0 \sim 0.03$mm

（二）偏心螺纹轴

1. 试题要求

1）偏心螺纹轴零件图（见图 14-2）。

图 14-2　偏心螺纹轴零件图

2）偏心螺纹轴操作技能评分表（见表14-6）。

表14-6　偏心螺纹轴操作技能评分表

考件编号＿＿＿＿＿　　　　时间定额＿＿＿1h＿＿　　　　总分＿＿48.5＿＿

序号	项目	考核内容		配分		检测		得分
		尺寸/mm	$Ra/\mu m$	尺寸	Ra	尺寸	Ra	
1	外圆	$\phi38$		1	0.5			
2		$\phi32_{-0.025}^{\ 0}$	1.6	3	1			
3		$\phi29_{-0.041}^{\ 0.020}$	1.6	3	1			
4		$\phi16$	3.2	1	0.5			
5	螺纹	Tr28×6(P3)-8e	1.6	2	1×4			
6		$\phi28_{-0.236}^{\ 0}$	3.2	3	0.5			
7		$\phi26.5_{-0.40}^{-0.085}$		3				
8		$\phi24.5_{-0.479}^{\ 0}$		1				
9	偏心距	3±0.05		4.5				
10	长度	3、18.5、16.5		0.5×3				
11		80,两端面		0.5	0.5			
12		$12_{+0.05}^{+0.10}$及两端面	1.6	3	1×2			
13		$4_{-0.16}^{+0.085}$		3				
14	中心孔	A2.5/5.3(2处)	1.6	0.5×2	1×2			
15	网纹	网纹 m0.3		1				
16	圆弧	R4	3.2	1	0.5			
17	几何公差	同轴度 0.01		1				
18	螺距差	3±0.025		1				
19	其他	未注倒角 C2,2处		0.5×2				
20		锐边倒角 C0.5		0.5				
21	安全文明	安全文明有关规定		违反规定,酌情扣总分1~5分				
合　计				48.5				

评分标准：凡尺寸精度和几何公差超差时,扣该项全部分,表面粗糙度值增大时扣该项全部分

否定项：普通螺纹及内梯形螺纹和外梯形螺纹中径都超差时,视为不合格

2. 准备清单

1）材料准备（见表14-7）。

表14-7　材料准备

名　称	规　格	数量
45钢	$\phi43mm×106mm$	1

考试准备毛坯件

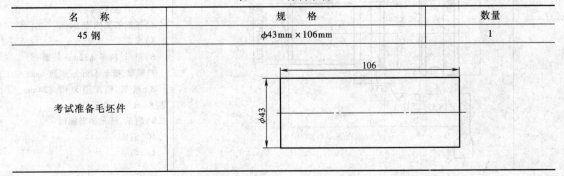

2）设备准备（见表14-8）。

表14-8　设备准备

名　称	规　格	数　量
车床	C6140A（四爪单动卡盘）	1
卡盘扳手	相应设备	1
刀架扳手	相应设备	1

3）工、量、刃、夹具准备（见表14-9）。

表14-9　工、量、刃、夹具准备

序号	名称	规格	分度值/mm	数量	序号	名　称	规格	分度值/mm	数量
1	游标卡尺	0～150mm	0.02	1	12	凸圆弧刀	$R4mm$		1
2	外径千分尺	0～25mm	0.01	1	13	外车槽刀			1
3	外径千分尺	25～50mm	0.01	1	14	外梯形螺纹车刀	$P3mm$		1
4	金属直尺	150mm		1	15	顶尖			1
5	中心钻	A2.5/6.3mm		1	16	钻夹头			1
6	游标高度卡尺	0～200mm	0.02	1	17	划针			1
7	磁座指示表	0～10mm	0.01	1套	18	样冲			1
8	金属直尺				19	方箱			1
9	滚花刀	$m0.3$		1	20	活扳手			1
10	外圆车刀	90°		1	21	螺钉旋具			1
11	弯头车刀	45°		1					

3. 加工难点分析和工件加工工艺路线

（1）技术要求及加工难点分析　偏心螺纹轴工件是带有双头梯形螺纹的偏心轴零件，如图14-2所示。在车削偏心轴时，需与其他件配合加工，不但偏心距要求准确，而且偏心轴的宽度也需要配合加工，有轴向控制尺寸要求。

（2）偏心螺纹轴工件加工工艺路线　车削端面→钻中心孔→车削外圆→车削圆弧凹槽→滚花→粗车、精车 φ32mm 外圆→粗车、精车 φ29mm→粗车、精车退刀槽→粗车、精车梯形螺纹→倒角→切断。

4. 偏心螺纹轴车削加工工艺过程（见表14-10）

表14-10　偏心螺纹轴车削加工工艺过程

操作项目及图示	操作内容及注意事项
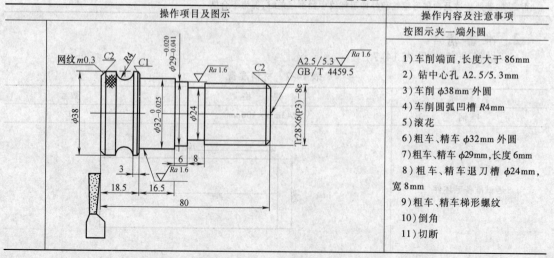	按图示夹一端外圆 1）车削端面，长度大于86mm 2）钻中心孔 A2.5/5.3mm 3）车削 φ38mm 外圆 4）车削圆弧凹槽 $R4mm$ 5）滚花 6）粗车、精车 φ32mm 外圆 7）粗车、精车 φ29mm，长度6mm 8）粗车、精车退刀槽 φ24mm，宽8mm 9）粗车、精车梯形螺纹 10）倒角 11）切断

（三）主体

1. 试题要求

1）主体零件图（见图 14-3）。

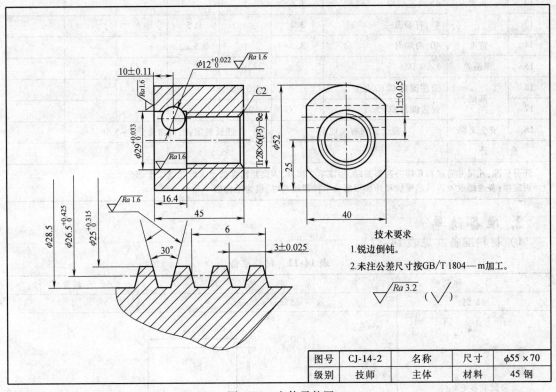

技术要求

1.锐边倒钝。

2.未注公差尺寸按GB/T 1804—m加工。

图号	CJ-14-2	名称		尺寸	φ55×70
级别	技师	主体		材料	45 钢

图 14-3　主体零件图

2）主体操作技能评分表（见表 14-11）。

表 14-11　主体操作技能评分表

考件编号＿＿＿＿＿＿　　　时间定额＿＿＿4h＿＿＿　　　总分＿＿35.5＿＿

序号	项目	考核内容		配分		检测		得分
		尺寸/mm	Ra/μm	尺寸	Ra	尺寸	Ra	
1	外圆	φ52	3.2	1	0.5			
2	内孔	φ29$^{+0.033}_{0}$	1.6	3	1			
3		φ12$^{+0.022}_{0}$		3				
4	螺纹	Tr28×6(P3)-8e	1.6	2	1×4			
5		φ28.5	3.2	0.5	0.5			
6		φ26.5$^{+0.425}_{0}$		3				
7		φ25$^{+0.315}_{0}$	3.2	1	0.5			
8		11±0.05		3				
9	中心距	10±0.11		3				
10		25		1				

（续）

序号	项目	考核内容		配分		检测		得分
		尺寸/mm	Ra/μm	尺寸	Ra	尺寸	Ra	
11		16.4		0.5	1			
12	长度	45 及左端面	1.6	1	1			
13		45，右端面	3.2		0.5			
14	宽度	40，两端面	3.2	1	0.5×2			
15	螺距差	3±0.025		1				
16	其他	未注倒角 C2（2 处）		0.5×2				
17		锐边倒角 C0.5		0.5				
18	安全文明	安全文明有关规定		违反规定，酌情扣总分 1～5 分				
合 计				35.5				

评分标准：凡尺寸精度和几何公差超差时，扣该项全部分，表面粗糙度值增大时扣该项全部分

否定项：普通螺纹及内梯形螺纹和外梯形螺纹中径都超差时，视为不合格

2. 准备清单

1）材料准备（见表 14-12）。

表 14-12 材料准备

名　　称	规　　格	数量
45 钢	$\phi55mm \times 55mm$	1
考试准备毛坯件		

2）设备准备（见表 14-13）。

表 14-13 设备准备

名　　称	规　　格	数量
车床	C6140A（四爪单动卡盘）	1
卡盘扳手	相应设备	1
刀架扳手	相应设备	1

3）工、量、刃、夹具准备（见表 14-14）。

表 14-14 工、量、刃、夹具准备

序号	名称	规格/mm	分度值/mm	数量	序号	名称	规格/mm	分度值/mm	数量
1	游标卡尺	0～150mm	0.02	1	3	外径千分尺	25～50mm	0.01	1
2	外径千分尺	0～25mm	0.01	1	4	内径指示表	18～35mm	0.01	1

（续）

序号	名称	规格	分度值/mm	数量	序号	名　称	规格	分度值/mm	数量
5	磁座指示表	0～10mm	0.01	1	14	外圆车断刀			1
6	中心钻	A2.5/5.3mm		1	15	钻头	ϕ23mm,ϕ11.7mm		1
7	活扳手			1	16	钻夹头			1
8	螺钉旋具			1	17	划针			1
9	金属直尺	150mm		1	18	样冲			1
10	外圆车刀	90°		1	19	方箱			1
11	弯头车刀	45°		1	20	铰刀	ϕ12mm		1
12	内孔车刀	90°		1	21	活扳手			1
13	梯形螺纹车刀	P3mm		1	22	螺钉旋具			1

3. 加工难点分析和工件加工工艺路线

（1）技术要求及加工难点分析　主体为组合件的主要部件，内螺纹要与件1的外螺纹配合，ϕ12mm的横贯穿孔要划线、找正，保证偏移中心距和边距。

（2）主体工件加工工艺路线　夹一端，加工外圆与端面→调头，车削长短至45mm→车扁平面→车内孔及内螺纹→划垂直孔线。

4. 主体车削加工工艺过程（见表14-15）

表14-15　主体车削加工工艺过程

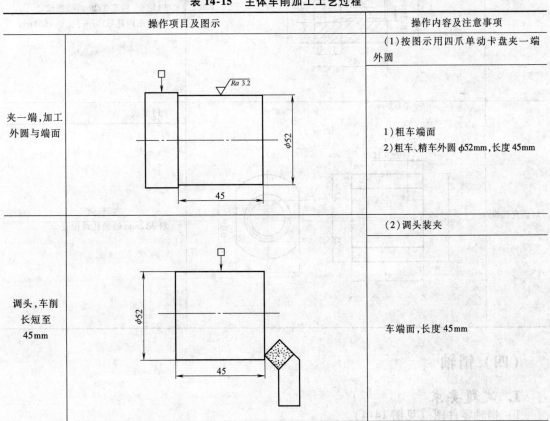

操作项目及图示	操作内容及注意事项
夹一端，加工外圆与端面	（1）按图示用四爪单动卡盘夹一端外圆 1）粗车端面 2）粗车、精车外圆ϕ52mm，长度45mm
调头，车削长短至45mm	（2）调头装夹 车端面，长度45mm

（续）

操作项目及图示		操作内容及注意事项
车扁平面	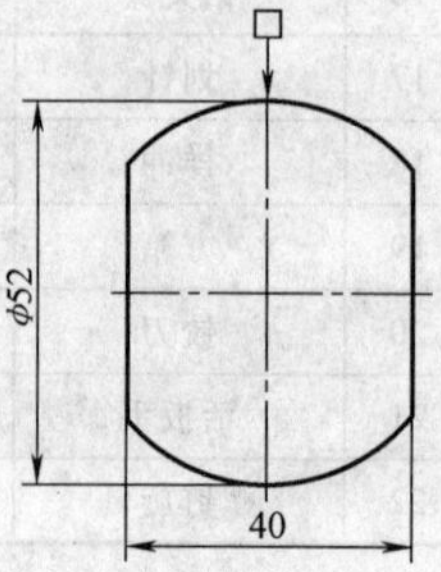ϕ52 40	(3)夹 ϕ52mm 外圆及两端面 对称车削 40mm 平面
车内孔及内螺纹	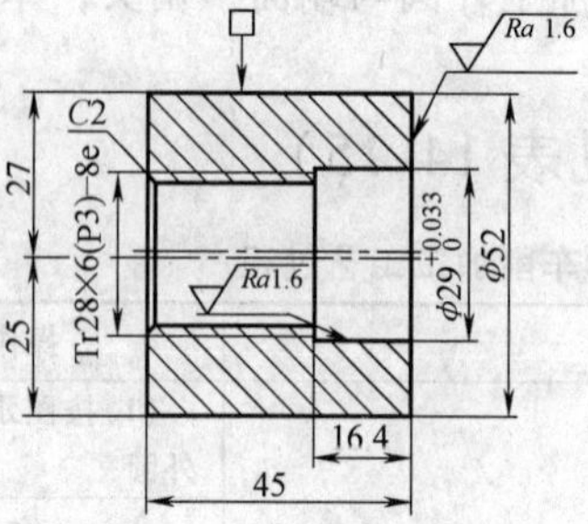Ra 1.6 C2 27 25 Tr28×6(P3)−8e ϕ29 +0.033 0 ϕ52 Ra1.6 16.4 45	(4)按图示夹四周，找正偏心 1mm 1)钻通孔 ϕ23mm 2) 粗车内孔 ϕ28mm，长至 16mm 3)粗车、精车 Tr28 两线螺纹 4)精车内孔 ϕ29mm，长至 16.4mm
划垂直孔线	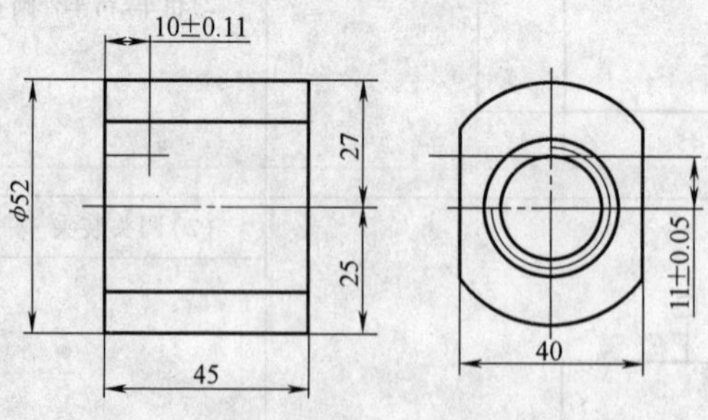10±0.11 ϕ52 27 25 45 11±0.05 40	(5)划线 划 ϕ12mm 销轴孔线位置

（四）销轴

1. 试题要求

1）销轴零件图（见图 14-4）。

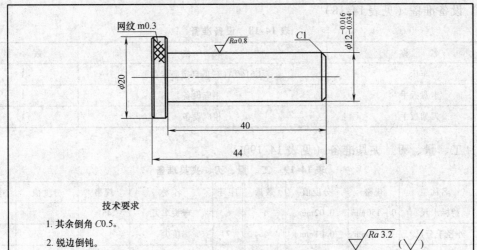

技术要求

1. 其余倒角 C0.5。

2. 锐边倒钝。

3. 未注公差尺寸按 GB/T 1804—m 加工。

图号	CJ 14 3	名称		尺寸	φ25×70
级别	高级技师	销轴		材料	45 钢

图 14-4　销轴零件图

2）销轴操作技能评分表（见表 14-16）。

表 14-16　销轴操作技能评分表

考件编号 _____　　时间定额　0.5h　　　总分　12

序号	项目	考核内容		配分		检测		得分
		尺寸/mm	$Ra/\mu m$	尺寸	Ra	尺寸	Ra	
1	外圆	$\phi 12^{-0.016}_{-0.034}$	0.8	3	1			
2		$\phi 20$		1				
3	长度	44 及端面	3.2	1	0.5×2			
4		40 及端面	3.2	1	0.5			
5	网纹	m0.3	3.2	1	0.5			
6	其他	未注倒角 C1		1				
7		锐边倒角 C0.5（2 处）		0.5×2				
8	安全文明	安全文明有关规定		违反规定，酌情扣总分 1~5 分				
合　计				12				

评分标准：凡尺寸精度和几何公差超差时，扣该项全部分，表面粗糙度值增大时扣该项全部分

否定项：普通螺纹及内梯形螺纹和外梯形螺纹中径都超差时，视为不合格

2. 准备清单

1）材料准备（见表 14-17）。

表 14-17　材料准备

名　称	规　格	数　量
45 钢	Φ25mm×70mm	1
考试准备毛坯件	φ25　　70	

2）设备准备（见表14-18）。

表14-18　设备准备

名　　称	规　　格	数　　量
车床	C6140A（三爪自定心卡盘）	1
卡盘扳手	相应设备	1
刀架扳手	相应设备	1

3）工、量、刃、夹具准备（见表14-19）。

表14-19　工、量、刃、夹具准备

序号	名称	规格	分度值	数量	序号	名　　称	规格	分度值	数量
1	游标卡尺	0～150mm	0.02mm	1	6	弯头车刀	45°		1
2	外径千分尺	0～25mm	0.01mm	1	7	顶尖			1
3	滚花刀	m0.3mm		1	8	活扳手			1
4	金属直尺	150mm		1	9	螺钉旋具			1
5	外圆车刀	90°		1					

3. 加工难点分析和工件加工工艺路线

（1）加工难点分析　销轴在加工中，要保证极小的表面粗糙度值，保证装配及来回穿插实验的要求。

（2）工件加工工艺路线　夹一头→车削端面→粗车、精车台阶轴→切断。

4. 销轴车削加工工艺过程

销轴车削加工工艺过程较简单，略。

高级技师篇

试题十五　大等距三孔偏心薄壁套车削

工件加工的考核点和应达到的技能要求：

考核点

在计算孔距尺寸时，需要掌握尺寸链的计算知识，通过孔与孔之间的孔壁厚度尺寸，计算多孔偏心距尺寸精度。

技能要求

计算多孔偏心薄壁套孔距时，由于各孔的位置在圆周上变化，孔距必然随之改变，在测量孔距时可以通过测量孔壁的厚度来间接保证孔距尺寸。能车削三个以上偏心孔的高难度工件，并达到以下要求：

① 偏心距公差等级：IT9。

② 孔径公差等级：IT6。

③ 表面粗糙度值 Ra　1.6μm。

1. 试题要求

1）三孔偏心薄壁套零件图（见图 15-1）。

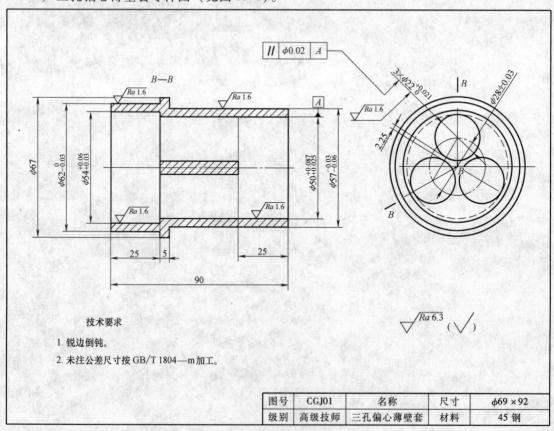

技术要求

1. 锐边倒钝。

2. 未注公差尺寸按 GB/T 1804—m 加工。

图号	CGJ01	名称		尺寸	$\phi 69 \times 92$
级别	高级技师	三孔偏心薄壁套		材料	45 钢

图 15-1　三孔偏心薄壁套零件图

2) 三孔偏心薄壁套操作技能评分表（见表15-1）。

表 15-1 三孔偏心薄壁套操作技能评分表

考件编号＿＿＿＿＿＿＿＿＿ 时间定额＿＿＿4h＿＿＿ 总分＿＿100＿＿

序号	项目	考核内容		配分		检测		得分
		尺寸/mm	$Ra/\mu m$	尺寸	Ra	尺寸	Ra	
1	外圆	$\phi 62_{-0.03}^{0}$	1.6	4	3			
2		$\phi 57_{-0.06}^{-0.03}$	1.6	6	3			
3		$\phi 67$	6.3	2	1			
4	内孔	$\phi 54_{+0.03}^{+0.06}$	1.6	6	3			
5		$\phi 50_{+0.025}^{+0.087}$	1.6	7	3			
6		$\phi 22_{0}^{+0.021}$（3 处）	1.6	8×3	3×3			
7	偏心距	$\phi 28 \pm 0.03$（3 处）		3×3				
8	长度	25、25、90、5	6.3	1×4	1×4			
9	几何公差	平行度 $\phi 0.02$（3 处）		1×3				
10	其他	其余端面	6.3	1×4	0.5×4			
11		锐边倒角 C0.5		0.5×6				
12	安全文明	安全文明有关规定		违反规定,酌情扣总分 1~5 分				
	合　计			100				

评分标准:凡尺寸精度和几何公差超差时,扣该项全部分,表面粗糙度值增大时扣该项全部分

否定项:普通螺纹及内梯形螺纹和外梯形螺纹中径都超差时,视为不合格

2. 准备清单

1) 材料准备（见表15-2）。

表 15-2 材料准备

名　称	规　格	数　量
45 钢	$\phi 69mm \times 92mm$	1
考试准备毛坯件		

2) 设备准备（见表15-3）。

表 15-3 设备准备

名　称	规　格	数　量
车床	C6140A（四爪单动卡盘）	1
卡盘扳手	相应设备	1
刀架扳手	相应设备	1

3）工、量、刃、夹具准备（见表15-4）。

表15-4　工、量、刃、夹具准备

序号	名称	规格	分度值	数量	序号	名　称	规格	分度值	数量
1	游标卡尺	0～150mm	0.02mm	1	12	内孔车刀	90°		1
2	外径千分尺	0～25mm	0.01mm	1	13	内孔精车刀	0°		1
3	外径千分尺	50～75mm	0.01mm	1	14	钻头	$\phi 22mm$		1
4	内径指示表	18～35mm	0.01mm	1	15	钻头	$\phi 50mm$		1
5	内径指示表	50～160mm	0.01mm	1	16	钻头	$\phi 54mm$		1
6	磁座指示表	0～30mm	0.01mm	1套	17	钻夹头			1
7	游标高度卡尺	0～200mm	0.01mm	1	18	划针			1
8	金属直尺	400mm		1	19	样冲			1
9	中心钻	B2.5/10mm		1	20	方箱			1
10	外圆车刀	90°		1	21	活扳手			1
11	弯头车刀	45°		1	22	螺钉旋具			

3. 加工难点分析和工件加工工艺路线

1）偏心薄壁套主要的尺寸精度与形状位置精度。

① 偏心薄壁套的偏心尺寸精度：偏心距（$\phi 28 \pm 0.03$）mm 是对 $3 \times \phi 22^{+0.021}_{0}$ mm 孔的偏心尺寸的精度要求。

② 外径 $\phi 62^{0}_{-0.03}$ mm 和 $\phi 57^{-0.03}_{-0.06}$ mm 尺寸精度要求。

③ 内径 $\phi 54^{+0.06}_{+0.03}$ mm 尺寸精度要求。

④ $3 \times \phi 22^{+0.021}_{0}$ mm 偏心孔对内径 $\phi 50^{+0.087}_{+0.025}$ mm 基准轴线的平行度 $\phi 0.02$ mm。

2）多孔偏心薄壁套孔壁计算的特点。如图 15-2 所示的两孔偏心薄壁套与三孔偏心薄壁套壁厚比较，如图 15-2a 所示的两孔偏心薄壁套工件，壁厚为 6mm，而图 15-2b 所示的三孔偏心薄壁套工件，壁厚为 2.25mm。

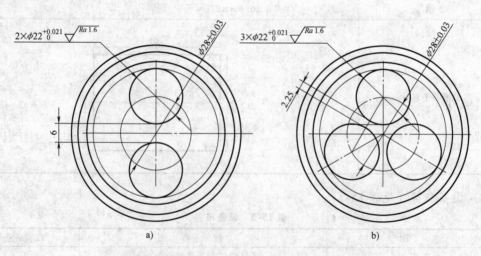

图 15-2　两孔偏心薄壁套与三孔偏心薄壁套壁厚比较
a）两孔偏心薄壁套　b）三孔偏心薄壁套

在计算孔距尺寸时，需要掌握尺寸链的计算知识，孔与孔之间的孔壁厚度尺寸，多孔偏心与对称二孔偏心的孔壁计算并不相同。

3）孔距计算分析。如图 15-2a 所示的两孔孔距计算。

① 计算两孔壁厚公称尺寸，在测量孔距时，通过测量孔与孔之间的壁厚来进行。孔与孔之间的壁厚设为 b，$b = 28\text{mm} - 22\text{mm} = 6\text{mm}$。

② 孔壁厚极限尺寸图样计算，如图15-3所示的两孔距计算。图左侧显示一个孔，右侧显示两个孔的图示尺寸分别为在中心距产生的上极限尺寸及下极限尺寸和孔产生上极限尺寸及下极限尺寸的双重情况下，孔中心距的尺寸变化范围，得出的数据为：

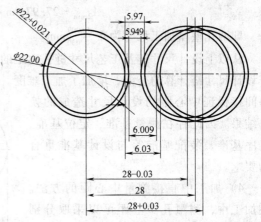

a）中心距最小、孔最小时，壁厚尺寸为 $27.97\text{mm} - 22\text{mm} = 5.97\text{mm}$

b）中心距最小、孔最大时，壁厚尺寸为 $27.97\text{mm} - 22.021\text{mm} = 5.949\text{mm}$

c）中心距最大、孔最小时，壁厚尺寸为 $28.03\text{mm} - 22\text{mm} = 6.03\text{mm}$

图 15-3　两孔距计算

d）中心距最大、孔最大时，壁厚尺寸为 $28.03\text{mm} - 22.021\text{mm} = 6.009\text{mm}$

③ 根据设计尺寸链计算，如图 15-4 所示。

以上数据是以空环尺寸即孔之间壁厚作为封闭环（未知尺寸），以中心距及孔径作为组成环（中心距及孔径尺寸作为能够测量的已知尺寸）进行计算的。设孔之间壁厚为封闭环 A_0，A_1、A_2 孔半径为减环，A_3 中心距为增环。

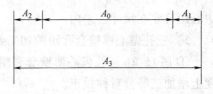

图 15-4　设计尺寸链

$$A_{0\max} = A_{3\max} - A_{1\min} - A_{2\min}$$

$$A_{0\max} = 28.03\text{mm} - 11\text{mm} - 11\text{mm} = 6.03\text{mm}$$

$$A_{0\min} = A_{3\min} - A_{1\max} - A_{2\max}$$

$$A_{0\min} = 29.97\text{mm} - 11.0105\text{mm} - 11.0105\text{mm} = 5.949\text{mm}$$

即两孔之间壁厚加工尺寸为 $6_{-0.051}^{+0.030}\text{mm}$。

④ 根据工艺尺寸链计算，如图 15-5 所示。

在实际加工中，孔中心距的极限尺寸不便于直接测量，而孔壁厚的孔口边能够直接测量，通过测量孔壁厚来间接保证中心距公差，此时测量基准（孔口边）与设计基准（孔中心）不重合，所以此时以孔壁厚作为组成环，而孔中心距作为封闭环，间接求得。孔中心距作为间接保证的尺寸，引入工艺尺寸链进行计算，如图 15-5 所示，A_0 为中心距，A_1、A_3 孔半径和 A_2 孔壁厚均为增环。

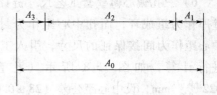

图 15-5　工艺尺寸链

$$A_{0\max} = A_{1\max} + A_{2\max} + A_{3\max}$$

$$28.03 = 11.0105 + A_{2\max} + 11.0105$$

$$A_{2\max} = 28.03\text{mm} - 22.021\text{mm} = 6.009\text{mm}$$

$$A_{0\min} = A_{1\min} + A_{2\min} + A_{3\min}$$

$$27.97 = 11.00 + A_{2\min} + 11.00$$

$$A_{2\min} = 27.97\text{mm} - 22\text{mm} = 5.97\text{mm}$$

即两孔壁厚加工尺寸为 $6^{+0.009}_{-0.030}$ mm。

从以上设计尺寸链及工艺尺寸链孔边距的不同公差得知，工艺尺寸链计算出的公差要严于设计尺寸链计算的公差，增加了加工难度。这是由于中心距的设计尺寸直接测量与测量壁厚间接保证中心距的设计尺寸造成的换算结果。因此存在测量基准、定位基准、工序基准、装配基准等与设计基准重合的要求。

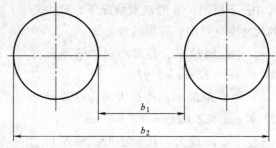

图 15-6　孔中心距

4）加工中直接测量中心距的方法。在加工中，测量孔中心距可以采取分别测量两孔的内边与两孔的外边尺寸，然后进行简单的计算。如图 15-6 所示。

中心距 $= \dfrac{b_1 + b_2}{2}$ mm，运用此公式，一面加工内孔，一面计算并找正中心距位置，保证中心距尺寸在尺寸公差内。

5）三孔偏心薄壁套孔距的加工要点，如图 15-2b 所示的三孔偏心薄壁套。

① 图 15-2b 三孔偏心薄壁套和图 15-2a 二孔偏心薄壁套对比多了一个偏心孔，在加工难度上增加三等分对称找正。

② 三孔偏心的孔距对称测量增加公式计算。

公式 $S = D\sin\dfrac{\alpha_1}{2}$ mm 计算孔中心距值，式中 S 为两孔之间中心孔距，D 为中心距直径，α_1 为任意两孔所夹角度，公式运用条件为两孔中心线过中心。

③ 三孔均布薄壁套工件的每两孔之间中心距的计算，如图 15-7 所示。

$$S = D\sin\frac{\alpha_1}{2} = 28\text{mm} \times \sin\frac{120°}{2} = 24.249\text{mm}$$

6）三孔偏心薄壁套工艺尺寸链计算。以孔壁厚作为组成环，而孔中心距作为封闭环。孔中心距作为间接保证的尺寸，引入工艺尺寸链进行计算，如图 15-8 所示（孔直径值为 $\phi22^{+0.021}_{0}$ mm，设中心距公差（28 ± 0.03）mm 不变）。A_0 为中心距，A_1、A_3 孔半径和 A_2 孔壁厚

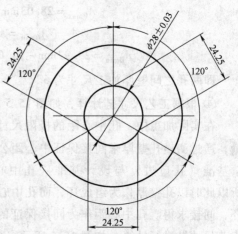

图 15-7　三孔均布工件薄壁套的每两孔之间中心距的计算

均为增环。

$$A_{0max} = A_{1max} + A_{2max} + A_{3max}$$
$$24.279 = 11.0105 + A_{2max} + 11.0105$$
$$A_{2max} = 24.279\,mm - 22.021\,mm = 2.258\,mm$$
$$A_{0min} = A_{1min} + A_{2min} + A_{3min}$$
$$24.219 = 11.00 + A_{2min} + 11.00$$
$$A_{2min} = 24.219\,mm - 22\,mm = 2.219\,mm$$

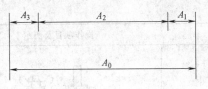

图 15-8　工艺尺寸链

即三孔壁厚加工尺寸为 $2^{+0.258}_{+0.219}\,mm$。

7）三孔偏心薄壁套工件加工工艺路线。装夹右端→粗车端面、外圆 $\phi67\,mm$→调头装夹→粗车平面→粗车、半精车 $\phi57^{-0.03}_{-0.06}\,mm$ 的划线基准面外径→划线→偏心装夹右端→粗车、精车偏心孔→偏心装夹→粗车、精车另一偏心孔→偏心装夹→粗车、精车第三偏心孔→测量两孔中心距→精车内孔 $\phi54^{+0.06}_{+0.03}$→调头，用四爪单动卡盘找正装夹→精车右侧内径、外径→检测尺寸。

4. 三孔偏心薄壁套车削加工工艺过程（见表 15-5）

表 15-5　三孔偏心薄壁套车削加工工艺过程

操作项目及图示		操作内容及注意事项
		（1）按图示装夹右端
车削外圆及端面	$\phi67$　20	1）粗车、精车端面 2）粗车外圆 $\phi67\,mm$，长 $20\,mm$
		（2）按图示调头装夹
车削外圆基准及粗车内孔	59　$Ra1.6$　$\phi48$　$\phi58$　24　90	1）精车端面，长 $90\,mm$ 2）半精车外圆 $\phi57^{-0.03}_{-0.06}\,mm$ 至 $\phi58\,mm$，作为划线基准面，长 $59\,mm$ 3）粗车内孔 $\phi48\,mm$，深 $24\,mm$

（续）

操作项目及图示	操作内容及注意事项
划线 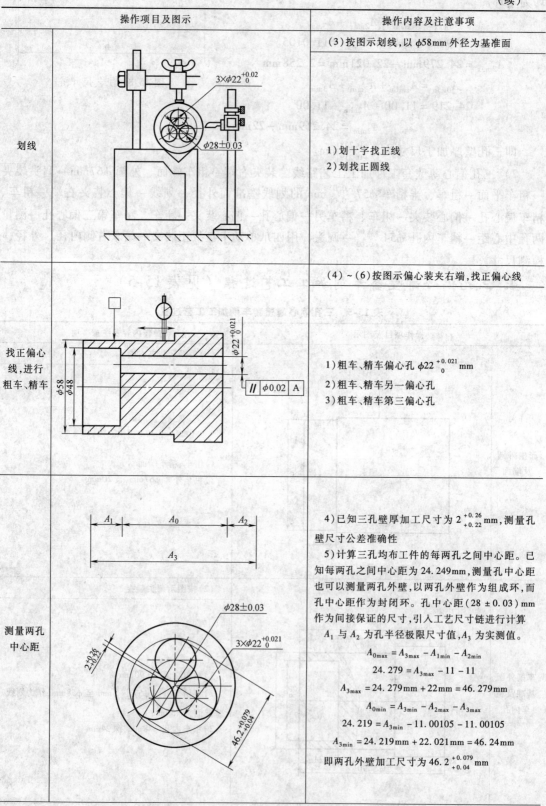	（3）按图示划线，以 $\phi58$mm 外径为基准面 1）划十字找正线 2）划找正圆线
找正偏心线，进行粗车、精车	（4）~（6）按图示偏心装夹右端，找正偏心线 1）粗车、精车偏心孔 $\phi22_{\ 0}^{+0.021}$ mm 2）粗车、精车另一偏心孔 3）粗车、精车第三偏心孔
测量两孔中心距	4）已知三孔壁厚加工尺寸为 $2_{+0.22}^{+0.26}$ mm，测量孔壁尺寸公差准确性 5）计算三孔均布工件的每两孔之间中心距。已知每两孔之间中心距为24.249mm，测量孔中心距也可以测量两孔外壁，以两孔外壁作为组成环，而孔中心距作为封闭环。孔中心距（28 ± 0.03）mm作为间接保证的尺寸，引入工艺尺寸链进行计算 A_1 与 A_2 为孔半径极限尺寸值，A_3 为实测值。 $$A_{0\max}=A_{3\max}-A_{1\min}-A_{2\min}$$ $$24.279=A_{3\max}-11-11$$ $$A_{3\max}=24.279\text{mm}+22\text{mm}=46.279\text{mm}$$ $$A_{0\min}=A_{3\min}-A_{2\max}-A_{3\max}$$ $$24.219=A_{3\min}-11.00105-11.00105$$ $$A_{3\min}=24.219\text{mm}+22.021\text{mm}=46.24\text{mm}$$ 即两孔外壁加工尺寸为 $46.2_{+0.04}^{+0.079}$ mm

（续）

操作项目及图示	操作内容及注意事项
精车 $\phi54$mm 内孔	（7）按图示找正 $\phi58$mm 外圆 精车内孔 $\phi54^{+0.06}_{+0.03}$mm 内孔
精车内径 $\phi50$mm	（8）按图示调头，用四爪单动卡盘找正 $\phi50$mm 外圆 1）精车内径 $\phi50^{+0.087}_{+0.025}$mm
精车外径 $\phi57$mm	2）精车外径 $\phi57^{-0.03}_{-0.06}$mm

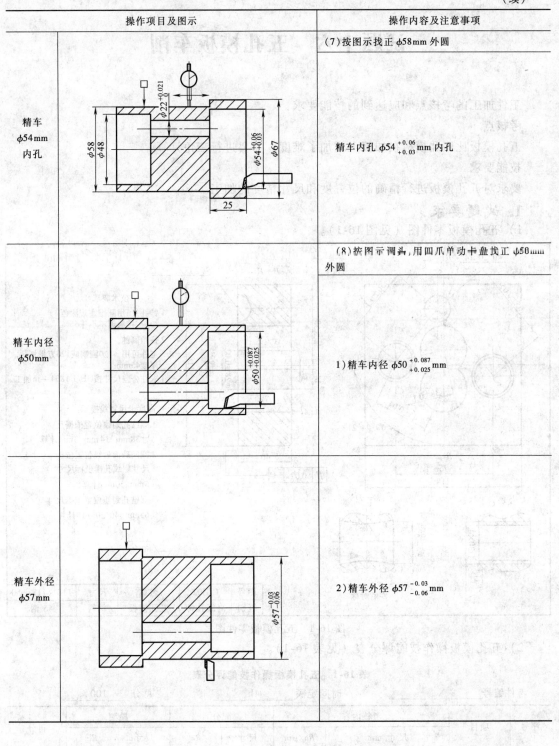

试题十六　五孔模板车削

工件加工的考核点和应达到的技能要求：

考核点

五孔模板比四孔模板在加工上增加了难度，需要进行三角计算。

技能要求

要求对五孔模板进行精确的位置度和尺寸精度的加工。

1. 试题要求

1) 五孔模板零件图（见图 16-1）。

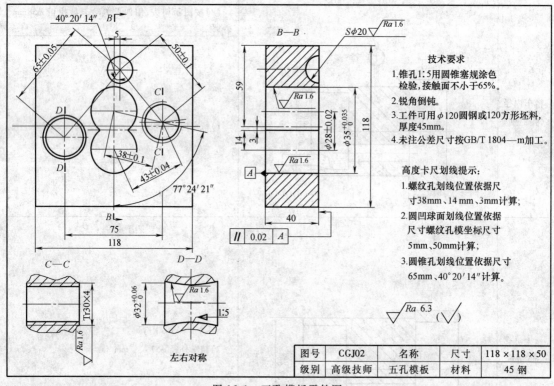

技术要求

1. 锥孔 1:5 用圆锥塞规涂色检验，接触面不小于 65%。
2. 锐角倒钝。
3. 工件可用 φ120 圆钢或 120 方形坯料，厚度 45mm。
4. 未注公差尺寸按 GB/T 1804—m 加工。

高度卡尺划线提示：

1. 螺纹孔划线位置依据尺寸 38mm、14mm、3mm 计算；
2. 圆凹球面划线位置依据尺寸螺纹孔模坐标尺寸 5mm、50mm 计算；
3. 圆锥孔划线位置依据尺寸 65mm、40°20′14″ 计算。

| 图号 | CGJ02 | 名称 | | 尺寸 | 118×118×50 |
| 级别 | 高级技师 | 五孔模板 | | 材料 | 45 钢 |

图 16-1　五孔模板零件图

2) 五孔模板操作技能评分表（见表 16-1）。

表 16-1　五孔模板操作技能评分表

考件编号_____　　时间定额____4h____　　总分____100____

序号	项目	考核内容		配分		检测		得分
		尺寸/mm	$Ra/\mu m$	尺寸	Ra	尺寸	Ra	
1	内孔	$\phi 35^{+0.035}_{0}$（2 处）	1.6	4×2	4×2			
2		$\phi 32^{+0.06}_{0}$ 圆锥面（2 处）	1.6	4×2	4×2			

（续）

序号	项目	考核内容		配分		检测		得分
		尺寸/mm	$Ra/\mu m$	尺寸	Ra	尺寸	Ra	
3	内圆球面	$S\phi20$	1.6	2	5			
4	内锥角度	1:5(2 处)		3×2				
5	内螺纹	Tr30×4	1.6	2	3			
6	中心偏距	3		4				
7		28±0.02		4				
8		65±0.05		4				
9	孔中心距	38±0.1		4				
10		42±0.04		4				
11		75±0.12		4				
12		50±0.1		4				
13	长度	40	3.2	1×2	3×2			
14	几何公差	平行度0.02		5				
15	倒角	锐角倒钝		1×9				
16	安全文明	安全文明有关规定		违反规定,酌情扣总分1~5分				
	合 计			100				

评分标准:凡尺寸精度和几何公差超差时,扣该项全部分,表面粗糙度值增大时扣该项全部分

否定项:普通螺纹及内梯形螺纹和外梯形螺纹中径都超差时,视为不合格

2. 准备清单

1) 材料准备（见表16-2）。

表16-2 材料准备

名 称	规 格	数 量
45 钢	118mm×118mm×50mm	1
考试准备毛坯件		

2) 设备准备（见表16-3）。

表16-3 设备准备

名 称	规 格	数 量
车床	C6140A	1
卡盘扳手	相应设备	1
刀架扳手	相应设备	1

3）工、量、刃、夹具准备（见表 16-4）。

表 16-4　工、量、刃、夹具准备

序号	名称	规格	分度值	数量	序号	名称	规格	分度值	数量
1	游标卡尺	0～150mm	0.02mm	1	13	弯头车刀	45°		1
2	外径千分尺	25～50mm	0.01mm	1	14	内螺纹车刀	60°		1
3	内径指示表	35～50mm	0.01mm	1	15	内孔车刀	60°		1
4	外径千分尺	50～75mm	0.01mm	1	16	内孔精车刀	0°		1
5	磁座指示表	0～10mm	0.01mm	1 套	17	凹球面刀	$S\phi20$mm		1
6	游标高度卡尺	0～200mm	0.02mm	1	18	钻头	$\phi24$mm、$\phi26$mm		1
7	螺距规	60°		1	19	计算器			1
8	金属直尺	400mm		1	20	回转顶尖			1
9	游标万能角度尺	0°～320°	2′	1	21	钻夹头			1
10	内卡钳			1	22	活扳手			1
11	中心钻	A2.5/6.3mm		1	23	螺钉旋具			1
12	外圆车刀	90°		1					

3. 加工难点分析和工件加工工艺路线

（1）技术要求及加工难点分析

1）五孔模板主要的技术要求

① $\phi35$mm 两个孔在板中心偏移 3mm。

② 螺纹孔位置划线依据 38mm 尺寸及 77°24′21″角度进行划线。

③ 凹圆球面位置划线依据 50mm 和 5mm 进行。

④ 锥孔位置划线依据 65mm 尺寸及 40°20′14″角度进行划线。

⑤ 锥孔 1:5 用圆锥塞规涂色检验，接触面不小于 65%。

2）五孔模板的加工难点分析

① 五孔模板属于板类加工，有平行度要求。

② 五孔模板孔的形状较为复杂，有锥度要求，有圆弧要求，有螺纹要求，给加工带来较大的困难。

③ 五孔模板的各个孔在加工时，要进行尺寸计算和划线、找正，因此要求有较强的计算能力、划线技术和装夹找正技术。

④ 要求有较强的测量技术。

（2）五孔模板工件加工工艺路线　车削工艺台阶→分度头划线→划 $\phi35$mm 孔线→划 Tr30×4 位置线→划凹圆球面位置线→划圆锥孔位置线→加工测量 O_1O_2 外边距尺寸→加工测量 O_2O_3 中心距尺寸→加工测量 O_1O_4 中心距尺寸→加工测量 O_2O_4 中心距尺寸→加工测量 O_3O_5 中心距尺寸→加工测量 O_1O_5 中心距尺寸→加工测量 O_2O_5 中心距尺寸。

4. 五孔模板划线加工工艺过程（见表16-5）

表16-5　五孔模板划线加工工艺过程

操作项目及图示		操作内容及注意事项
车削工艺台阶	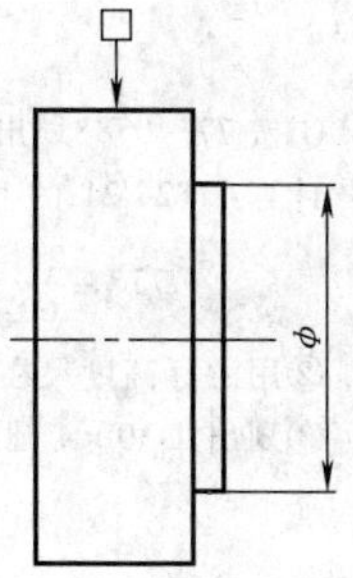	(1)按图示装夹工件 将板加工成能装夹在分度头上的带有凸台的形式
分度头转角度划中心线及侧素线	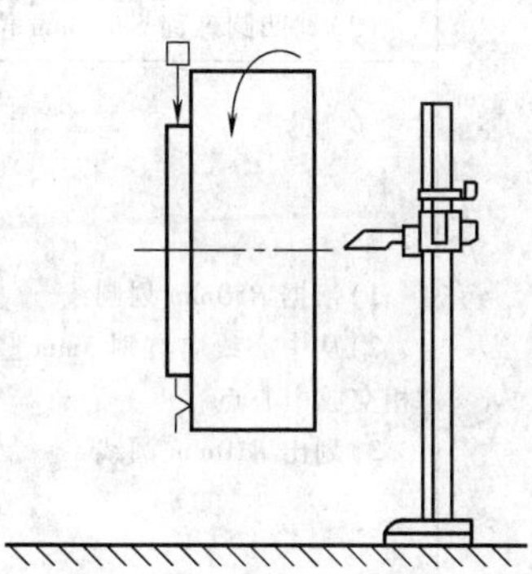	(2)按图示在分度头上装夹工件 1)划板中心线 2)划侧素线
划 φ35mm 孔中心线	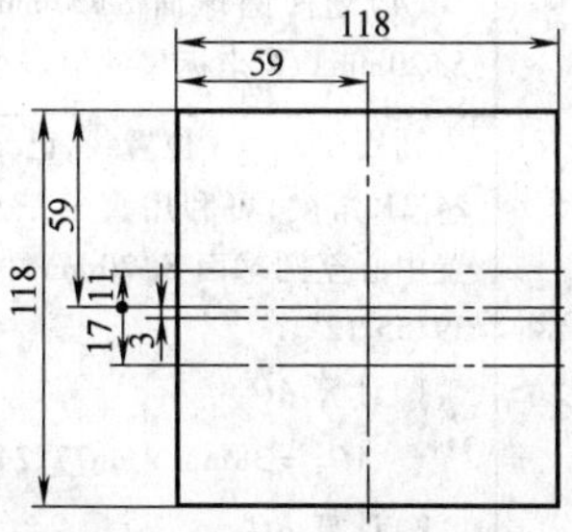	3)划 2×φ35mm 孔中心线
划 φ35mm 孔圆线	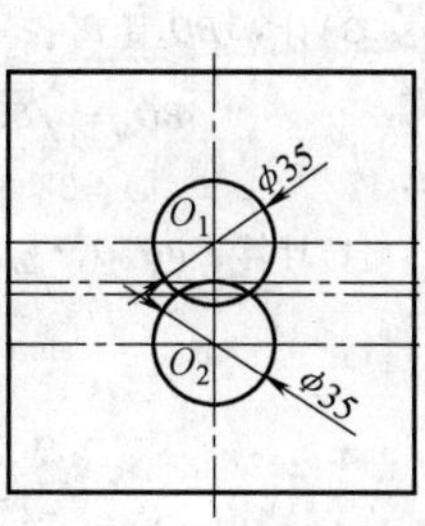	4)划 2×φ35mm 孔轮廓圆线

（续）

操作项目及图示	操作内容及注意事项
划 Tr30 位置线 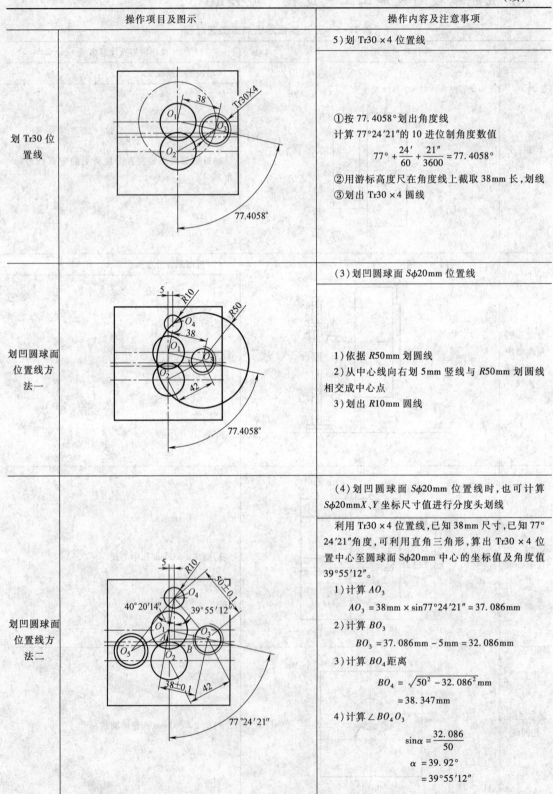	5）划 Tr30×4 位置线 ①按 77.4058°划出角度线 计算 77°24′21″的 10 进位制角度数值 $$77° + \frac{24'}{60} + \frac{21''}{3600} = 77.4058°$$ ②用游标高度尺在角度线上截取 38mm 长，划线 ③划出 Tr30×4 圆线
划凹圆球面位置线方法一	（3）划凹圆球面 $S\phi20$mm 位置线 1）依据 $R50$mm 划圆线 2）从中心线向右划 5mm 竖线与 $R50$mm 划圆线相交成中心点 3）划出 $R10$mm 圆线
划凹圆球面位置线方法二	（4）划凹圆球面 $S\phi20$mm 位置线时，也可计算 $S\phi20$mm$X$、Y 坐标尺寸值进行分度头划线 利用 Tr30×4 位置线，已知 38mm 尺寸，已知 77°24′21″角度，可利用直角三角形，算出 Tr30×4 位置中心至圆球面 $S\phi20$mm 中心的坐标值及角度值 39°55′12″。 1）计算 AO_3 $$AO_3 = 38\text{mm} \times \sin77°24′21″ = 37.086\text{mm}$$ 2）计算 BO_3 $$BO_3 = 37.086\text{mm} - 5\text{mm} = 32.086\text{mm}$$ 3）计算 BO_4 距离 $$BO_4 = \sqrt{50^2 - 32.086^2}\,\text{mm}$$ $$= 38.347\text{mm}$$ 4）计算 $\angle BO_4O_3$ $$\sin\alpha = \frac{32.086}{50}$$ $$\alpha = 39.92°$$ $$= 39°55′12″$$

（续）

操作项目及图示	操作内容及注意事项
划圆锥孔位置线	（5）划圆锥孔线 1）以 $R65\,\mathrm{mm}$ 划圆线，与角度 $40°20'14''$ 角度线相交成圆锥孔中心 2）划圆锥孔圆线
测量 O_1O_2 外边距尺寸	（6）加工测量 O_1、O_2 孔距离尺寸 计算 O_1O_2 外边距 O_1O_2 外边距为 $28\,\mathrm{mm} + 35\,\mathrm{mm} = 63\,\mathrm{mm}$
测量 O_2O_3 中心距尺寸	（7）加工测量 O_3 孔 1）已知 O_1O_3 距离为 $38\,\mathrm{mm}$ 2）计算 O_2O_3 距离 已知：O_1O_3 为 $38\,\mathrm{mm}$，O_1O_2 为 $28\,\mathrm{mm}$，$\angle O_2O_1O_3$ 为 $77.4058°$ $O_2O_3 = \sqrt{38^2 + 28^2 - 2 \times 38 \times 28\cos77.4058°}\,\mathrm{mm}$ $= 42\,\mathrm{mm}$
测量 O_1O_4 中心距尺寸	（8）加工测量 O_4 孔 1）计算 O_1O_4 中心距 中心距由前（5）已知：$AO_3 = 37.086\,\mathrm{mm}$、$O_1O_3$ 为 $38\,\mathrm{mm}$、$BO_4 = 38.347\,\mathrm{mm}$ 解： ①$AO_1 = \sqrt{38^2 - 37.086^2}\,\mathrm{mm} = 8.284\,\mathrm{mm}$ ②$CO_4 = BO_4 - O_1A = 38.347\,\mathrm{mm} - 8.284\,\mathrm{mm}$ $= 30.063\,\mathrm{mm}$ ③$O_1O_4 = \sqrt{5^2 + 30.063^2}\,\mathrm{mm} = 30.48\,\mathrm{mm}$

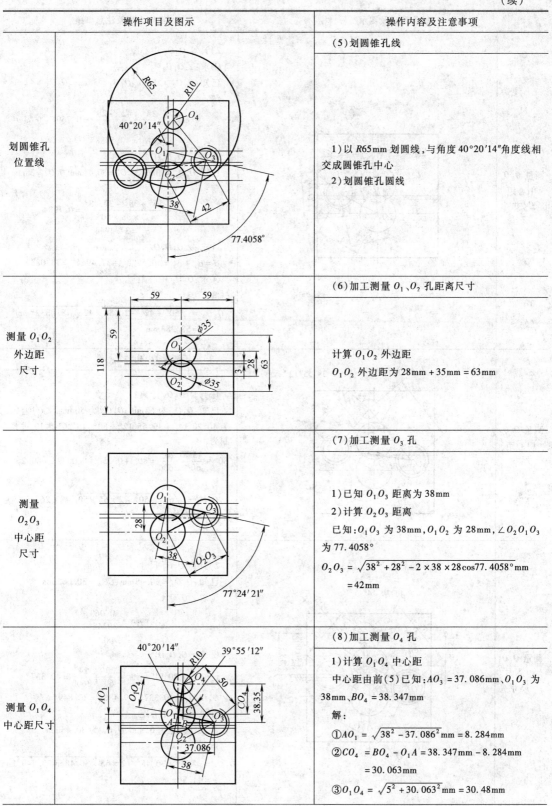

（续）

操作项目及图示	操作内容及注意事项
测量 O_2O_4 中心距尺寸	2）计算 O_2O_4 中心距 ①求：$\angle O_1O_3O_2$ 已知：$O_1O_2=28\,\text{mm}$、$O_1O_3=38\,\text{mm}$、$O_2O_3=42\,\text{mm}$ 解： $$\cos\alpha_1=\frac{38^2+42^2-28^2}{2\times38\times42}=0.7594$$ $$\alpha_1=40.5888°$$ ②求：$\angle O_1O_3O_4$ 已知：$O_3O_4=50\,\text{mm}$、$O_1O_4=30.48\,\text{mm}$、$O_1O_3=38\,\text{mm}$ 解： $$\cos\alpha_2=\frac{50^2+38^2-30.48^2}{2\times38\times50}=0.7934$$ $$\alpha_2=37.4944°$$ ③求：$\angle O_2O_3O_4$ $\alpha=\alpha_1+\alpha_2=40.5888°+37.4944°=78.0832°$ ④求：O_2O_4 中心距 解： $$O_2O_4=\sqrt{50^2+42^2-2\times50\times42\cos78.0832°}\,\text{mm}$$ $$=58.283\,\text{mm}$$
测量 O_3O_5 中心距尺寸	（9）加工测量 O_5 孔 1）计算 O_3O_5 距离 已知：O_4O_5 为 $65\,\text{mm}$，O_4O_3 为 $50\,\text{mm}$，$\angle O_5O_4O_3$ 为 $40°20'14''+39°55'12''=80°$，$15'26''$ 得 10 进位 制为： $$80°+\frac{15'}{60}+\frac{26''}{3600}=80°+0.25°+0.0072°\approx80.26°$$ 解： $$O_3O_5=\sqrt{65^2+50^2-2\times65\times50\cos80.26°}\,\text{mm}$$ $$=75\,\text{mm}$$
测量 O_1O_5 中心距尺寸	2）计算 O_1O_5 尺寸 已知：$O_1O_4=30.48\,\text{mm}$、$CO_4=30.063\,\text{mm}$ ①求 $\angle O_1O_4C$ $$\cos\alpha=\frac{30.063}{30.48}$$ $$\alpha=9.488°$$ ②求 $\angle O_5O_4O_1$ 已知：$40°20'14''=40°+\frac{20'}{60}+\frac{14''}{3600}=40.337°$ $\angle O_5O_4O_1=40.337°-9.488°=30.849°$ ③求 O_1O_5 中心距 已知：O_4O_5 为 $65\,\text{mm}$、O_1O_4 为 $30.48\,\text{mm}$ 解： $$O_1O_5=\sqrt{65^2+30.48^2-2\times65\times30.48\cos30.849°}\,\text{mm}$$ $$=41.86\,\text{mm}$$

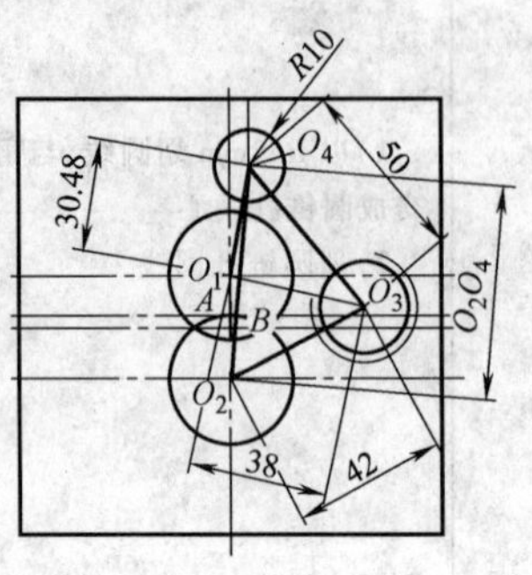

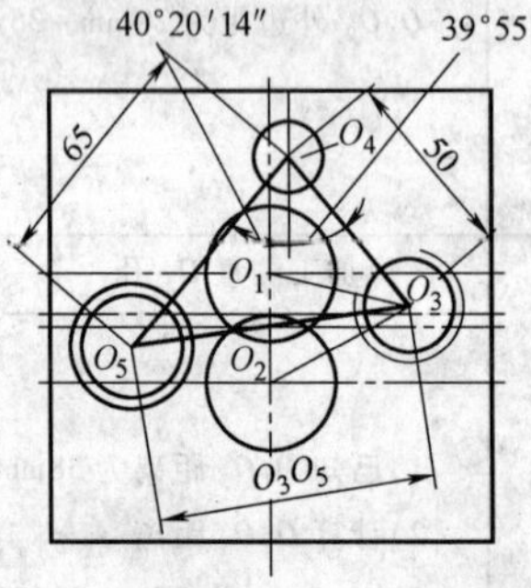

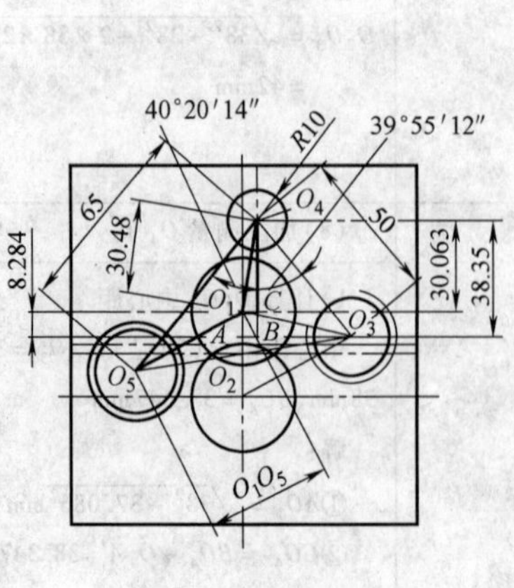

（续）

操作项目及图示	操作内容及注意事项
测量 O_2O_5 中心距尺寸 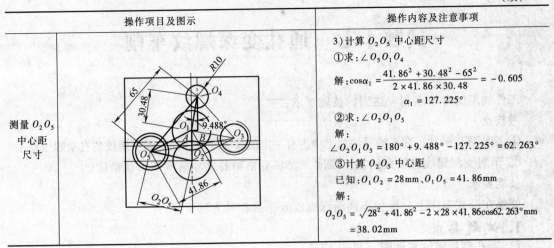	3）计算 O_2O_5 中心距尺寸 ①求：$\angle O_5O_1O_4$ 解：$\cos\alpha_1 = \dfrac{41.86^2 + 30.48^2 - 65^2}{2 \times 41.86 \times 30.48} = -0.605$ $\alpha_1 = 127.225°$ ②求：$\angle O_2O_1O_5$ 解： $\angle O_2O_1O_5 = 180° + 9.488° - 127.225° = 62.263°$ ③计算 O_2O_5 中心距 已知：$O_1O_2 = 28\text{mm}$、$O_1O_5 = 41.86\text{mm}$ 解： $O_2O_5 = \sqrt{28^2 + 41.86^2 - 2 \times 28 \times 41.86\cos 62.263°}\ \text{mm}$ $= 38.02\text{mm}$

试题十七 通孔变深螺纹车削

工件加工的考核点和应达到的技能要求：

考核点

① 变深螺纹的加工在机械零件加工中占有一定的重要地位，属于渐深螺纹的复杂螺纹加工。

② 车削变深螺纹有较大的加工难度，要求有精确的尺寸精度和形状精度。

技能要求

能够在卧式车床上分析和车削渐深螺纹及掌握检验方法。

1. 试题要求

1）通孔变深螺纹零件图（见图17-1）。

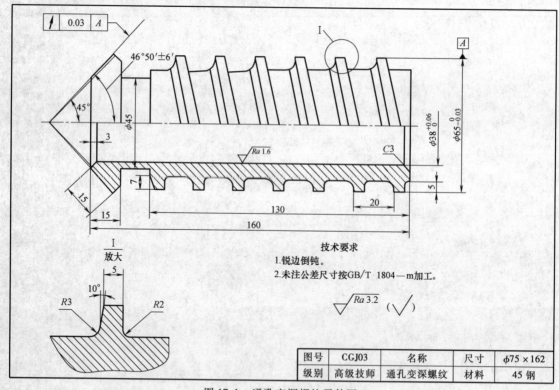

图 17-1 通孔变深螺纹零件图

图号	CGJ03	名称		尺寸	φ75×162
级别	高级技师	通孔变深螺纹		材料	45钢

2）通孔变深螺纹操作技能评分表（见表17-1）。

表 17-1 通孔变深螺纹操作技能评分表

考件编号 ＿＿＿＿＿＿＿＿　　时间定额 ＿＿4h＿＿　　总分 ＿＿100＿＿

序号	项目	考核内容		配分		检测		得分
		尺寸	$Ra/\mu m$	尺寸	Ra	尺寸	Ra	
1	外圆	φ45mm	3.2	2	2			
2		φ65$_{-0.03}^{0}$mm	3.2	6	2			

（续）

序号	项目	考核内容		配分		检测		得分
		尺寸	$Ra/\mu m$	尺寸	Ra	尺寸	Ra	
3	内孔	$\phi 38^{+0.06}_{0}$ mm	1.6	15	4			
4	锥度	$46°50' \pm 6'$，锥面	3.2	6	2			
5		$\phi 68.12$mm		4				
6		螺距 20mm		4				
7		变深 5~7mm	3.2	10	2			
8	变深螺纹	牙宽 5mm	3.2	10	2			
9		左侧 10°，斜面	3.2	10	2			
10		$R2$mm、$R3$mm	3.2	2,2	2			
11	长度	15mm、130mm、160mm		2,2,2				
12	倒角	$C3$		2				
13	倒角	锐边倒角 $C0.5$		1×3				
14	安全文明	安全文明有关规定		违反规定，酌情扣总分 1~5 分				
合　计				100				

评分标准:凡尺寸精度和几何公差超差时,扣该项全部分,表面粗糙度值增大时扣该项全部分

否定项:普通螺纹及内梯形螺纹和外梯形螺纹中径都超差时,视为不合格

2. 准备清单

1) 材料准备（见表 17-2）。

表 17-2　材料准备

名　称	规　格	数　量
45 钢	$\phi 75$mm $\times 162$mm	1
考试准备毛坯件		

2) 设备准备（见表 17-3）。

表 17-3　设备准备

名　称	规　格	数　量
车床	C6140（三爪自定心卡盘和四爪单动卡盘）	1
卡盘扳手	相应设备	1
刀架扳手	相应设备	1

3）工、量、刃、夹具准备（见表 17-4）。

表 17-4　工、量、刃、夹具准备

序号	名称	规格	分度值	数量	序号	名称	规格	分度值	数量
1	游标卡尺	0～200mm	0.02mm	1	14	圆弧刀	R2mm		1
2	外径千分尺	25～50mm	0.01mm	1	15	圆弧刀	R3mm		1
3	外径千分尺	50～75mm	0.01mm	1	16	成形刀	10°		1
4	磁座指示表	0～30mm	0.01mm	1套	17	钻头	φ38mm		1
5	内径指示表	18～35mm	0.01mm	1	18	划针			1
6	游标万能角度尺	0°～320°	2′	1	19	样冲			1
7	金属直尺	150mm		1	20	方箱			1
8	中心钻	A2.5/6.3mm		1	21	钻夹头			1
9	外圆车刀	90°		1	22	活扳手			1
10	弯头车刀	45°		1	23	螺钉旋具			1
11	内孔精车刀	0°		1	24	计算器			1
12	内孔车刀	90°		1	25	顶尖			1
13	外圆车槽刀	90°		1					

3. 加工难点分析和工件加工工艺路线

（1）技术要求及加工难点分析

1）通孔变深螺纹主要的技术要求。变深螺纹是一种典型的复杂螺纹机械零件，它的螺纹牙深在螺纹长度上不断变化，牙型的形状也不标准，要求刃磨特殊的刀具形状，用特殊的加工方法。

2）技术要求及加工难点分析

① 10°牙型需要磨制特殊刀具形状。

② 不同牙深底面的锥度需要用尾座调整法加工。

（2）通孔变深螺纹工件加工工艺路线　外圆夹头加工→一夹一顶粗车削外圆直径→制作定位锥堵及定位孔，并进行装配→刃磨牙型粗车刀→粗加工螺纹→刃磨牙型精车刀→偏移尾座精加工螺纹→用夹具精车锥齿轮外圆与端面尺寸→计算并用夹具精车锥齿面→计算并快速转动小滑板。

4. 通孔变深螺纹车削加工工艺过程（见表 17-5）

表 17-5　通孔变深螺纹车削加工工艺过程

操作项目及图示		操作内容及注意事项
车削工艺外圆	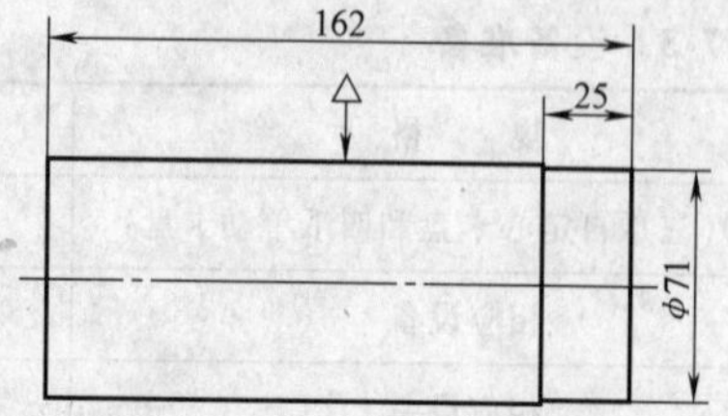	（1）用三爪自定心卡盘装夹外圆 1）车削工艺台阶 φ71mm，长 25mm

（续）

操作项目及图示	操作内容及注意事项
一夹一顶粗车削外圆直径	（2）调头装夹 φ71mm 外圆 1）车削端面 1mm 2）钻中心孔 3）顶尖顶上后，车削外圆至 φ66mm，长至 145mm 4）外圆车槽直径大于 φ45.5mm，槽宽 13mm
制作定位锥堵	（3）制作夹具锥堵（2 个） 1）车削端面 2）钻中心孔 3）车刀车 $\phi 32^{+0.02}_{0}$ mm 外径台阶 4）倒车削锥度 5°，作为引入孔内用的斜角 5）20mm 处切断
制作定位孔	（4）按图示装夹左端外圆 1）车削端面 2）用 φ30mm 钻头钻孔 3）半精车 φ30mm 孔至孔两端为（φ32±0.02）mm，便于两边锥堵固定（可以用锥堵外径尺寸为基准配合加工定位孔）
刃磨牙型粗车刀	（5）按图示刃磨螺纹粗车刀 1）刃磨 R2mm 螺纹车刀，对刀时，保持主切削刃与工件主轴线垂直 2）刃磨 R3mm 螺纹车刀，对刀时，保持右主切削刃与工件外圆夹角为 80°

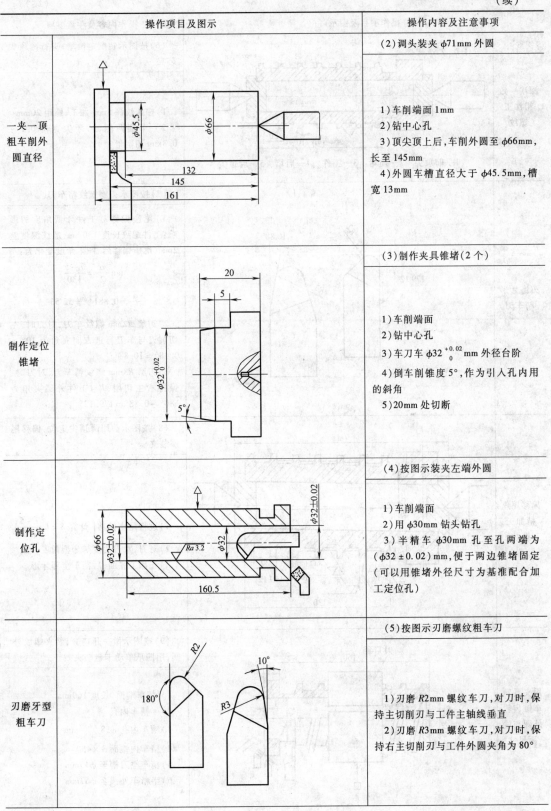

（续）

操作项目及图示	操作内容及注意事项

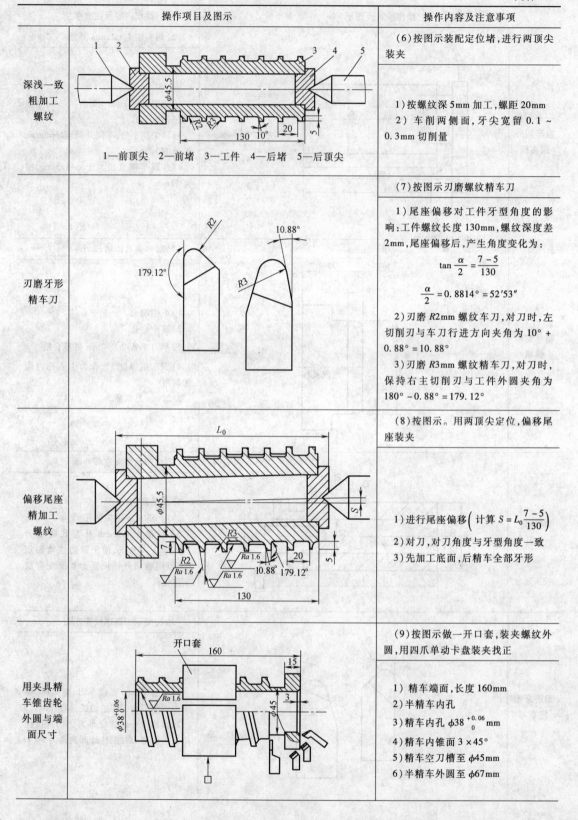

深浅一致粗加工螺纹

1—前顶尖　2—前堵　3—工件　4—后堵　5—后顶尖

（6）按图示装配定位堵，进行两顶尖装夹

1）按螺纹深5mm加工，螺距20mm

2）车削两侧面，牙尖宽留0.1～0.3mm切削量

刃磨牙形精车刀

（7）按图示刃磨螺纹精车刀

1）尾座偏移对工件牙型角度的影响：工件螺纹长度130mm，螺纹深度差2mm，尾座偏移后，产生角度变化为：

$$\tan\frac{\alpha}{2}=\frac{7-5}{130}$$

$$\frac{\alpha}{2}=0.8814°=52'53''$$

2）刃磨R2mm螺纹车刀，对刀时，左切削刃与车刀行进方向夹角为10°+0.88°=10.88°

3）刃磨R3mm螺纹精车刀，对刀时，保持右主切削刃与工件外圆夹角为180°-0.88°=179.12°

偏移尾座精加工螺纹

（8）按图示。用两顶尖定位，偏移尾座装夹

1）进行尾座偏移$\left(\text{计算 }S=L_0\dfrac{7-5}{130}\right)$

2）对刀，对刀角度与牙型角度一致

3）先加工底面，后精车全部牙形

用夹具精车锥齿轮外圆与端面尺寸

（9）按图示做一开口套，装夹螺纹外圆，用四爪单动卡盘装夹找正

1）精车端面，长度160mm

2）半精车内孔

3）精车内孔$\phi38^{+0.06}_{0}$mm

4）精车内锥面3×45°

5）精车空刀槽至ϕ45mm

6）半精车外圆至ϕ67mm

（续）

操作项目及图示	操作内容及注意事项
计算并用夹具精车锥齿面	（10）计算锥齿轮尖部外圆尺寸 1）已知齿面宽15mm 2）已知锥齿轮端面尖部直径为38mm + 2 × 3mm = 44mm 3）已知 $\triangle ABC$ 的 $\angle ACB$ 为 $90° - 46°50' = 43°10'$ 4）解得 BC 长为 $15mm × \cos43°10' = 15mm × \cos43.17° = 10.94mm$ 5）解得锥齿轮尖部外圆尺寸为 $44mm + 10.94 × 2mm = 65.88mm$
	（11）精车外径 $\phi65.88mm$
	（12）车削正锥面46°50′
	（13）车削背锥面45°
计算并快速转动小滑板	（14）车削正锥面时，将主轴中心轴线向下平移，将正锥表面素线引出线与中心轴线交叉，形成46°50′，即将小滑板转动按小于90°方向，从中心轴线逆时针转过46°50′，即可车削正锥面

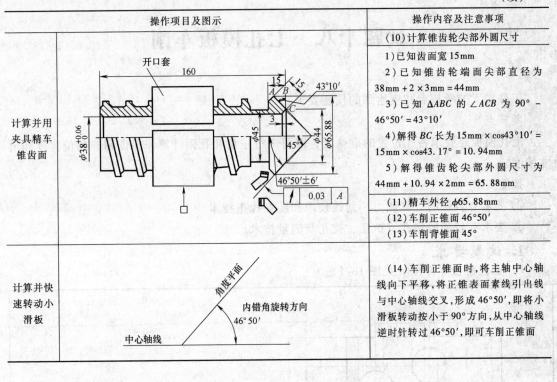

试题十八　七孔模板车削

工件加工的考核点和应达到的技能要求：

考核点

七孔模板是要求各孔位置的准确度，需要进行三角和孔距计算，保证精确的位置度和尺寸精度。

技能要求

① 要求有较强的计算能力、划线技术和装夹找正技术。

② 要求有较强的钻孔、扩孔、铰孔及测量技术。

1. 试题要求

1）七孔模板零件图（见图18-1）。

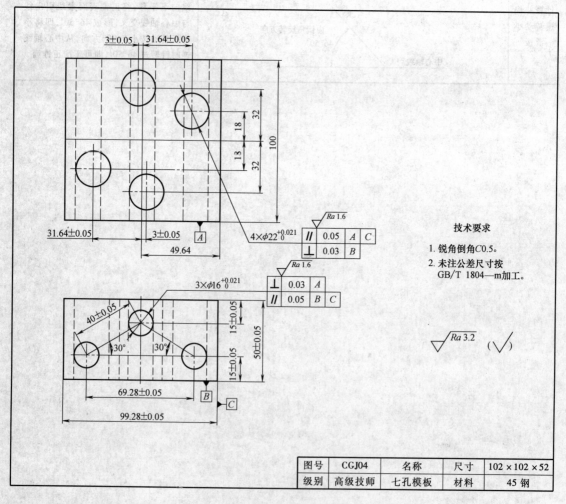

图 18-1　七孔模板零件图

2）七孔模板操作技能评分表（见表18-1）。

表18-1 七孔模板操作技能评分表

考件编号_____ 时间定额____4h____ 总分____100____

序号	项目	考核内容		配分		检测		得分
		尺寸/mm	$Ra/\mu m$	尺寸	Ra	尺寸	Ra	
1	长度	100	3.2	2	2			
2	宽度	99.28 ± 0.05	3.2	3	1			
3	高度	50 ± 0.05	3.2	3	1			
4		18(2 处)		2×2				
5		32(2 处)		2×2				
6		31.64 ± 0.05		3				
7	孔中心距	15 ± 0.05(2 处)		3				
8		69.28 ± 0.05		3				
9		40 ± 0.05		3				
10		3 ± 0.05		3				
11	孔径	$4 \times \phi 22^{+0.021}_{0}$(4 处)	1.6	4.5×4	2×4			
12		$3 \times \phi 16^{+0.021}_{0}$(3 处)	1.6	4.5×3	2×3			
13	几何公差	平行度 0.05(2 处)		3×2				
14		垂直度 0.03(2 处)		3×2				
15	倒角	锐边倒角 C0.5		0.5×15				
16	安全文明	安全文明有关规定		违反规定,酌情扣总分 1~5 分				
	合 计			100				

评分标准:凡尺寸精度和几何公差超差时,扣该项全部分,表面粗糙度值增大时扣该项全部分
否定项:普通螺纹及内梯形螺纹和外梯形螺纹中径都超差时,视为不合格

2. 准备清单

1）材料准备（见表18-2）。

表18-2 材料准备

名 称	规 格	数 量
45 钢	102mm × 102mm × 52mm	1
考试准备毛坯件		

2）设备准备（见表18-3）。

表18-3 设备准备

名 称	规 格	数 量
车床	C6140（四爪单动卡盘、花盘）	1
卡盘扳手	相应设备	1
刀架扳手	相应设备	1

3）工、量、刃、夹具准备（见表18-4）。

表 18-4　工、量、刃、夹具准备

序号	名　称	规格	分度值	数量	序号	名　称	规格	分度值	数量
1	游标卡尺	0~150mm	0.02mm	1	12	内孔精车刀	0°		1
2	外径千分尺	0~25mm	0.01mm	1	13	钻头	ϕ20mm、ϕ21.6mm、ϕ14mm、ϕ15.7mm		各1
3	游标高度卡尺	0~200mm	0.02mm	1					
4	磁座指示表	0~10mm	0.01mm	1套	14	铰刀	ϕ22mm、ϕ16mm		各1
5	内径指示表	0~18mm	0.01mm	1	15	划针			1
	内径指示表	18~35mm	0.01mm	1	16	样冲			1
6	内卡钳			1	17	方箱			1
7	游标万能角度尺	0°~320°	2′	1	18	钻夹头			1
8	金属直尺	150mm		1	19	活扳手			1
9	中心钻	A2.5/6.3mm		1	20	螺钉旋具			1
					21	计算器			1
10	外圆车刀	90°		1	22	顶尖			1
11	弯头车刀	45°		1	23	若干螺钉、压板			1

3. 加工难点分析和工件加工工艺路线

（1）技术要求及加工难点分析

1）七孔模板主要的技术要求

① 3×ϕ16mm 孔在板中与各边处于全部对称的位置。

② 4×ϕ22mm 孔与 3×ϕ16mm 孔垂直相交时，都有一面是相切，一面是相割。

③ 各孔要求钻、扩、铰加工。

④ 四周围的 99.28mm、50mm 尺寸可以在备料时，仅留精车量。

⑤ 检验孔距可以采取检验棒。

2）七孔模板的加工难点分析

① 七孔模板在加工时，在划线、样冲孔和试钻过程中要始终进行找正，以保证位置精度的要求。

② 要掌握划线的高技巧、高技能动作，对钻孔、扩孔、铰孔的工艺知识完全清楚，高度掌握钻孔、扩孔、铰孔技术。

③ 对各孔的平行度与垂直度，要用指示表进行精确地测量。

④ 交叉孔不许有毛刺等存在。

（2）七孔模板工件加工工艺路线　车削矩形六面→划线→找正→钻孔定位→粗、精加工孔→用检验棒孔检验尺寸及几何公差。

4. 七孔模板车削加工工艺过程（见表18-5）

表18-5　七孔模板车削加工工艺过程

操作项目及图示	操作内容及注意事项
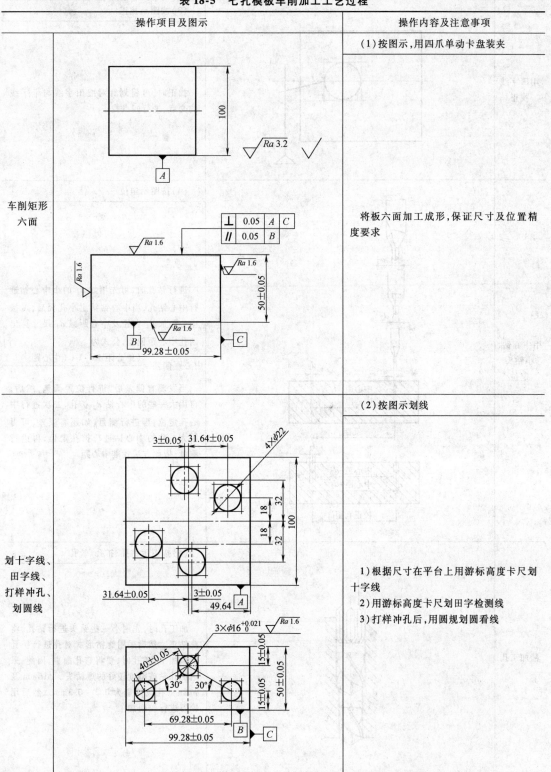	（1）按图示，用四爪单动卡盘装夹 将板六面加工成形，保证尺寸及位置精度要求 （2）按图示划线 1）根据尺寸在平台上用游标高度卡尺划十字线 2）用游标高度卡尺划田字检测线 3）打样冲孔后，用圆规划圆看线

车削矩形六面

划十字线、田字线、打样冲孔、划圆线

（续）

操作项目及图示	操作内容及注意事项
用田字线找正	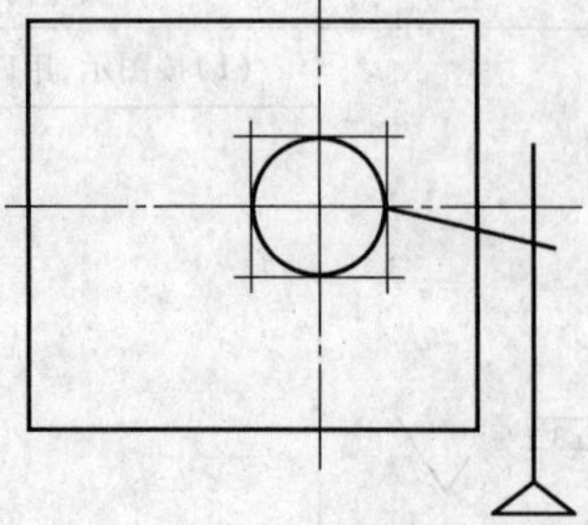 （3）按图示找正 找正时，可将划针对准田字线与十字线的交点，进行四点找正
用中心钻、小钻头定位	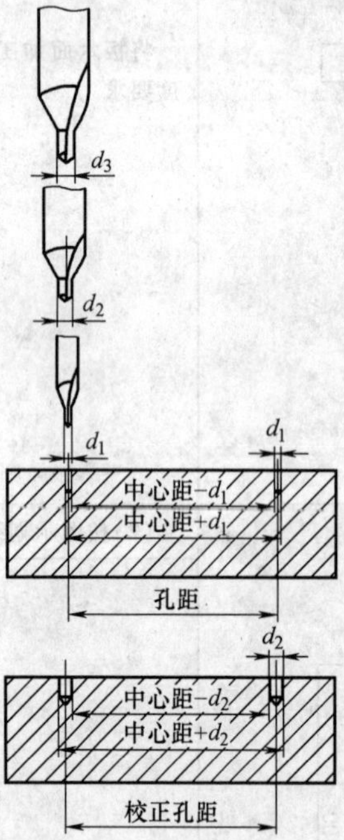 （4）按图示定位 进行钻孔时，可先用如 d_1 的小中心钻进行中心钻钻孔，当中心钻钻出小孔径后，可按中心距加 d_1 直径及中心距减 d_1 尺寸算出两孔中心距偏差，公式为 中心距偏差 $= \dfrac{(中心距 + d_1) + (中心距 - d_1)}{2}$ 当发现有偏差后，进行位置调整，然后，再用大一些的中心钻 d_2 扩孔，二次进行中心孔定位，再进行测量，如还有误差，可再用大一些的中心钻进行扩孔定位，再进行测量，依此方法找准中心距
精加工孔	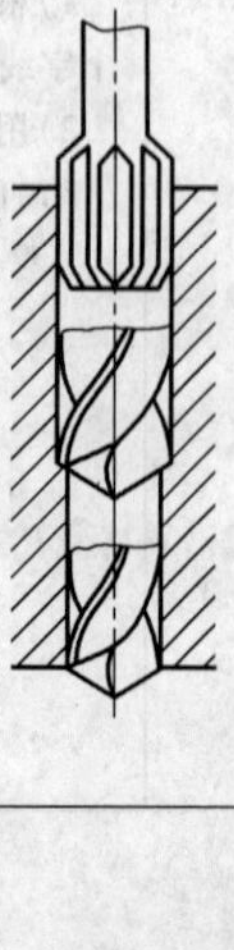 （5）按图示钻孔、扩孔、铰孔 加工孔时，先用小一些钻头进行钻孔，将孔钻正。然后采用锪钻形式对孔进行扩孔半精加工，扩孔时，要将弯孔曲直，因此，采用扩孔钻或刚度较好的短钻头。$\phi16mm$ 及 $\phi22mm$ 孔铰留量为 $0.2 \sim 0.3mm$。然后用铰刀进行铰削加工

（续）

操作项目及图示	操作内容及注意事项
用检验棒检验尺寸	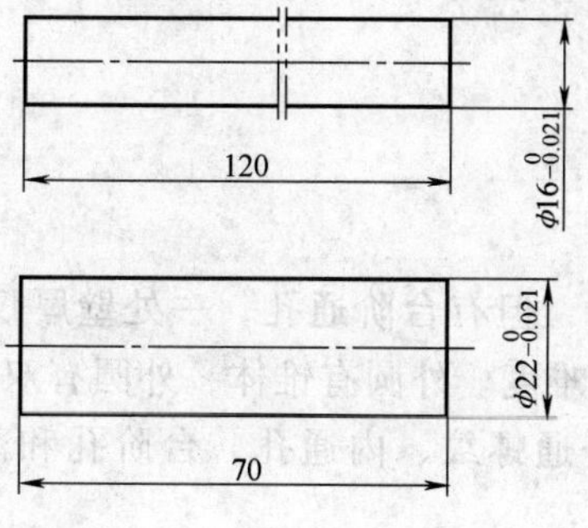 （6）按图示检验 　　按照孔的尺寸加工各两个检验棒，将检验棒插入孔中，用千分尺测量两个检验棒之间的距离。算出加工的中心距尺寸

120　$\phi 16_{-0.021}^{0}$

70　$\phi 22_{-0.021}^{0}$

试题十九 双头三模薄壁蜗杆轴套车削

工件加工的考核点和应达到的技能要求：

考核点

薄壁蜗杆轴套零件整体上形状不算复杂，但有台阶通孔，一处壁厚仅有 1mm 厚。通孔长度较长，精度要求较高，内孔车削有一定难度。外圆有锥体，外圆有双头三模的蜗杆。考核点共有外圆、蜗杆、外沟槽、外锥体、普通螺纹、内通孔、台阶孔和薄壁孔等 8 处精度要求。

技能要求

① 多头蜗杆加工和测量技术。

② 光滑圆柱孔使用内孔表和卡钳测量技术。

③ 锥度尺寸的计算和车削技术。

④ 薄壁加工技术。

1. 试题要求

1）双头三模薄壁蜗杆轴套零件图（见图 19-1）。

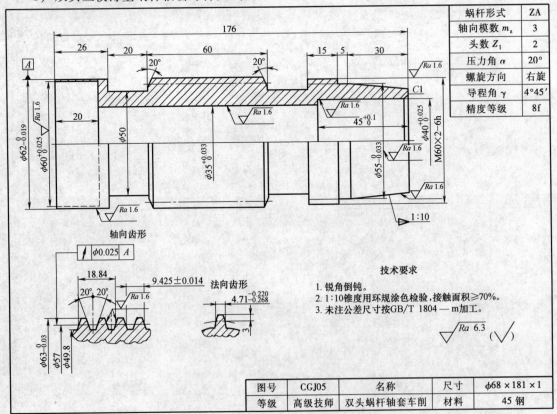

图 19-1　双头三模薄壁蜗杆轴套零件图

2）双头三模薄壁蜗杆轴套操作技能评分表（见表19-1）。

表 19-1　双头三模薄壁蜗杆轴套操作技能评分表

考件编号＿＿＿＿＿＿＿＿　　　　时间定额＿＿＿4h＿＿＿　　　总分＿＿100＿＿

序号	项目	考核内容		配分		检测		得分
		尺寸	$Ra/\mu m$	尺寸	Ra	尺寸	Ra	
1	外圆	$\phi 62_{-0.019}^{0}$ mm	1.6	3	3			
2		$\phi 55_{-0.033}^{0}$ mm	1.6	3	2			
3		$\phi 50$ mm		2	1			
4	内孔	$\phi 60_{0}^{+0.025}$ mm	1.6	4	3			
5		$\phi 35_{0}^{+0.033}$ mm	1.6	4	3			
6		$\phi 40_{0}^{+0.025}$ mm	1.6	4	3			
7	蜗杆与螺纹	$\phi 63_{-0.03}^{0}$ mm		4				
8		$\phi 57$ mm		2				
9		$\phi 49.8$ mm		2				
10		头数、齿距(2处)		1×3				
11		模数 3mm		1				
12		齿形角 2×20°		2×4				
13		齿形两侧表面粗糙度	1.6		3×4			
14		法向齿厚 4.71$_{-0.268}^{-0.220}$ mm(2处)		3×2				
15		M60×2-6h	1.6	4				
16	长度	26mm、20mm、60mm、15mm、5mm、30mm、176mm、20mm		1×8				
17		45$_{0}^{+0.1}$ mm		2				
18	几何公差	圆跳动 0.025mm		4				
19	角度	1:10	1.6	2	4			
20		20°(2处)		1×2				
21	倒角	锐边倒角 C0.5		1				
22	安全文明	安全文明有关规定		违反规定,酌情扣总分 1~5分				
合　　计				100				

评分标准：凡尺寸精度和几何公差超差时,扣该项全部分,表面粗糙度值增大时扣该项全部分

否定项：普通螺纹及内梯形螺纹和外梯形螺纹中径都超差时,视为不合格

2. 准备清单

1）材料准备（见表19-2）。

表 19-2　材料准备

名　称	规　格	数　量
45 钢	$\phi 68$mm×181mm	1
考试准备毛坯件		

2）设备准备（见表19-3）。

表19-3　设备准备

名　称	规　格	数　量
车床	C6140A（四爪单动卡盘）	1
卡盘扳手	相应设备	1
刀架扳手	相应设备	1

3）工、量、刃、夹具准备（见表19-4）。

表19-4　工、量、刃、夹具准备

序号	名称	规格	分度值	数量	序号	名　称	规格	分度值	数量
1	游标卡尺	$0 \sim 200$mm	0.02mm	1	13	弯头车刀	45°		1
2	游标高度卡尺	$0 \sim 300$mm	0.02mm	1	14	蜗杆车刀	$m_x = 3$mm		1
3	外径千分尺	$25 \sim 50$mm	0.01mm	1	15	外车槽刀			1
4	外径千分尺	$50 \sim 75$mm	0.01mm	1	16	内孔车刀			1
5	内径指示表	$35 \sim 50$mm	0.01mm	1	17	钻头	$\phi 35$mm, $\phi 40$mm		各1
6	磁座指示表	$0 \sim 5$mm	0.01mm	1套	18	划针			1
7	游标齿厚卡尺	$m_x(1 \sim 16)$mm	0.02mm	1	19	样冲			1
8	游标万能角度尺	$0° \sim 320°$	2′	1	20	方箱			1
9	螺距规			1	21	顶尖			1
10	金属直尺	300mm		1	22	钻夹头			1
11	中心钻	B2.5/10mm		1	23	活扳手			1
12	外圆车刀	90°		1	24	螺钉旋具			1

3. 加工难点分析和工件加工工艺路线

（1）双头三模薄壁蜗杆轴套技术要求及加工难点分析

1）双头三模薄壁蜗杆轴套主要的技术要求

① 内孔 $\phi 35$mm 在 111mm 长度上，公差为 0.033mm，表面粗糙度值 Ra 1.6μm，要求低速精车。$\phi 40$mm 及 $\phi 60$mm 内孔可以进行高速精车，但公差要求较严，需要用内孔表进行测量。

② 在外圆表面上有沟槽，需要用车槽刀进行加工。

③ 在外圆表面上有较大的普通螺纹，需要掌握牙型尺寸的计算。

④ 在外圆表面上有锥体加工，需要测量锥体精度。

⑤ 在外圆表面上有双头模数为 3mm 的蜗杆加工，需要用齿厚卡尺进行测量。

⑥ 在加工以上的各部尺寸时，需要协调各部尺寸的加工顺序，防止工件热变形和尺寸超差。

2）双头三模薄壁蜗杆轴套加工难点分析

① 内孔精车。内孔公差要求较严，且有一定长度，低速精车时，效率较低，高速精车时，表面粗糙度不易达到要求。

② 薄壁内径和外径精车，一般应先精车内径，再精车外径。

（2）双头三模薄壁蜗杆轴套零件加工工艺路线　粗车削外圆、端面、内孔→调头，粗车削外圆、端面、内孔→调头，进行螺纹端的半精车及内孔精车→一夹一顶粗车、精车蜗杆齿形→一夹一顶粗车、精车锥度与外螺纹→精车薄壁内径和外径。

4. 双头三模薄壁蜗杆轴套车削加工工艺过程（见表19-5）

表19-5　双头三模薄壁蜗杆轴套车削加工工艺过程

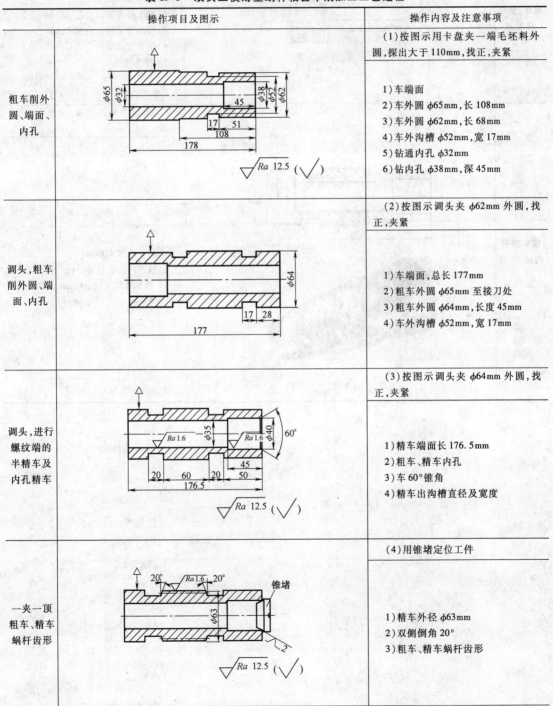

操作项目及图示	操作内容及注意事项
粗车削外圆、端面、内孔	（1）按图示用卡盘夹一端毛坯料外圆，探出大于110mm，找正，夹紧 1）车端面 2）车外圆 φ65mm，长108mm 3）车外圆 φ62mm，长68mm 4）车外沟槽 φ52mm，宽17mm 5）钻通内孔 φ32mm 6）钻内孔 φ38mm，深45mm
调头，粗车削外圆、端面、内孔	（2）按图示调头夹 φ62mm 外圆，找正，夹紧 1）车端面，总长177mm 2）粗车外圆 φ65mm 至接刀处 3）粗车外圆 φ64mm，长度45mm 4）车外沟槽 φ52mm，宽17mm
调头，进行螺纹端的半精车及内孔精车	（3）按图示调头夹 φ64mm 外圆，找正，夹紧 1）精车端面长176.5mm 2）粗车、精车内孔 3）车60°锥角 4）精车出沟槽直径及宽度
一夹一顶粗车、精车蜗杆齿形	（4）用锥堵定位工件 1）精车外径 φ63mm 2）双侧倒角20° 3）粗车、精车蜗杆齿形

（续）

操作项目及图示	操作内容及注意事项
一夹一顶粗车、精车锥度与螺纹 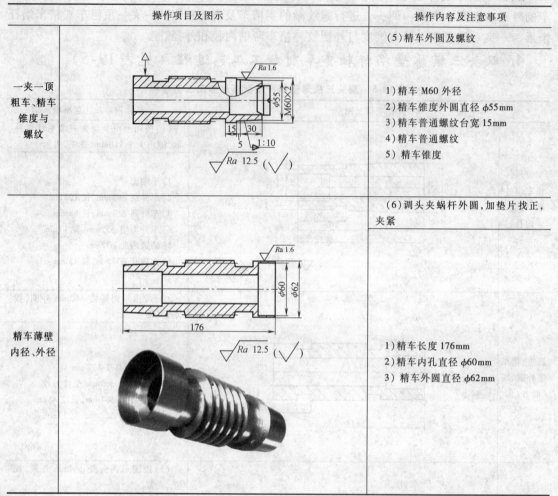	（5）精车外圆及螺纹 1）精车 M60 外径 2）精车锥度外圆直径 $\phi55mm$ 3）精车普通螺纹台宽 15mm 4）精车普通螺纹 5）精车锥度
精车薄壁内径、外径	（6）调头夹蜗杆外圆,加垫片找正,夹紧 1）精车长度 176mm 2）精车内孔直径 $\phi60mm$ 3）精车外圆直径 $\phi62mm$

试题二十　球体蜗杆轴车削

工件加工的考核点和应达到的技能要求：

考核点

球体蜗杆轴由多头蜗杆、圆弧连接、内锥孔等组成。外圆弧的车削需要坐标点计算和刀具的刃磨、曲线坐标点的连接技术，内锥孔需要用锥度塞规配合测量。

技能要求

需要熟练掌握蜗杆的多头车削，能够计算和正确车削圆弧曲面，做到圆滑过渡，并且符合圆球轮廓度要求。

1. 试题要求

1) 球体蜗杆轴零件图（见图 20-1）。

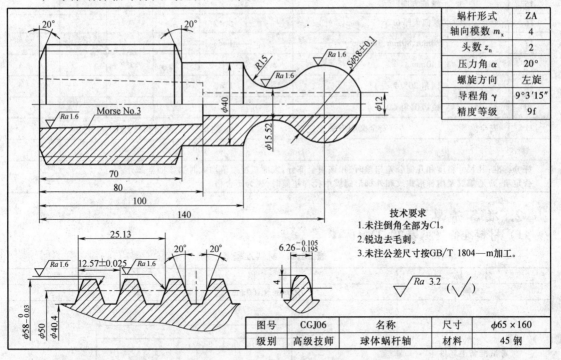

图 20-1　球体蜗杆轴零件图

2) 球体蜗杆轴操作技能评分表（见表 20-1）。

表 20-1　球体蜗杆轴操作技能评分表

考件编号 _____　　时间定额 ___4h___　　总分 ___100___

序号	项目	考核内容		配分		检测		得分
		尺寸	$Ra/\mu m$	尺寸	Ra	尺寸	Ra	
1	外圆	$\phi 40mm$	3.2	2	1			
2	内孔	$\phi 12mm$	3.2	3	1			

（续）

序号	项目	考核内容		配分		检测		得分
		尺寸	$Ra/\mu m$	尺寸	Ra	尺寸	Ra	
3	球体	$(S\phi 38 \pm 0.1)$ mm	1.6	8	2			
4		$R15$ mm	1.6	4	2			
5		$\phi 15.52$ mm	1.6	3	2			
6	内锥孔	Morse No3	1.6	6	2			
7		$\phi 23.8$ mm		5				
8		$\phi 58_{-0.03}^{0}$ mm	3.2	4	1			
9		$\phi 50$ mm	3.2	7	1			
10		$\phi 40.4$ mm	3.2	2	1			
11	蜗杆	头数(相邻齿距2处)		2				
12		轴向模数		2				
13		齿形角20°(4处)		1×4				
14		齿形表面粗糙度(4处)	1.6	2×4	2×4			
15		螺旋方向		1				
16		法向齿厚$6.26_{-0.195}^{-0.105}$ mm(2处)		5×2				
17	长度	70mm、80mm、100mm		1×3				
18		140mm	3.2	1	1			
19	其他	倒角20°(2处)		1×2				
20		锐边倒角 $C0.5$		1				
21	安全文明	安全文明有关规定		违反规定,酌情扣总分1~5分				
合 计				100				

评分标准:凡尺寸精度和几何公差超差时,扣该项全部分,表面粗糙度值增大时扣该项全部分

否定项:普通螺纹及内梯形螺纹和外梯形螺纹中径都超差时,视为不合格

2. 准备清单

1) 材料准备（见表20-2）。

表20-2 材料准备

名 称	规 格	数 量
45 钢	$\phi 65$ mm $\times 160$ mm	1
考试准备毛坯件		

2) 设备准备（见表20-3）。

表20-3 设备准备

名 称	规 格	数 量
车床	C6140A(四爪单动卡盘)	1
卡盘扳手	相应设备	1
刀架扳手	相应设备	1

3）工、量、刃、夹具准备（见表20-4）。

表20-4　工、量、刃、夹具准备

序号	名称	规格	分度值	数量	序号	名称	规格	分度值	数量
1	游标卡尺	0～200mm	0.02mm	1	11	内孔精车刀	90°		1
2	外径千分尺	50～75mm	0.01mm	1	12	凹圆弧刀	$S\phi38$mm		1
3	锥度量规	Morse No. 3		1套	13	凸圆弧刀	$R15$mm		1
4	金属直尺	300mm		1	14	钻头	$\phi12$mm		1
5	中心钻	B2.5/10mm		1	15	钻头	莫氏3号锥孔		1
6	外圆车刀	90°		1	16	划针			1
7	弯头车刀	45°		1	17	顶尖			1
8	外车槽刀			1	18	钻夹头			1
9	蜗杆车刀	$m_x=4$mm		1	19	活扳手			1
10	内孔粗车刀	60°		1	20	螺钉旋具			1

3. 加工难点分析和工件加工工艺路线

（1）技术要求及加工难点分析

1）球体蜗杆轴工件的技术要求

① $S\phi38$mm 与 $R15$mm 的圆弧曲线连接要经过计算，以保证尺寸的正确性。

② 蜗杆法向齿厚要经过齿厚卡尺的测量。

③ Morse No. 3 内锥孔的车削要用圆锥塞规进行检验。

2）球体蜗杆轴工件的加工难点分析

① 多头蜗杆。

② 内锥孔车削。

③ 圆弧曲线连接。

（2）球体蜗杆轴工件加工工艺路线　　车削一端外圆及端面→调头，一夹一顶粗车、精车蜗杆→粗车、精车内锥孔→调头，车球部轮廓尺寸→计算 $R15$mm 脖颈与肩头相交圆弧尺寸→计算 $R15$mm 脖颈与球部圆弧相交尺寸→计算 $R15$mm 脖颈圆弧尺寸→画图，$R15$mm 脖颈圆弧线→计算 $R15$mm 脖颈轴向中心尺寸→精车圆弧曲线。

4. 球体蜗杆轴车削加工工艺过程（见表20-5）

表20-5　球体蜗杆轴车削加工工艺过程

操作项目及图示		操作内容及注意事项
车削一端外圆及端面	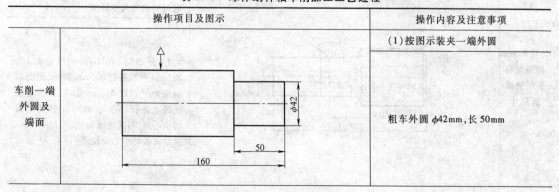	（1）按图示装夹一端外圆 粗车外圆 $\phi42$mm，长50mm

（续）

操作项目及图示	操作内容及注意事项
调头，一夹一顶粗车、精车蜗杆	（2）按图示调头夹 $\phi42mm$ 1）车平端面，长度159mm 2）钻孔 $\phi12mm$ 3）精镗孔60°，顶尖顶上 4）粗车、精车螺纹大径 $\phi58mm$ 5）精车 $\phi40mm$ 台阶 6）倒角 7）粗车、精车蜗杆
粗车、精车内锥孔	（3）按图示撤去顶尖 1）粗车 Morse No.3 锥孔 2）精车 Morse No.3 锥孔，深度80mm
调头，车球部轮廓尺寸	（4）按图示调头垫垫，装夹蜗杆外圆，进行找正 1）粗车长度158.03mm 2）粗车球部长度50mm 3）粗车球部外圆 $\phi39mm$
计算 R15mm 脖颈与肩头相交圆弧尺寸	（5）计算球部进刀位置，计算 $R15mm$ 脖颈轴向中心位置，确定垂直进刀轴向的具体尺寸 1）分析知，在100mm 尺寸处，为 $R15mm$ 脖颈通过 $\phi40mm$ 肩头，因此以肩头为中心划 $R15mm$ 圆1，目的是在此圆上必有一点为 $R15mm$ 脖颈圆弧的中心点，与其他圆相交，找出 $R15mm$ 脖颈圆弧的中心点位置

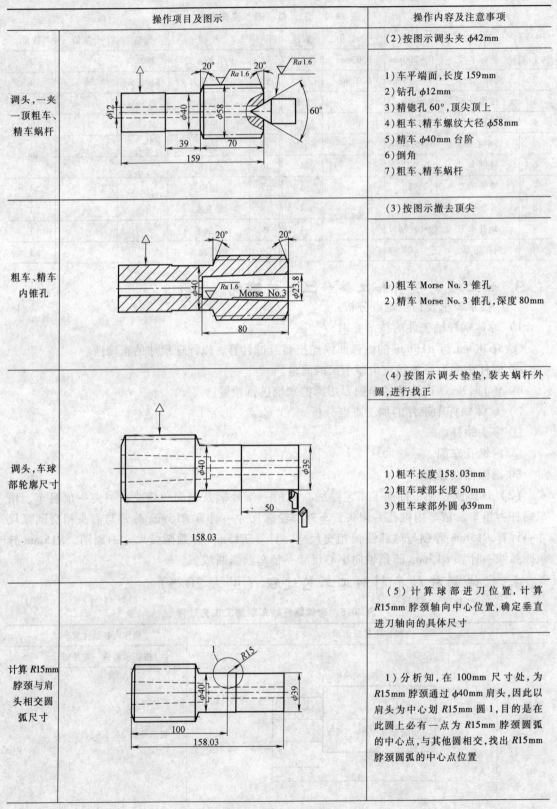

（续）

操作项目及图示	操作内容及注意事项
计算 $R15$mm 脖颈与球部圆弧相交尺寸	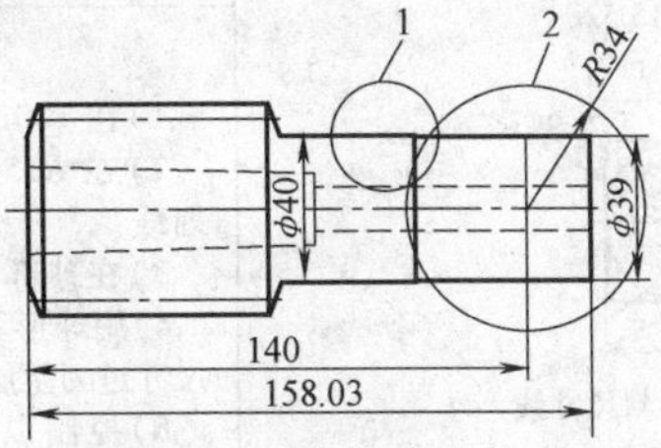 2）分析知，球部外圆与脖颈 $R15$mm 圆相切，因此，以球部中心画圆 2，半径为 19mm $+ 15$mm $= 34$mm
计算 $R15$mm 脖颈圆弧尺寸	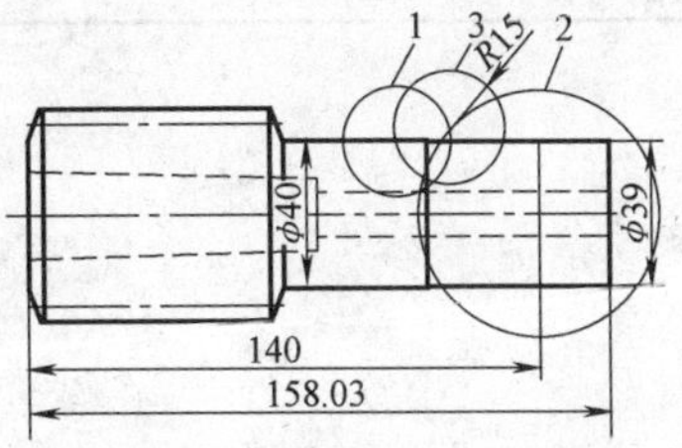 3）圆 1 与圆 2 相交于一点，此点为圆 3 的中心点，以此点为圆心画圆 $R15$mm，既通过 $\phi40$mm 肩头，也与球部外圆相切
画图，$R15$mm 脖颈圆弧线	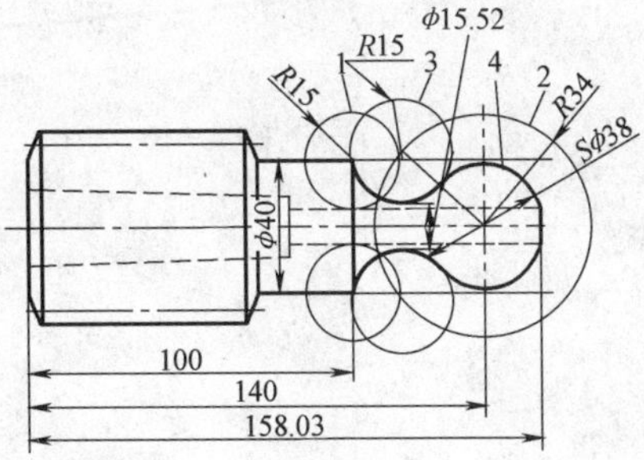 4）圆 4 为球体，尺寸为 $S\phi38$mm，圆 3 与 $\phi40$mm 肩头、与球部外圆相切这一段就为 $R15$mm 圆滑曲段线
计算 $R15$mm 脖颈轴向中心尺寸	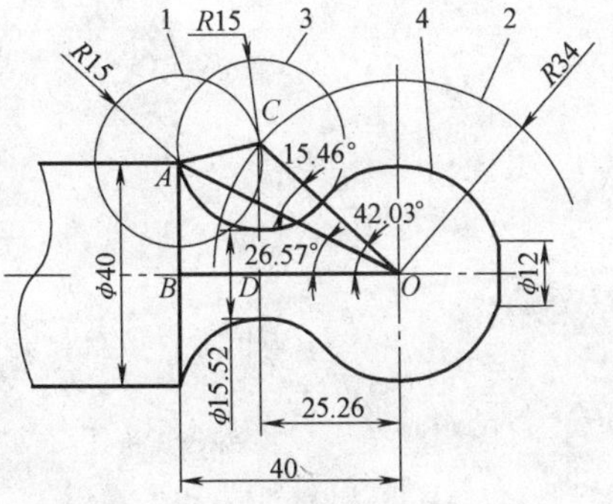 （6）计算圆 3 的轴向尺寸 1）已知 $AB = 20$mm，$BO = 40$mm，求 AO $AO = \sqrt{20^2 + 40^2}$ mm $= 44.72$mm 2）已知 $AB = 20$mm，$BO = 40$mm，求 α_1 $\tan\alpha_1 = \dfrac{20}{40} = 0.5$ $\alpha_1 = 26.57°$ 3）已知 $AO = 44.72$mm，$AC = 15$mm，$CO = 34$mm，求 $\angle AOC$ 设 $\angle AOC$ 为 α_2 $\cos\alpha_2 = \dfrac{AO^2 + CO^2 - AC^2}{2 \times AO \times CO}$ $= \dfrac{44.72^2 + 34^2 - 15^2}{2 \times 44.72 \times 34} = 0.964$ $\alpha_2 = 15.46°$ 4）$\alpha = \alpha_1 + \alpha_2$ $= 26.57° + 15.46° = 42.03°$ 5）已知 $\alpha = 42.03°$，$CO = 34$mm，求 DO $DO = CO\cos\alpha = 34 \times \cos42.03°$ $= 25.26$mm

（续）

操作项目及图示	操作内容及注意事项
精车圆弧曲线 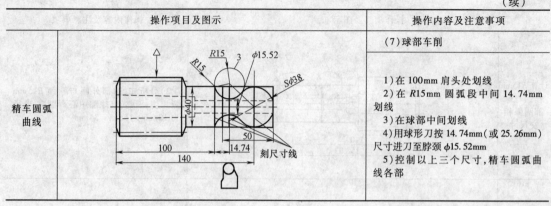	（7）球部车削 1）在 100mm 肩头处划线 2）在 R15mm 圆弧段中间 14.74mm 划线 3）在球部中间划线 4）用球形刀按 14.74mm（或 25.26mm）尺寸进刀至脖颈 φ15.52mm 5）控制以上三个尺寸，精车圆弧曲线各部

试题二十一　两半体定心锥套车削

工件加工的考核点和应达到的技能要求：

考核点

两半体定心锥套零件整体上为两个半体对称平分，合起来后形成一个模腔，内有锥度、圆弧、深沟槽、止口、三角形沟槽、直孔、相贯孔等结构形态。由于型腔较深，型腔形态较复杂，加工上有一定困难。加工后打开腔体，要检验各个几何形体尺寸的对称平分性，几何形状的位置度、轮廓度、表面粗糙度等。

技能要求

① 要求掌握对称工件的装夹、划线、找正技术。

② 掌握深孔畸形的观察和尺寸控制能力。要求对于深孔中的刀具对刀、进刀、尺寸的测量要有准确无误的手法，能够刃磨加工深孔中畸形的刀具，能够做到低速精车形体。

③ 能够将两半体在正确位置定位焊，能够开模修整、测量加工面。

1. 试题要求

1）两半体定心锥套零件图（见图21-1）。

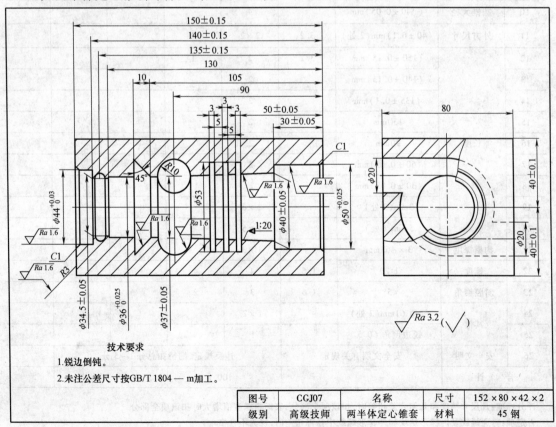

图 21-1　两半体定心锥套零件图

图号	CGJ07	名称		尺寸	152×80×42×2
级别	高级技师	两半体定心锥套		材料	45 钢

2）两半体定心锥套操作技能评分表（见表21-1）。

表 21-1　两半体定心锥套操作技能评分表

考件编号_____　　时间定额__4h__　　总分__100__

序号	项 目	考 核 内 容		配 分		检 测		得分
		尺寸	$Ra/\mu m$	尺寸	Ra	尺寸	Ra	
1	孔直径	$\phi 44^{+0.03}_{0}$ mm	1.6	5	3			
2		$\phi 36^{+0.025}_{0}$ mm	3.2	5	1			
3		$\phi 50^{+0.025}_{0}$ mm	1.6	5	3			
4		$\phi 20$ mm（2 处）	3.2	2×2	1			
5	大圆环中心直径	$(\phi 37 \pm 0.05)$ mm		3				
6	小圆环中心直径	$(\phi 34.75 \pm 0.05)$ mm		3				
7	大圆环半径	$R10$ mm	1.6	4	2			
8	小圆环半径	$R3$ mm	1.6	4	2			
9	圆锥小径	$(\phi 34.5 \pm 0.05)$ mm		4				
10	圆锥大径	$(\phi 40 \pm 0.05)$ mm		4				
11	外方尺寸	(40 ± 0.1) mm（2 处）	3.2	2×2	1			
12	长度	(150 ± 0.15) mm	3.2	2	1			
13		(140 ± 0.15) mm		2				
14		(135 ± 0.1) mm		2				
15		130 mm		2				
16		90 mm		2				
17		(50 ± 0.05) mm		2				
18		(30 ± 0.05) mm		2				
19		3 mm（3 处）		1×3				
20		5 mm（2 处）		1×5				
21	沟槽深度	$3 \times \phi 63$ mm		1×3				
22	锥度	1:20	1.6	4	4			
23	斜腔锥角	45°	1.6	3				
24	其他	倒角 $C1$ mm（2 处）		1×2				
25		锐边倒角 $C0.5$		1				
26	安全文明	安全文明有关规定		违反规定,酌情扣总分 1~5 分				
合　计				100				

评分标准：凡尺寸精度和几何公差超差时，扣该项全部分，表面粗糙度值增大时扣该项全部分

否定项：普通螺纹及内梯形螺纹和外梯形螺纹中径都超差时，视为不合格

2. 准备清单

1）材料准备（见表21-2）。

表21-2 材料准备

名 称	规 格	数 量
45 钢	152mm×80mm×84mm	1
考试准备毛坯件		

2）设备准备（见表21-3）。

表21-3 设备准备

名 称	规 格	数 量
车床	C6140（四爪单动卡盘、花盘、角铁）	1
卡盘扳手	相应设备	1
刀架扳手	相应设备	1

3）工、量、刃、夹具准备（见表21-4）。

表21-4 工、量、刃、夹具准备

序号	名 称	规 格	分度值	数量	序号	名 称	规 格	分度值	数量
1	游标卡尺	0~200mm	0.02	1	15	内圆弧刀	$R10mm$, $R3mm$		1
2	外径千分尺	0~25mm	0.01	1	16	内形刀	45°		1
3	外径千分尺	25~50mm	0.01	1	17	蜗杆车刀	$m_x=4mm$		1
4	内径指示表	35~50mm	0.01	1	18	内孔粗车刀	60°		1
5	游标高度卡尺	0~300mm	0.02	1	19	内孔精车刀	90°		1
6	磁座指示表	0~10mm	0.01	1套	20	钻头	$\phi18mm$, $\phi32mm$, $\phi41mm$		1
7	游标万能角度尺	0°~320°	2′	1	21	划针			1
8	锥度量规	1:20		1套	22	样冲			1
9	计算器			1	23	方箱			1
10	金属直尺	300mm		1	24	顶尖			1
11	中心钻	B2.5/10mm		1	25	钻夹头			1
12	外圆车刀	90°		1	26	活扳手			1
13	弯头车刀	45°		1	27	螺钉旋具			1
14	内车槽刀	3		1	28	若干螺钉			1

3. 加工难点分析和工件加工工艺路线

（1）技术要求及加工难点分析

1）合模后，在机床上应认真找正分模线，以保证对称。

2）车削内孔的各型腔时，充分利用中滑板溜板和小滑板手柄的分度值，控制好不同的轴向位置尺寸。

3）型腔内的各个不同的几何形状应采取不同的成形刀进行加工，进行适量的进给车削。

4）加工时，型腔中的各个几何形状不容易观察，注意及时清理切屑。

5）有熟练的划线技术和检测技术。

6）型腔的合模装夹应以定位焊将两半体定心锥套焊在一起合模加工或用预制宽、厚的钢板垫夹住工件，也可用铁夹夹住工件。

7）两半体定心锥套也可采用螺钉固定，钻固定螺钉孔，进行钻孔、扩孔、铰孔。用准备好的定位螺钉进行固定。

8）车削型腔时，应采取低速精车。

9）计算斜角。

已知：锥度大头直径 $\phi40\text{mm}$，锥度小头直径 $\phi34.5\text{mm}$，长度 $140\text{mm} - 30\text{mm} = 110\text{mm}$

解：
$$\tan\alpha/2 = \frac{40 - 34.5}{2 \times 110} = 1.432°$$

10）两半体定心锥套合模后的尺寸为 $152\text{mm} \times 80\text{mm} \times 84\text{mm}$，打开形腔后，上下模外围轮廓尺寸各为 $150\text{mm} \times 80\text{mm} \times 40\text{mm}$，检验上下模的对称平分。

11）小于 $R10\text{mm}$ 圆弧沟槽的球形成形刀车削进刀分析，如图 21-2 所示为用球形成形刀 $R5\text{mm}$ 车 $R10\text{mm}$ 圆弧沟槽。

在车削 $R10\text{mm}$ 圆弧沟槽时，由于看不见，只能靠摸索、听动静来进行车削，一般情况下尺寸不准确，在打开型腔后，得进行修形。如果在进刀时能按圆弧曲线进给，就能实现圆弧的圆滑过渡，经过粗车后，一次精车成形。

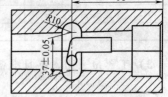

图 21-2　用球形成形刀 $R5\text{mm}$
车 $R10\text{mm}$ 圆弧沟槽

用坐标法车削圆球经过粗车及一遍精车即可达到尺寸精度和形状精度要求。

用坐标车削内圆弧时，是取一定标准半径的圆弧刀按算好的 X 轴及 Y 轴坐标值去配合车削。例如用圆弧球头刀 $R5\text{mm}$ 的坐标计算。

① 坐标点计算分析

如图 21-3 所示的坐标点计算。

精车削时，设 $R5\text{mm}$ 圆弧刀从圆弧的右侧面起刀（$R5\text{mm}$ 刀的中心与圆弧 $R10\text{mm}$ 的中心在同一水平线上），以 $R5\text{mm}$ 圆弧刀的中心轨迹计算中滑板（Y 值）和小滑板（X 值）进退值。此时 X 坐标距离圆弧中心为 5mm，Y 坐标为 0mm，以每升起 $15°$ 计算 X、Y 坐标值。现以升起 $30°$ 为例计算说明，通过三角形知，当中滑板（Y 值）进刀 2.5mm 时，X 距离圆弧中心还剩 4.33mm，即小滑板必须先退刀 $5\text{mm} - 4.33\text{mm} = 0.67\text{mm}$（必须小滑板先向左退，中滑板再进刀）。按角度每次增加 $15°$ 计算一次 X、Y 值，按此值就可以将圆弧很均匀圆滑地加工好。这里设为角度每次增加 $15°$ 计算一次 X，Y 值，也可设为 $10°$ 或 $20°$，也可将 Y 值设

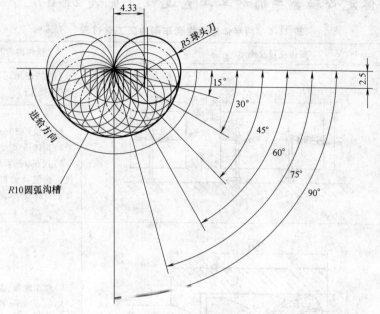

图 21-3 坐标点计算

为好记的数，如 0.5mm、1mm、1.5mm 等，再利用三角形关系计算出相应的 X 值。

② 中滑板和小滑板进给量计算值（见表 21-5）

表 21-5　中滑板和小滑板进给量计算值　　　　　　（单位：mm）

角度值	X 退刀值(小滑板刻度值)	X 退刀量	Y 进刀量(中滑板刻度值)	角度值	Y 退刀值(中滑板刻度值)	Y 退刀量	X 进刀量(小滑板刻度值)
0°	5(初始对刀刻度值)	0	0(初始对刀刻度值)	105°	4.83	0.17	1.29
				120°	4.33	0.67	2.5
15°	4.83	0.17	1.29	135°	3.54	1.46	3.54
30°	4.33	0.67	2.5	150°	2.5	2.5	4.33
45°	3.54	1.46	3.54	165°	1.29	3.71	4.83
60°	2.5	2.5	4.33	180°	0	5	5
75°	1.29	3.71	4.83				
90°	0	5	5				

注：在右半圆弧为小滑板先退刀，中滑板后进刀，否则会车出沟。在左半圆弧为中滑板先退刀，小滑板后进刀。

（2）两半体定心锥套工件加工工艺路线

1）焊接后，四周划线→四爪单动卡盘装夹找正，找匀分界面→钻通孔 φ32mm→钻孔 φ47mm，深 28mm→粗车锥度→精车止口 φ50mm，深 30mm→精车锥度→车 R10mm 大圆弧槽→车三处 3mm 宽沟槽→倒角。

2）四爪单动卡盘装夹找正背面→车 45°沟槽→粗车、精车止口 φ44mm→车 R3mm 小圆弧沟槽→反向粗车、精车 φ36mm 直孔。

3）四爪单动卡盘一侧面装夹找正→钻 φ18mm 孔→精车 φ20mm 孔。

4）四爪单动卡盘另一侧面装夹找正→钻 φ18mm 孔→精车 φ20mm 孔。

4. 两半体定心轴套车削加工工艺过程（见表21-6）

表21-6　两半体定心锥套车削加工工艺过程

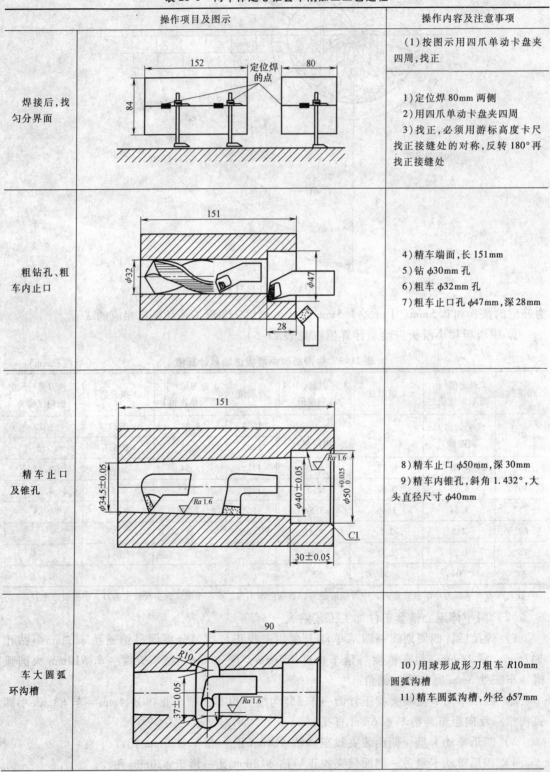

操作项目及图示	操作内容及注意事项
焊接后，找匀分界面	（1）按图示用四爪单动卡盘夹四周，找正 1）定位焊80mm两侧 2）用四爪单动卡盘夹四周 3）找正，必须用游标高度卡尺找正接缝处的对称，反转180°再找正接缝处
粗钻孔、粗车内止口	4）精车端面，长151mm 5）钻φ30mm孔 6）粗车φ32mm孔 7）粗车止口孔φ47mm，深28mm
精车止口及锥孔	8）精车止口φ50mm，深30mm 9）精车内锥孔，斜角1.432°，大头直径尺寸φ40mm
车大圆弧环沟槽	10）用球形成形刀粗车R10mm圆弧沟槽 11）精车圆弧沟槽，外径φ57mm

（续）

操作项目及图示	操作内容及注意事项
车槽	12）用内车槽刀车 3 × 3mm × ϕ53mm 部位沟槽
调头装夹，车 45°型槽	（2）按图示调头装夹，找正 1）精车端面，长至 150 + 0.15mm 2）计算：车削 45°三角形沟槽最大直径为 40 − 2 × (105 − 30) × tan1. 432° + 20 = 40mm − 150mm × 0.025 + 20 = 56.25mm 　即最大直径为 ϕ56.25mm 3）用 45°成形刀车削 45°三角形，直径尺寸 ϕ56.25mm
粗车、精车后头内孔	4）粗车 ϕ44mm 孔 5）精车 ϕ44mm 孔 6）倒角 C1mm
车小圆弧环沟槽	7）用球形成形刀粗车 R3mm 圆弧沟槽 8）精车圆弧沟槽，外径 ϕ34.75mm

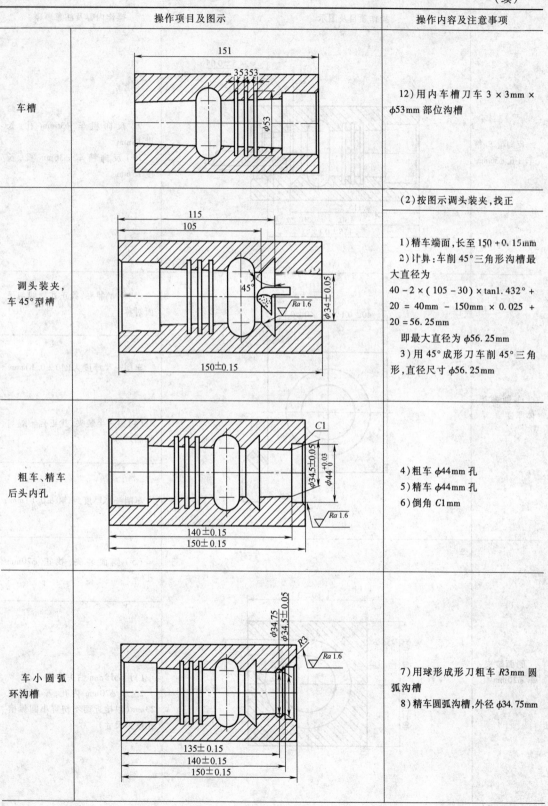

（续）

操作项目及图示	操作内容及注意事项
反向粗车、精车直孔 φ36mm 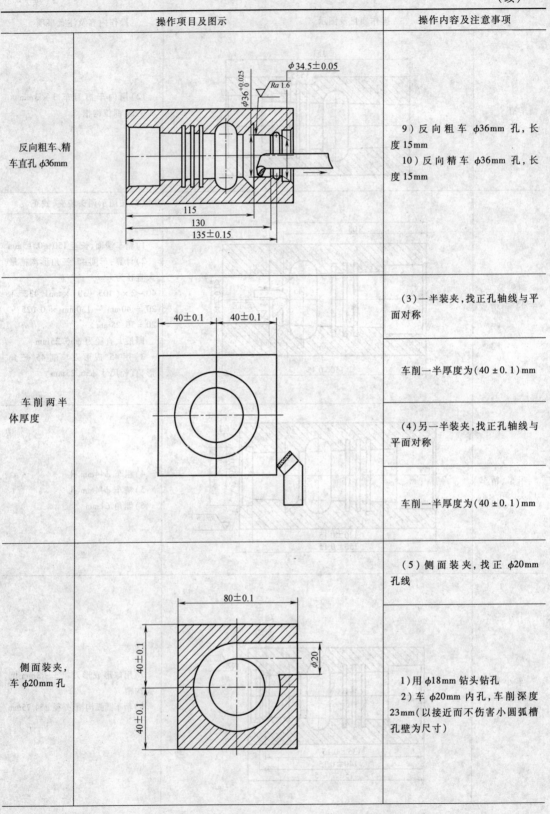	9）反向粗车 φ36mm 孔，长度 15mm 10）反向精车 φ36mm 孔，长度 15mm
车削两半体厚度	（3）一半装夹，找正孔轴线与平面对称 车削一半厚度为（40±0.1）mm （4）另一半装夹，找正孔轴线与平面对称 车削一半厚度为（40±0.1）mm
侧面装夹，车 φ20mm 孔	（5）侧面装夹，找正 φ20mm 孔线 1）用 φ18mm 钻头钻孔 2）车 φ20mm 内孔，车削深度 23mm（以接近而不伤害小圆弧槽孔壁为尺寸）

图中标注：
φ36$^{+0.025}_{0}$　　φ34.5±0.05　　Ra 1.6

115　130　135±0.15

40±0.1　40±0.1

80±0.1　40±0.1　40±0.1　φ20

（续）

操作项目及图示	操作内容及注意事项
另一侧面装夹，车φ20mm孔 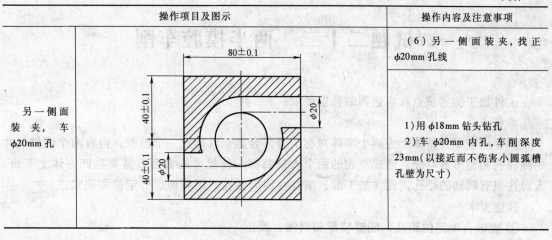	（6）另一侧面装夹，找正φ20mm孔线 1）用φ18mm 钻头钻孔 2）车 φ20mm 内孔，车削深度23mm（以接近而不伤害小圆弧槽孔壁为尺寸）

试题二十二　两半模腔车削

工件加工的考核点和应达到的技能要求：

考核点

两半模腔零件整体上为两个半体对称平分，合起来后形成一个模腔，内有两个同样尺寸的圆柱孔相交形成空腔，形成空腔的两个入口都有一样尺寸的轴台，需要在四方体上车出。入口往里有同轴的小孔。此件加工前，需要在四周钻孔，用剪切螺钉定位和锁紧。

技能要求

① 能够自配定位销孔，能够装配和划线、找正。

② 掌握空腔车削、空腔尺寸测量的技术。

③ 掌握用指示表测量垂直度技术。

1. 试题要求

1）两半模腔零件图（见图22-1）。

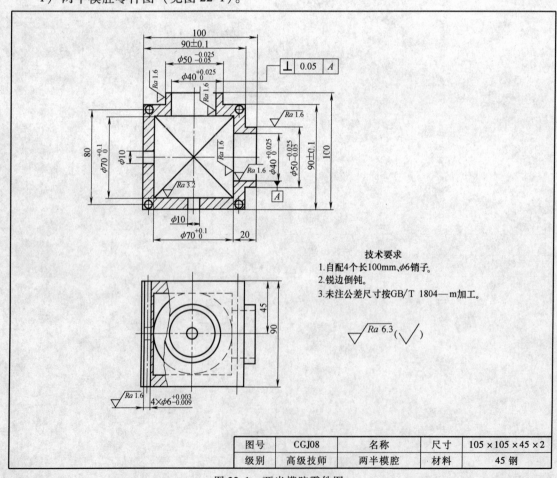

图 22-1　两半模腔零件图

2）两半模腔操作技能评分表（见表22-1）。

表22-1 两半模腔操作技能评分表

考件编号_____ 时间定额__4h__ 总分__100__

序号	项目	考核内容		配分		检测		得分
		尺寸/mm	$Ra/\mu m$	尺寸	Ra	尺寸	Ra	
1	大方尺寸	$100 \times 100 \times 45$(2个，各四面)		8×2				
2	合模尺寸	90		2				
3	外形尺寸	90 ± 0.1(2处)		5×2				
4	轴台外径	$\phi 50_{-0.05}^{-0.025}$(2处)	1.6	2×2	2×2			
5	轴台内径	$\phi 40_{0}^{+0.025}$(2处)	1.6	2×2	2×2			
6	腹内径	$\phi 70_{0}^{+0.1}$(2处)	3.2	11×2	2×2			
7	小孔内径	$\phi 10$(2处)		2×2				
8	销轴与孔	$\phi 6_{-0.009}^{+0.003}$(4处)	1.6	3×4	1×8			
9	几何公差	垂直度0.05		2				
10	其他	倒角$C1$(2处)		1×2				
11		锐边倒角$C0.5$		1				
12	安全文明	安全文明有关规定		违反规定,酌情扣总分1~5分				
合 计				100				

评分标准:凡尺寸精度和几何公差超差时,扣该项全部分,表面粗糙度值增长时扣该项全部分

否定项:普通螺纹及内梯形螺纹和外梯形螺纹中径都超差时,视为不合格

2. 准备清单

1）材料准备（见表22-2）。

表22-2 材料准备

名 称	规 格	数 量
45钢	$105mm \times 105mm \times 45mm$	2
考试准备毛坯件	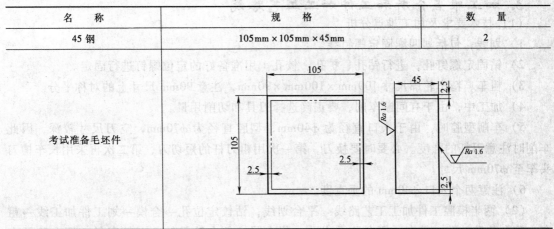	

2）设备准备（见表22-3）。

表 22-3 设备准备

名　　称	规　　格	数　　量
车　床	C6140（四爪单动卡盘、花盘、角铁）	1
卡盘扳手	相应设备	1
刀架扳手	相应设备	1

3）工、量、刃、夹具准备（见表 22-4）。

表 22-4 工、量、刃、夹具准备

序号	名　　称	规　　格	分度值	数量	序号	名　　称	规　　格	分度值	数量
1	游标卡尺	0～150mm	0.02mm	1	14	内孔粗车刀	60°		1
2	外径千分尺	0～25mm	0.01mm	1	15	内孔精车刀	90°		1
3	外径千分尺	25～50mm	0.01mm	1	16	钻头	$\phi5.8$mm,$\phi10$mm, $\phi38$mm		各1
4	内径指示表	18～35mm	0.01mm	1					
5	游标高度卡尺	0～300mm	0.02mm	1	17	铰刀	$\phi6$mm		1
6	磁座指示表	0～10mm	0.01mm	1套	18	划针			1
7	游标万能角度尺	0°～320°	2′	1	19	样冲			1
					20	方箱			1
8	计算器				21	顶尖			1
9	金属直尺	300mm		1	22	钻夹头			1
10	中心钻	B2.5/10mm		1	23	活扳手			1
11	外圆车刀	90°		1	24	螺钉旋具			1
12	弯头车刀	45°		1	25	若干螺钉			1
13	内沟槽车刀	$\phi40$mm～$\phi70$mm之间		1	26	定位螺钉	$\phi6$mm×100mm		4

3. 加工难点分析和工件加工工艺路线

（1）技术要求及加工难点分析

1）划线，包括划四周固定螺钉线。

2）钻固定螺钉孔，进行钻孔、扩孔、铰孔。用准备好的定位螺钉进行固定。

3）粗车、精车轮廓尺寸 100mm×100mm×90mm，注意 90mm 尺寸上的对称平分。

4）加工中，由于有间断车削，要正确选择刀具和切削用量。

5）车削型腔时，由于入口直径为 $\phi40$mm，型腔直径为 $\phi70$mm，空刀尺寸较深，因此车削时注意刀杆的强度。必要时要换刀，第一次用粗刀杆的短切刀，第二次再采用长车槽刀头车至 $\phi70$mm 尺寸。

6）注意两个入口 $\phi40$mm 的垂直度。

（2）两半模腔工件加工工艺路线 平台划线，钻铰定位孔→合模→划工件加工线→粗车一侧台阶及钻孔→精车一侧台阶及内孔→粗车另一侧台阶及钻孔→精车另一侧台阶及内孔→车端面→车另一端面。

4. 两半模腔车削加工工艺过程（见表22-5）

表22-5　两半模腔车削加工工艺过程

操作项目及图示	操作内容及注意事项
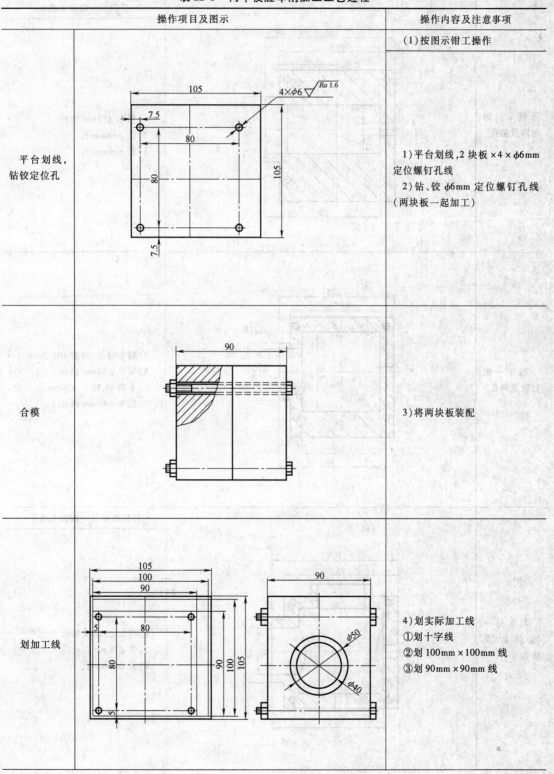	（1）按图示钳工操作 1）平台划线，2 块板 ×4 × φ6mm 定位螺钉孔线 　2）钻、铰 φ6mm 定位螺钉孔线（两块板一起加工） 3）将两块板装配 4）划实际加工线 ①划十字线 ②划 100mm × 100mm 线 ③划 90mm × 90mm 线

平台划线，钻铰定位孔

合模

划加工线

（续）

操作项目及图示	操作内容及注意事项
粗车一侧台阶及钻孔	（2）按图示一端装夹找正 1）粗车 φ52mm 轴台 2）钻 φ38mm 孔 3）钻 φ10mm 孔
精车一侧台阶及内孔	4）精车端面，宽度 102.5mm 5）精车 φ50mm 轴台 6）半精车、精车 φ70mm 空刀槽 7）精车 φ40mm 内孔
粗车另一侧台阶及钻孔	（3）按图示另一端装夹找正 1）粗车 φ52mm 轴台 2）钻 φ38mm 孔 3）钻 φ10mm 孔

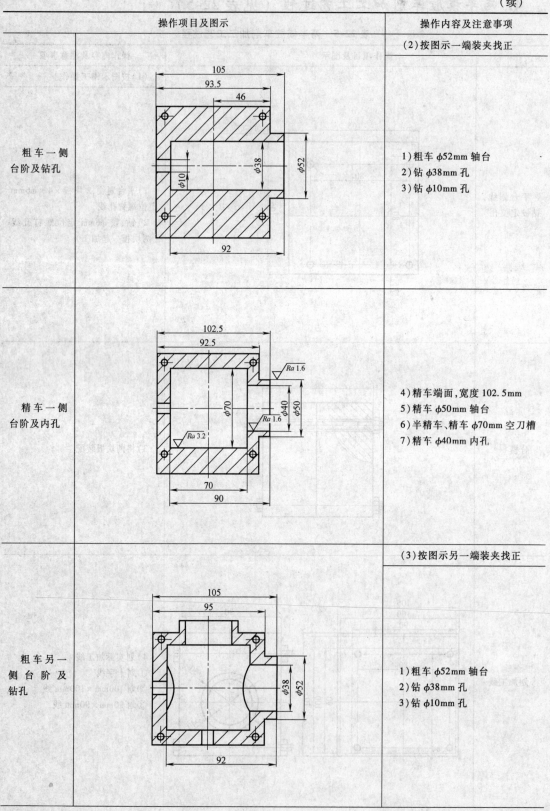

（续）

操作项目及图示	操作内容及注意事项
精车另一侧台阶及内孔	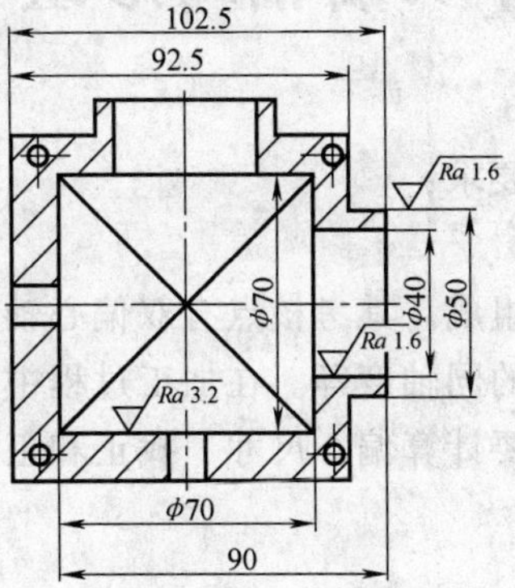 4）精车端面，宽度 102.5mm 5）精车 φ50mm 轴台 6）半精车、精车 φ70mm 空刀槽 7）精车 φ40mm 内孔
车端面	（4）按图示背面装夹 车端面，宽度 100mm
车另一端面	（5）按图示另一背面装夹 车端面，宽度 100mm

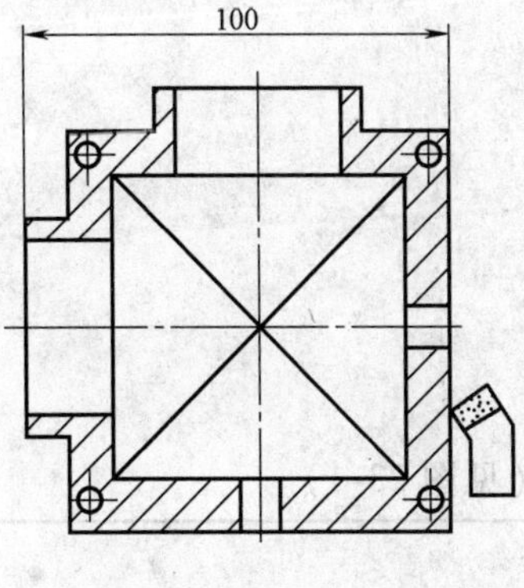

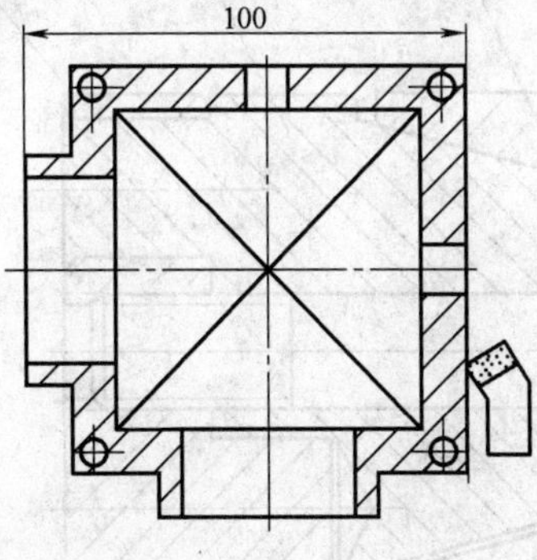

试题二十三　锥体双偏轴畸形组合件车削

工件加工的考核点和应达到的技能要求：

考核点

锥体双偏轴畸形组合件由四个零件组成。其考核点有双偏心轴孔配合、锥度配合，四件连接后的长度尺寸配合间隙、外径尺寸的同轴度等。在加工过程中有基准件的加工，各工件先后顺序的加工，及装配后的加工。需要计算偏心尺寸、找正和正确车削圆锥面。

技能要求

① 锥面车削、配合技术。

② 大偏心轴、偏心孔车削、配合技术。

③ 配装车削技术。

④ 内孔车削技术。

⑤ 正弦规测量角度方法。

⑥ 锥体直径尺寸测量方法。

（一）装配

1. 试题要求

1）锥体双偏轴畸形组合件装配图（见图 23-1）。

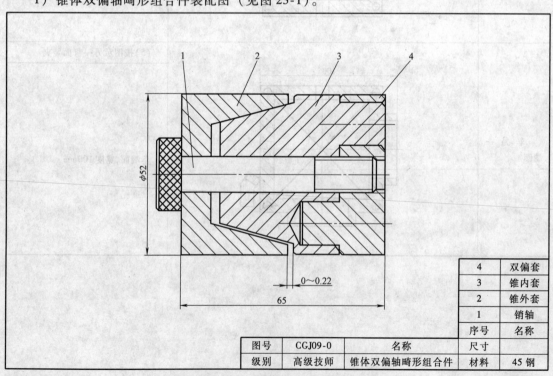

4	双偏套
3	锥内套
2	锥外套
1	销轴
序号	名称

图号	CGJ09-0	名称		尺寸	
级别	高级技师	锥体双偏轴畸形组合件		材料	45 钢

图 23-1　锥体双偏轴畸形组合件装配图

2）锥体双偏轴畸形组合件装配操作技能评分表（见表23-1）。

表 23-1 锥体双偏轴畸形组合件装配操作技能评分表

考件编号_____ 时间定额____0.5h____ 总分____4.5____

序号	项目	考核内容		配 分		检 测		得分
		尺寸	$Ra/\mu m$	尺寸	Ra	尺寸	Ra	
1	锥面检测	件2与件3配合检验，接触率大于65%		2.5				
2	装配间隙	件2与件3配合中，间隙0～0.22mm		2				
3	安全文明	安全文明有关规定		违反规定,酌情扣总分1～5分				
合 计				4.5				

评分标准：凡尺寸精度和几何公差超差时，扣该项全部分，表面粗糙度值增大时扣该项全部分
否定项：普通螺纹及内梯形螺纹和外梯形螺纹中径都超差时,视为不合格

2. 准备清单

1）材料准备（见表23-2）。

表 23-2 材料准备

名 称	规 格	数 量
45 钢	件1、件2、件3、件4	4
装配准备工件	件1、件2、件3、件4合格产品	

2）设备准备（见表23-3）。

表 23-3 设备准备

名 称	规 格	数 量
装配平台	400mm×400mm	1

3）工、量、刃、夹具准备（见表23-4）。

表 23-4 工、量、刃、夹具准备

序号	名 称	规格/mm	分度值/mm	数量	序号	名 称	规格/mm	分度值/mm	数量
1	游标卡尺	0～150	0.02	1	7	V形铁			1
2	外径千分尺	0～25	0.01	1	8	机用平口钳			1
3	外径千分尺	25～50	0.01	1	9	铜锤			1
4	外径千分尺	50～75	0.02	1	10	活扳手			1
5	游标高度卡尺	0～200		1	11	螺钉旋具			1
6	磁座指示表	0～10	0.1	1					

3. 装配难点分析和装配工艺路线

（1）技术要求及加工难点分析

1）锥面的接触率检测和锥体直径尺寸同时进行，保证间隙 0～0.22mm，件 2 与件 3 的接触率大于 65%。

2）件 3 与件 4 的加工后装配是较难进行的，因此加工与装配要同时进行。划线、找正和测量要求要有较高的技术手段。

（2）锥体双偏轴畸形组合件装配工艺路线　件 3 与件 4 装配检验合格→件 2 与件 3 装配检验合格→件 1 与件 2、件 3 和件 4 最后装配检验合格。

4. 锥体双偏轴畸形组合件装配工艺过程（见表 23-5）

表 23-5　锥体双偏轴畸形组合件装配工艺过程

操作项目及图示		操作内容及注意事项
件 3 与件 4 装配		（1）件 3 与件 4 装配修配
		检验合格
件 2 与件 4 装配	0～0.22	（2）件 2 与件 4 装配修配
		检验合格
件 1、件 2、件 3 和件 4 装配	65	（3）件 1、件 2、件 3 和件 4 装配
		1）件 2、件 3 和件 4 装配
		2）将件 1 穿进进行锁紧

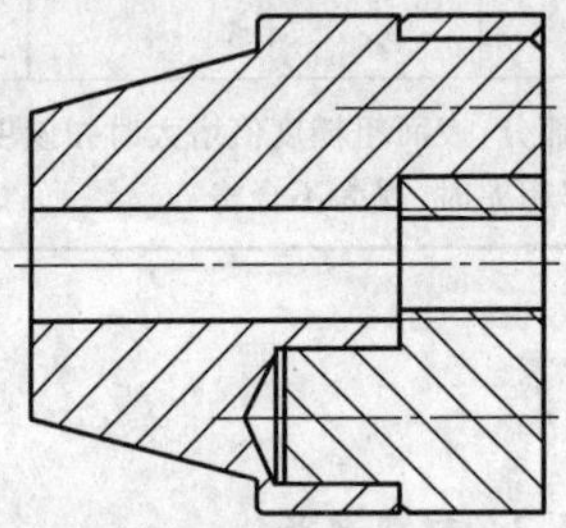

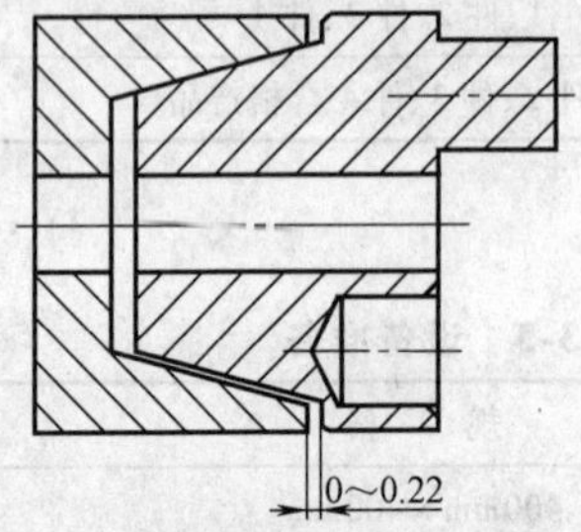

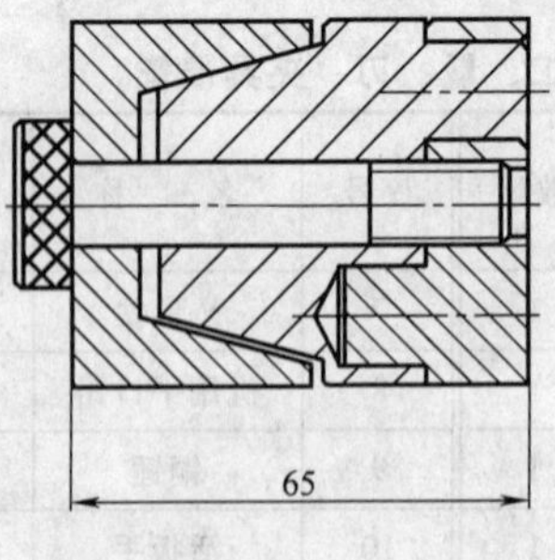

（二）销轴

1. 试题要求

1）销轴零件图（见图 23-2）。

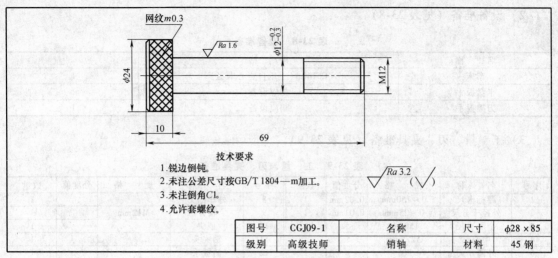

图 23-2 销轴零件图

2）销轴操作技能评分表（见表 23-6）。

表 23-6 销轴操作技能评分表

考件编号_____   时间定额____0.5h____   总分____11.5____

序号	项 目	考核内容		配 分		检 测		得分
		尺寸/mm	Ra/μm	尺寸	Ra	尺寸	Ra	
1	外圆	φ24	3.2	1	0.5			
2		φ12$_{-0.3}^{-0.2}$	1.6	1	1			
3	螺纹	M12	3.2	1	0.5 ×2			
4	长度	10 及端面		1	0.5			
5		69 及两端面		1	0.5 ×2			
6	滚花	m0.3		1				
7	其他	未注倒角 C1,2 处		0.5 ×2				
8		锐边倒角 C0.5		0.5				
9	安全文明	安全文明有关规定		违反规定,酌情扣总分 1~5 分				
合 计				11.5				

评分标准：凡尺寸精度和几何公差超差时,扣该项全部分,表面粗糙度值增大时扣该项全部分

否定项：普通螺纹及内梯形螺纹外梯形螺纹中径都超差时,视为不合格

2. 准备清单

1）材料准备（见表 23-7）。

表 23-7 材料准备

名 称	规 格	数 量
45 钢	φ28mm × 85mm	1
考试准备毛坯件		

2）设备准备（见表 23-8）。

表 23-8　设备准备

名　称	规　格	数　量
车床	C6140A（三爪自定心卡盘）	1
卡盘扳手	相应设备	1
刀架扳手	相应设备	1

3）工、量、刃、夹具准备（见表 23-9）。

表 23-9　工、量、刃、夹具准备

序号	名　称	规　格	分度值	数量	序号	名　称	规　格	分度值	数量
1	游标卡尺	0～150mm	0.02mm	1	8	外车断刀			1
2	外径千分尺	0～25mm	0.01mm	1	9	板牙	M12mm		1
3	金属直尺	150mm		1	10	顶尖			1
4	中心钻	A2/5mm		1	11	钻夹头			1
5	外圆车刀	90°		1	12	活扳手			1
6	弯头车刀	45°		1	13	螺钉旋具			1
7	滚花刀	$m0.3$mm							

3. 加工难点分析和工件加工工艺路线

（1）技术要求及加工难点分析　$\phi 12_{-0.3}^{-0.2}$ 加工保证表面粗糙度值 $Ra\,1.6$。

（2）销轴工件加工工艺路线　粗车端面→钻中心孔→一夹一顶粗车外圆→车削 M12 螺纹→精车 $\phi 12_{0}^{+0.018}$mm 外径→切断。

4. 销轴的车削加工工艺过程

销轴的车削加工工艺过程较简单，略。

（三）锥外套

1. 试题要求

1）锥外套零件图（见图 23-3）。

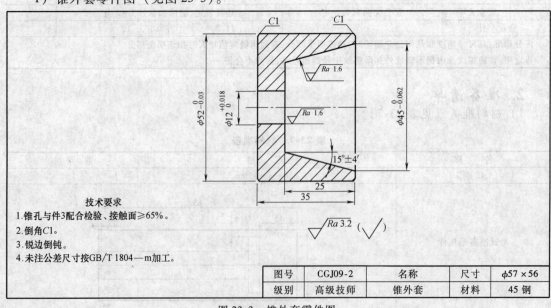

技术要求
1. 锥孔与件3配合检验、接触面≥65%。
2. 倒角C1。
3. 锐边倒钝。
4. 未注公差尺寸按GB/T 1804—m加工。

图号	CGJ09-2	名称		尺寸	$\phi 57 \times 56$
级别	高级技师	锥外套		材料	45 钢

图 23-3　锥外套零件图

2）锥外套操作技能评分表（见表23-10）。

表 23-10　锥外套操作技能评分表

考件编号＿＿＿＿＿　　时间定额　1h　　总分　17

序号	项目	考核内容		配　分		检　测		得分
		尺寸	$Ra/\mu m$	尺寸	Ra	尺寸	Ra	
1	外圆	$\phi 52^{\ 0}_{-0.03}$ mm	3.2	2	0.5			
2	内孔	$\phi 12^{+0.018}_{\ 0}$ mm	1.6	2	1			
3		$\phi 45^{\ 0}_{-0.062}$ mm		2				
4	长度	35mm 及两端面	3.2	1	0.5×2			
5		25mm 及端面	3.2	1	0.5			
6	斜角	15°±4′	1.6	3.5	1			
7	其他	C1mm（2 处）		0.5×2				
8		锐边倒角 C0.5		0.5				
9	安全文明	安全文明有关规定		违反规定,酌情扣总分 1~5 分				
合　计				17				

评分标准:凡尺寸精度和几何公差超差时,扣该项全部分,表面粗糙度值增大时扣该项全部分

否定项:普通螺纹及内梯形螺纹和外梯形螺纹中径都超差时,视为不合格

2. 准备清单

1）材料准备（见表23-11）。

表 23-11　材料准备

名　称	规　格	数　量
45 钢	$\phi 57$mm × 56mm	1
考试准备毛坯件		

2）设备准备（见表23-12）。

表 23-12　设备准备

名　称	规　格	数　量
车床	C6140A（四爪单动卡盘）	1
卡盘扳手	相应设备	1
刀架扳手	相应设备	1

3）工、量、刃、夹具准备（见表23-13）。

表 23-13　工、量、刃、夹具准备

序号	名　　称	规　　格	分度值	数量	序号	名　　称	规　　格	分度值	数量
1	游标卡尺	0～150mm	0.02mm	1	8	内孔车刀	90°		1
2	外径千分尺	25～50mm	0.01mm	1	9	外圆切断刀			1
3	外径千分尺	50～75mm	0.01mm	1	10	钻头	ϕ27mm, ϕ11.7mm		1
4	游标万能角度尺	0°～320°	2′	1	11	钻夹头			1
5	金属直尺	150mm		1	12	铰刀	ϕ12mm		1
6	外圆车刀	90°		1	13	活扳手			1
7	弯头车刀	45°		1	14	螺钉旋具			1

3. 加工难点分析和工件加工工艺路线

（1）锥外套工件技术要求及加工难点分析

1）要保证15°斜角的正确性，角度车削难度系数较大，精度不易控制，需要用正弦规进行测量。

2）内锥的直径尺寸的控制，需要间接测量锥度大头尺寸，需要采取一定的加工方法和检测方法。

3）用正弦规测量内锥斜角15°的方法

① 计算量块组高度 H，如图23-4 所示，按量块组高度值旋转正弦规角度。

已知圆锥半角为15°，计算增加量块高度 H 的公式为 $H = L\sin\alpha$ （mm）

解：使用中心距 L 为 200mm 的正弦规测量，$H = L\sin\alpha = 200\text{mm} \times \sin15° = 200\text{mm} \times 0.259 = 51.764\text{mm}$

② 将工件置于正弦规上，垫进量块组高度51.76mm，将指示表压在内圆锥孔锥面上，以基准平板为基准，里、外移动触头，检测斜角角度。

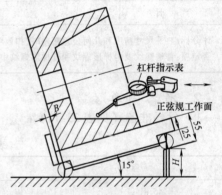

图 23-4　按量块组高度值旋
转正弦规角度

4）锥孔大头尺寸的测量

① 以锥孔边缘尺寸间接测量锥孔大端尺寸原理，如图23-5 所示。

用一标准钢板，靠在工件端面上，用千分尺在里面紧靠钢板，测量读数值，如图23-5a 所示。读数原理如图23-5b 所示，千分尺测微螺杆直径为 b，即测量宽度为 b，设斜角为 α，短边 $a = b \times \tan\dfrac{\alpha}{2}$，设外径为 d，锥孔大头尺寸为 D，则

$$D = d - 2c + 2b\tan\frac{\alpha}{2} = d + 2\left(b\tan\frac{\alpha}{2} - c\right),$$

② 以锥孔边缘尺寸间接测量锥孔大端尺寸

$$D = d - 2c + 2b\tan\frac{15°}{2} = d + 2\left(b\tan\frac{15°}{2} - c\right)$$

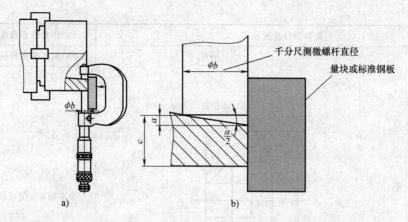

千分尺测微螺杆直径

量块或标准钢板

图 23-5　以锥孔边缘尺寸间接测量锥孔大端尺寸原理

（2）锥外套工件加工工艺路线　夹一端外圆，粗加工另一侧内孔与外圆夹头→调头，粗、精加工外圆、内孔和内锥孔→调头，车去端面余量。

4. 锥外套车削加工工艺过程（见表23-14）

表 23-14　锥外套车削加工工艺过程

操作项目及图示		操作内容及注意事项
夹一端外圆,粗加工另一侧内孔与外圆	（图示：$\phi 10$、$\phi 40$、尺寸56、18）	（1）按图示夹一端外圆 1）粗车外圆 $\phi 40$mm，长 18mm 2）钻通孔 $\phi 10$mm
调头,粗、精加工外圆、内孔和内锥孔	（图示：$Ra 1.6$、$\phi 12$、30°、$\phi 45^{\ 0}_{-0.062}$、$\phi 52$、$Ra 1.6$、尺寸18、54）	（2）按图示调头夹 $\phi 40$mm 外圆 1）车平端面，长度 54mm 2）粗车锥孔小头孔径 3）扩、铰 $\phi 12$mm 孔径 4）半精车锥孔 5）检验锥孔 6）精车锥孔，保证锥孔大端直径 $\phi 45$mm

（续）

操作项目及图示	操作内容及注意事项
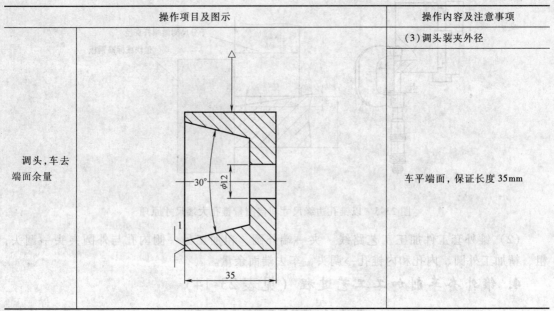 调头，车去端面余量	（3）调头装夹外径 车平端面，保证长度35mm

（四）锥内套

1. 试题要求

1）锥内套零件图（见图23-6）。

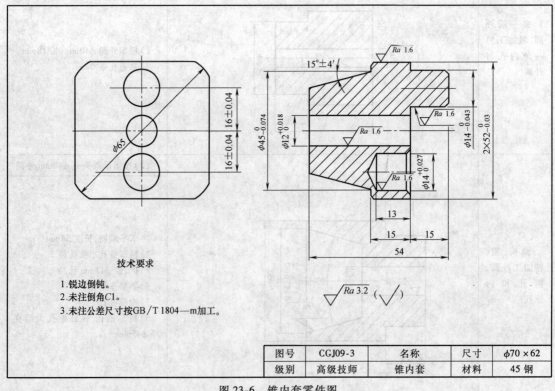

技术要求

1. 锐边倒钝。
2. 未注倒角C1。
3. 未注公差尺寸按GB/T 1804—m加工。

图号	CGJ09-3	名称		尺寸	φ70×62
级别	高级技师	锥内套		材料	45钢

图 23-6　锥内套零件图

2）锥内套操作技能评分表（见表23-15）。

表23-15 锥内套操作技能评分表

考件编号_____ 时间定额___2h___ 总分___36___

序号	项目	考核内容		配分		检测		得分
		尺寸	$Ra/\mu m$	尺寸	Ra	尺寸	Ra	
1	外圆	$\phi 45^{+0.062}_{0}$ mm		2				
2		$\phi 65$ mm		1				
3		$\phi 14^{0}_{-0.043}$ mm	1.6	4	1			
4	外方	$2 \times 52^{0}_{-0.03}$ mm	1.6	3×2	0.5×2			
5	内孔	$\phi 12^{+0.018}_{0}$ mm	1.6	2	1			
6		$\phi 14^{+0.027}_{0}$ mm	1.6	5	1			
7	偏心距	(16 ± 0.04) mm（2处）		1×2				
8	长度	54mm及两端面	3.2	0.5×4	0.5×2			
9		15mm及两端面	3.2		0.5×2			
10		13mm、15mm		0.5×2				
11	圆锥斜角	$15° \pm 4'$	1.6		1			
12	其他	未注倒角 $C1$（3处）		0.5×3				
13		锐边倒角 $C0.5$		0.5				
14	安全文明	安全文明有关规定		违反规定,酌情扣总分 1~5 分				
合 计				36				

评分标准:凡尺寸精度和几何公差都超差时,扣该项全部分,表面粗糙度值增大时扣该项全部分

否定项:普通螺纹及内梯形螺纹和外梯形螺纹中径都超差时,视为不合格

2. 准备清单

1）材料准备（见表23-16）。

表23-16 材料准备

名 称	规 格	数 量
45 钢	$\Phi 70$mm $\times 62$mm	1
考试准备毛坯件		

2）设备准备（见表 23-17）。

表 23-17 设备准备

名　　称	规　　格	数　　量
车　床	C6140A（四爪单动卡盘）	1
卡盘扳手	相应设备	1
刀架扳手	相应设备	1

3）工、量、刃、夹具准备（见表 23-18）。

表 23-18 工、量、刃、夹具准备

序号	名　　称	规　　格	分度值	数量	序号	名　　称	规　　格	分度值	数量
1	游标卡尺	0～150mm	0.02mm	1	11	内孔车刀	90°		1
2	外径千分尺	0～25mm	0.01mm	1	12	钻头	ϕ11.7mm，ϕ13.7mm		各1
3	外径千分尺	25～50mm	0.01mm	1					
4	外径千分尺	50～75mm	0.01mm	1	13	铰刀	ϕ12mm，ϕ14mm		各1
5	游标万能角度尺	0°～320°	2′	1	14	划针			1
					15	样冲			1
6	磁座指示表	0～50mm	0.01mm	1套	16	方箱			1
7	游标高度卡尺	0～300mm	0.02mm	1	17	顶尖			1
8	金属直尺	150mm		1	18	活扳手			1
9	外圆车刀	90°		1	19	螺钉旋具			1
10	弯头车刀	45°		1					

3. 加工难点分析和工件加工工艺路线

（1）锥内套工件技术要求及加工难点分析

1）要保证 15°斜角的准确性，角度车削难度系数较大，精度不易控制，需要用外锥套及显示剂进行测量。

2）外锥面的直径尺寸的控制，需要间接测量锥度小头尺寸，需要采取一定的加工方法和检测方法。

3）周边四方的车削尺寸精度控制。

4）用两个相等直径的量棒测量锥体小端直径。如图 23-7 所示为两个相等直径的量棒测量锥体小端直径的方法。

测量时，将量棒对称放置，用挡板挡在端面上，用千分尺测量两端的量棒外径，得 M 值。

量棒被夹角度为 90°－15°＝75°，用 $\triangle ABO$ 计算 M 值。

已知 $BO = d/2$，
$$AB = \frac{d/2}{\tan \dfrac{75°}{2}}$$

即
$$D_1 = M - d - 2AB = M - d - 2\frac{d/2}{\tan \dfrac{75°}{2}}$$

$$D_1 = M - d - d\frac{1}{\tan \dfrac{75°}{2}} = M - d\left(1 + 1/\tan \frac{75°}{2}\right) = M - d(1 + 1/\tan 37.5°)$$

式中　D_1——圆锥体小端直径（mm）；

M——量棒测量读数值（mm）；

d——量棒直径（mm）。

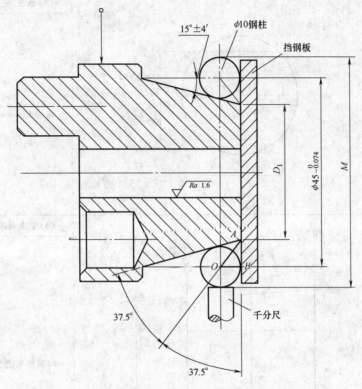

图 23-7 两个相等直径的量棒测量锥体小端直径的方法

（2）锥内套工件加工工艺路线 车外圆柱，下料→划外围线→车外围方形→车 $\phi14$mm 偏心轴→划 $\phi14$mm 偏心孔线→粗车、精车 $\phi14$mm 偏心孔→加强检查偏心距→调头装夹外径，车削锥度、圆销孔。

4. 锥内套车削加工工艺过程（见表 23-19）

表 23-19 锥内套车削加工工艺过程

操作项目及图示		操作内容及注意事项
		（1）按图示夹一端外圆
车外圆柱，下料	$\phi70$ 55	下料 $\phi70$mm，长 55mm

（续）

操作项目及图示	操作内容及注意事项
划外围线 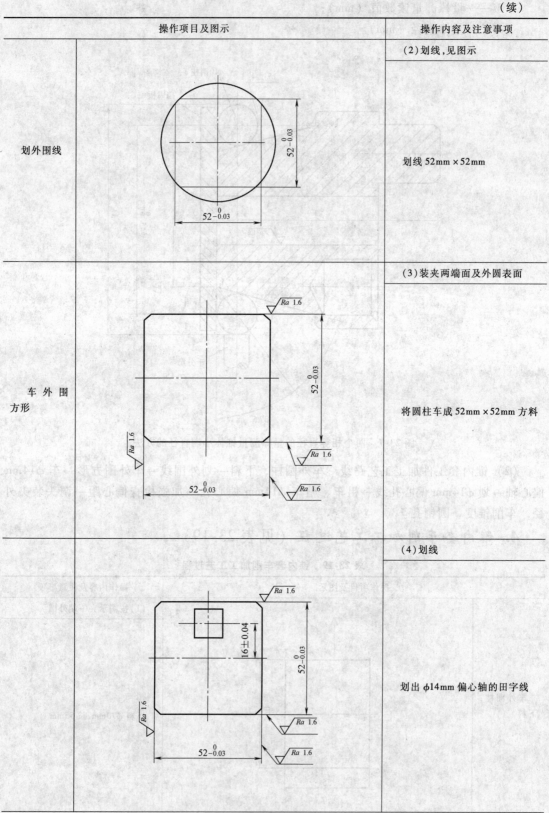	（2）划线，见图示 划线 52mm × 52mm
车 外 围 方形	（3）装夹两端面及外圆表面 将圆柱车成 52mm × 52mm 方料
	（4）划线 划出 $\phi14$mm 偏心轴的田字线

（续）

操作项目及图示	操作内容及注意事项
车 φ14mm 偏心轴	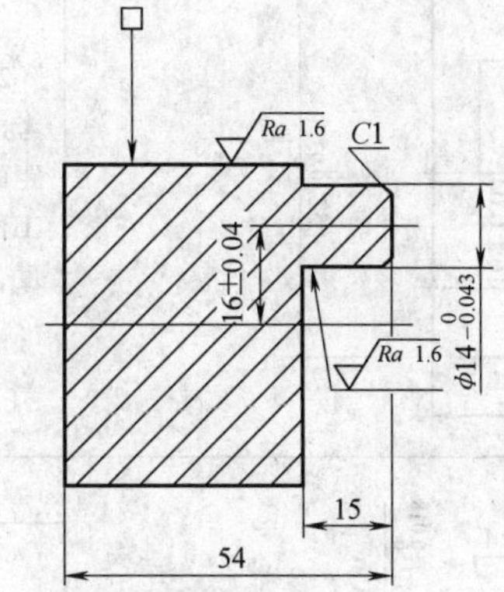 （5）找正 φ14mm 偏心轴十字线及田字线 粗车、精车 φ14mm 偏心轴
划 φ14mm 偏心孔线	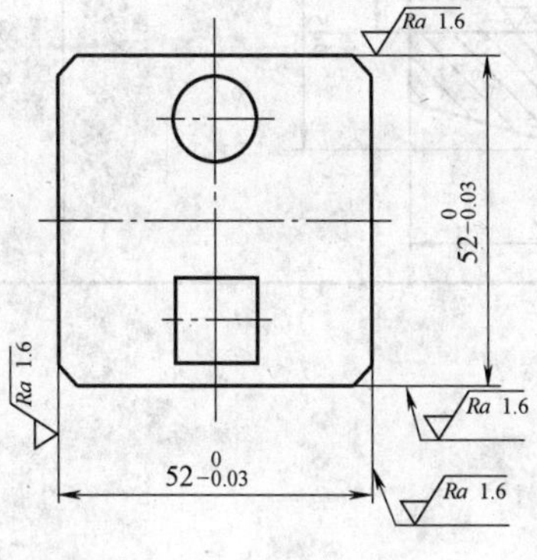 （6）划线 φ14mm 偏心孔十字线及田字线
粗车、精车 φ14mm 偏心孔	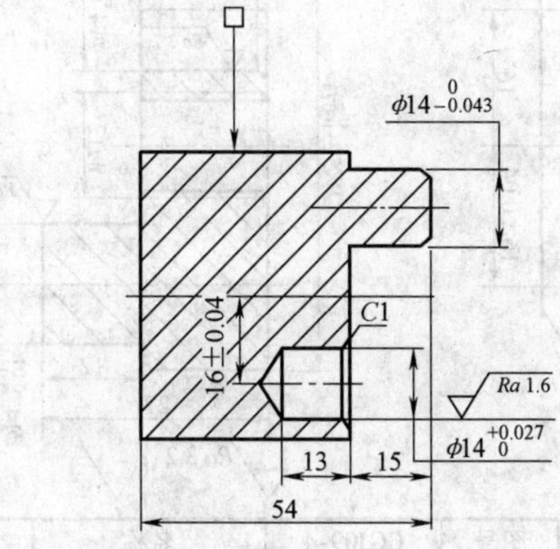 （7）找正 φ14mm 偏心孔十字线及田字线 1）粗车、精车 φ14mm 偏心孔

（续）

操作项目及图示	操作内容及注意事项
加强检查偏心距 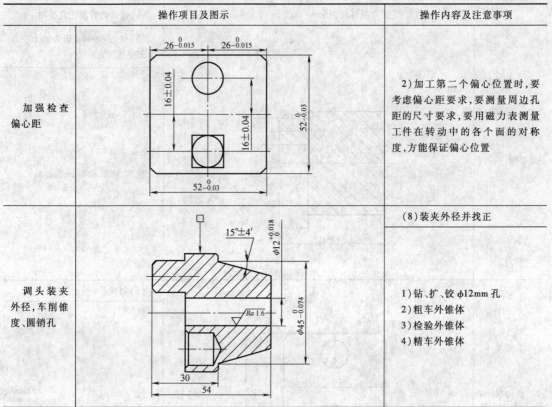	2）加工第二个偏心位置时，要考虑偏心距要求，要测量周边孔距的尺寸要求，要用磁力表测量工件在转动中的各个面的对称度，方能保证偏心位置
调头装夹外径，车削锥度、圆销孔 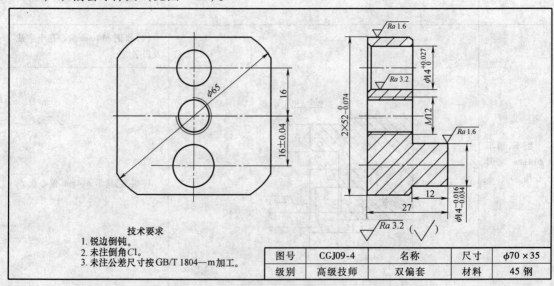	（8）装夹外径并找正 1）钻、扩、铰 $\phi12mm$ 孔 2）粗车外锥体 3）检验外锥体 4）精车外锥体

（五）双偏套

1. 试题要求

1）双偏套零件图（见图23-8）。

技术要求
1. 锐边倒钝。
2. 未注倒角C1。
3. 未注公差尺寸按GB/T 1804—m加工。

图号	CGJ09-4	名称		尺寸	$\phi70 \times 35$
级别	高级技师	双偏套		材料	45 钢

图 23-8　双偏套零件图

2）双偏套操作技能评分表（见表23-20）。

表23-20　双偏套操作技能评分表

考件编号_____　　　时间定额___1.5h___　　　总分___31___

序号	项　目	考 核 内 容		配　分		检　测		得分
		尺寸/mm	$Ra/\mu m$	尺寸	Ra	尺寸	Ra	
1	外圆	$\phi 65$		1				
2		$\phi 14^{-0.016}_{-0.034}$	1.6	4	1			
3	外方	$2 \times 52^{\ 0}_{-0.074}$	1.6	3×2	1×2			
4	内孔	$\phi 14^{+0.027}_{0}$	1.6	4.5	1			
5	偏心距	16 ± 0.04（2处）		1×2				
6	螺纹	M12	3.2	2	0.5			
7	长度	27及两端面	3.2	1	0.5×2			
8		12及端面	3.2	1	0.5			
9	其他	未注倒角 $C1$（3处）		1×3				
10		锐边倒角 $C0.5$		0.5				
11	安全文明	安全文明有关规定		违反规定，酌情扣总分1~5分				
	合　　计			31				

评分标准：凡尺寸精度和几何公差超差时，扣该项全部分，表面粗糙度值增大时扣该项全部分

否定项：普通螺纹及内梯形螺纹和外梯形螺纹中径都超差时，视为不合格

2. 准备清单

1）材料准备（见表23-21）。

表23-21　材料准备

名　　称	规　　格	数　　量
45钢	$\phi 70mm \times 35mm$	1

考试准备毛坯件

2）设备准备（见表23-22）。

表23-22 设备准备

名　称	规　格	数　量
车床	C6140A（四爪单动卡盘）	1
卡盘扳手	相应设备	1
刀架扳手	相应设备	1

3）工、量、刃、夹具准备（见表23-23）。

表23-23 工、量、刃、夹具准备

序号	名　称	规　格	分度值	数量	序号	名　称	规　格	分度值	数量
1	游标卡尺	0~150mm	0.02mm	1	10	钻头	ϕ10.2mm, ϕ13.7mm		各1
2	外径千分尺	0~25mm	0.01mm	1	11	丝锥	M12		1
3	外径千分尺	50~75mm	0.01mm	1	12	铰刀	ϕ14mm		1
4	游标万能角度尺	0°~320°	2′	1	13	划针			1
5	磁座指示表	0~50mm	0.01mm	1套	14	样冲			1
6	游标高度卡尺	0~300mm	0.02mm		15	活扳手			
7	金属直尺	150mm		1	16	方箱			1
8	中心钻	A2.5/6.3mm		1	17	顶尖			1
9	外圆车刀	90°		1					1

3. 加工难点分析和工件加工工艺路线

（1）双偏套工件技术要求及加工难点分析

1）偏心轴偏心孔的划线和找正。

2）周边四方的车削尺寸精度的控制。

（2）双偏套工件加工工艺路线　夹一端，车外圆及端面→划外四方及偏心 ϕ14mm 轴线→车外方52mm×52mm→粗车、精车偏心轴 ϕ14mm→划偏心孔 ϕ14mm 线→车偏心孔→钻、扩、铰 ϕ12mm 孔。

4. 双偏套车削加工工艺过程（见表23-24）

表23-24 双偏套车削加工工艺过程

操作项目及图示	操作内容及注意事项
夹一端，车外圆及端面	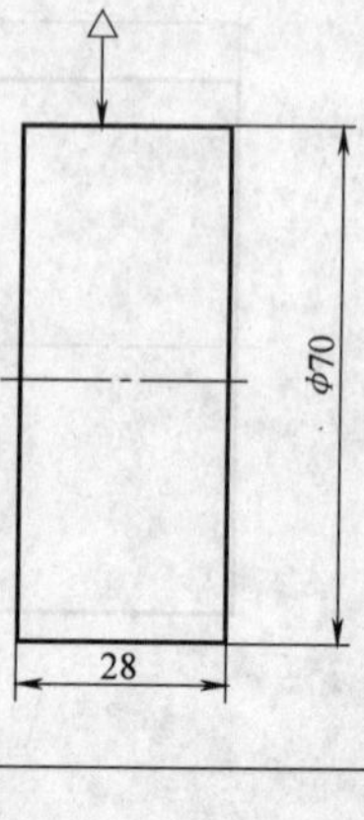 （1）按图示夹一端外圆 粗车外圆 ϕ70mm，长 28mm

（续）

操作项目及图示	操作内容及注意事项
划外方及 $\phi14mm$ 轴线	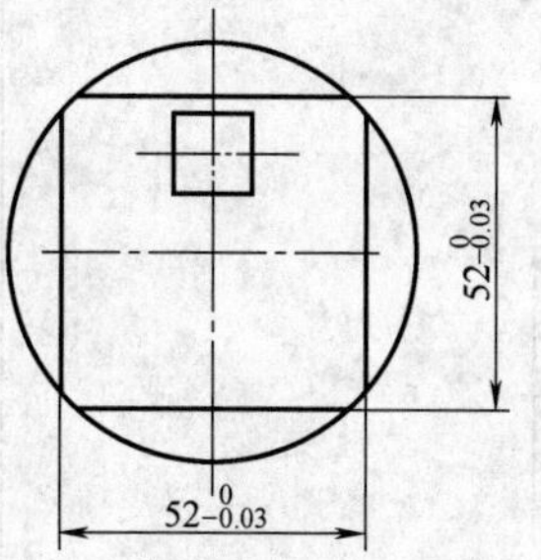 （2）按图示划线 1）划线 52mm×52mm 2）划田字线 $\phi14mm$
车 外 方 52mm×52mm	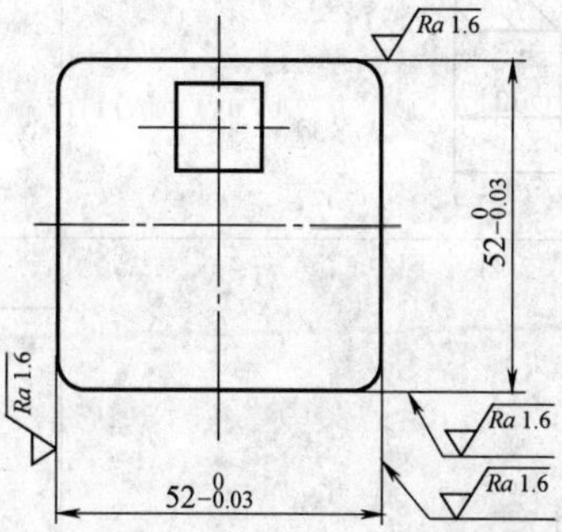 （3）按图示装夹两端面及外圆表面 将圆柱车成 52mm×52mm 方料
粗车、精车 偏心轴	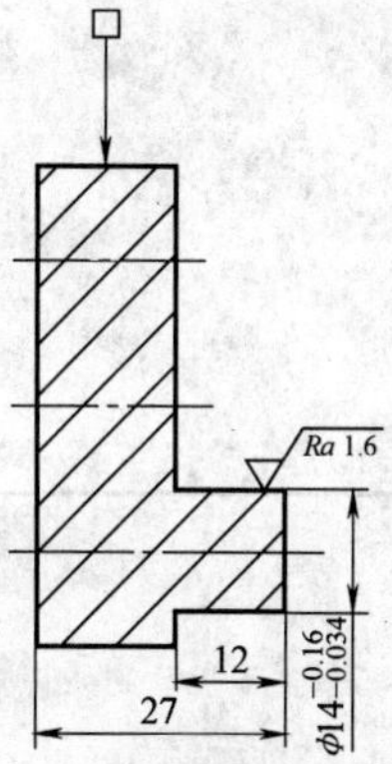 （4）按图示找正 $\phi14mm$ 偏心轴十字线及田字线 粗车、精车 $\phi14mm$ 偏心轴
划偏心孔 $\phi14mm$ 线	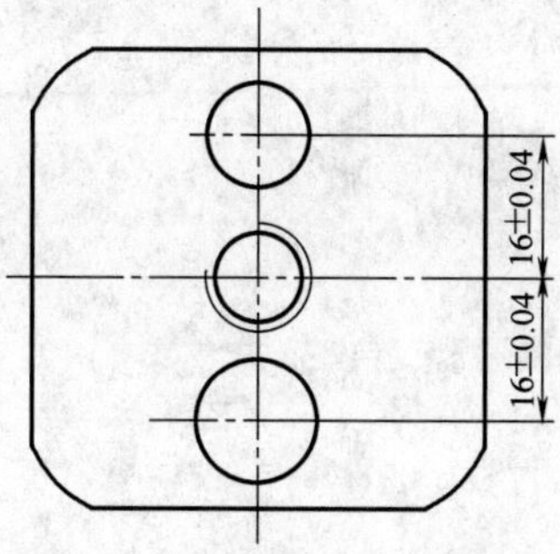 （5）按图示划线 $\phi14mm$ 偏心孔十字线及田字线

（续）

操作项目及图示	操作内容及注意事项
车偏心孔	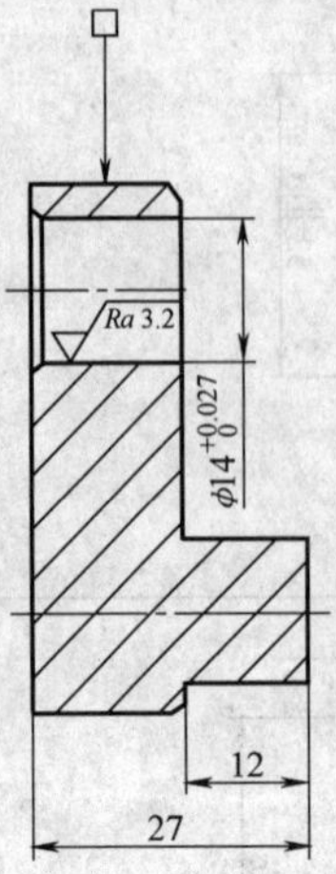 （6）找正 ϕ14mm 偏心孔十字线及田字线 粗车、精车 ϕ14mm 偏心孔
钻、扩、铰 ϕ12mm 孔	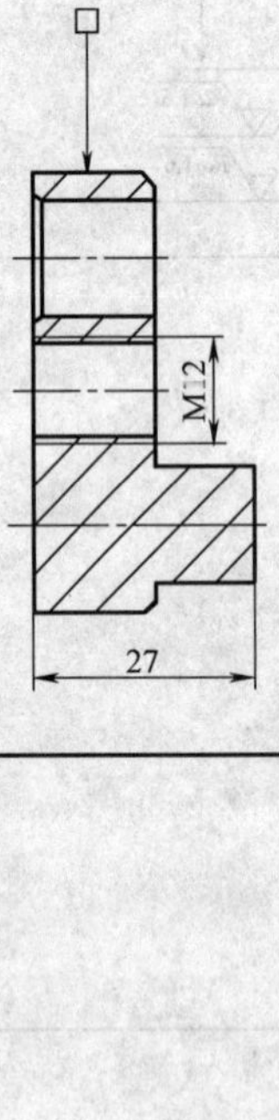 （7）装夹外径并找正 1）钻 ϕ10.3mm 孔 2）攻 M12 螺纹

车偏心孔图示标注：Ra 3.2，$\phi14^{+0.027}_{0}$，12，27

钻、扩、铰图示标注：M12，27

试题二十四 偏心轴套组合件车削

工件加工的考核点和应达到的技能要求：

考核点

偏心轴套组合件的考核点有偏心轴、薄壁偏心套、多阶套和双锥螺纹套四个工件的配合。在加工过程中，加工顺序的确定，基准件的确定，配合后误差的确定，都必须在加工工艺中有所体现。

技能要求

① 配合加工技术。

② 薄壁加工技术。

③ 偏心车削技术。

④ 内孔及内梯形螺纹车削技术。

⑤ 控制车削精度的熟练程度。

（一）装配

1. 试题要求

1）偏心轴套组合件装配图（见图24-1）。

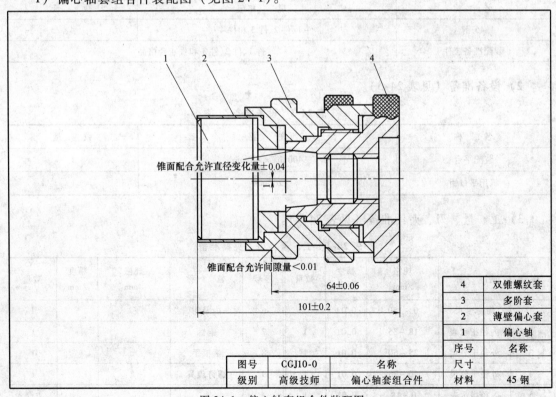

4	双锥螺纹套
3	多阶套
2	薄壁偏心套
1	偏心轴
序号	名称

图号	CGJ10-0	名称		尺寸	
级别	高级技师	偏心轴套组合件		材料	45钢

图 24-1 偏心轴套组合件装配图

2）偏心轴套装配操作技能评分表（见表24-1）。

表24-1　偏心轴套装配操作技能评分表

考件编号_____　　　时间定额　0.5h　　　总分　4

序号	项　目	考 核 内 容		配　分		检　测		得分
		尺寸	$Ra/\mu m$	尺寸	Ra	尺寸	Ra	
1	锥度尺寸	件1和件4锥面配合塞尺检验		1				
2		件3和件4件锥面配合塞尺检验		1				
3	长度	(64 ± 0.06)mm		1				
4		(101 ± 0.2)mm		1				
5	安全文明	安全文明有关规定		违反规定,酌情扣总分1~5分				
合　　计				4				

评分标准:凡尺寸精度和几何公差超差时,扣该项全部分,表面粗糙度值增大时扣该项全部分

否定项:普通螺纹及内梯形螺纹和外梯形螺纹中径都超差时,视为不合格

2. 准备清单

1）材料准备（见表24-2）。

表24-2　材料准备

名　称	规　格	数　量
45 钢	件1、件2、件3和件4	4
装配准备工件	件1、件2、件3和件4合格品	

2）设备准备（见表24-3）。

表24-3　设备准备

名　称	规　格	数　量
装配平台	400mm×400mm	1
机用平口钳	200mm	1

3）工、量、刃、夹具准备（见表24-4）。

表24-4　工、量、刃、夹具准备

序号	名　称	规格/mm	精度/mm	数量	序号	名　称	规格/mm	精度/mm	数量
1	游标卡尺	0~150	0.02	1	6	内卡钳			1
2	内径指示表	18~35	0.01	1	7	铜锤			1
3	外径千分尺	25~50	0.01	1	8	活扳手			1
4	外径千分尺	50~75	0.01	1	9	螺钉旋具			1
5	内径指示表	0~18	0.01						

3. 偏心轴套装配难点分析和装配工艺路线

（1）偏心轴套装配技术要求及装配难点分析

1）件1与件4的锥面直径配合以件1的锥体大端直径为基准。

2）件3与件4的锥面直径配合以件4的锥体大端直径为基准。

3）加工后应测量总长，依据长度尺寸要求，精车组合件两侧端面。

（2）偏心轴套工件装配工艺路线 车削件1→以件1为基准车削件4→以件1为基准车削件2→以件4为基准车削件3→装配后，车削件1或车削件4端面。

4. 偏心轴套装配工艺过程（见表24-5）

表 24-5 偏心轴套装配工艺过程

操作项目及图示		操作内容及注意事项
件1与件2装配	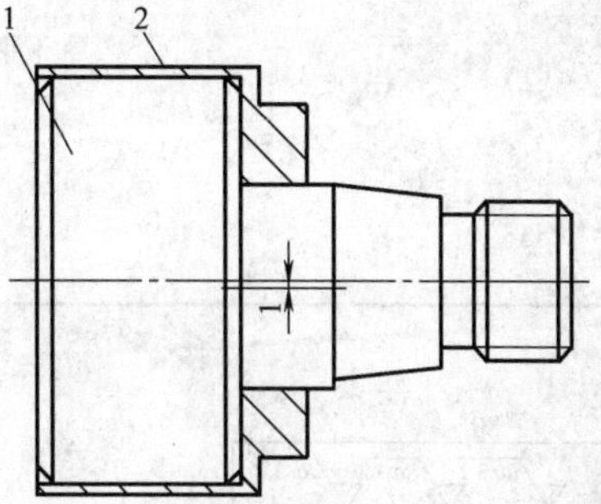	（1）件1与件2装配 件1与件2装配修研
件2与件3装配	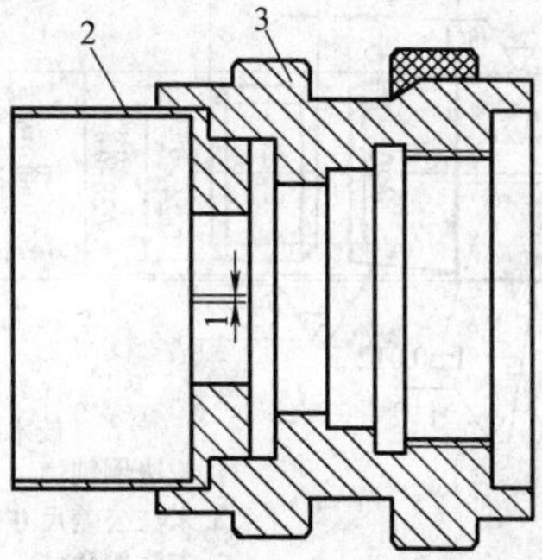	（2）件2与件3装配 件2与件3装配修研
件3与件4装配	64±0.06	（3）件3与件4装配 1）件3与件4装配修研 2）保证长度尺寸(64±0.06)mm

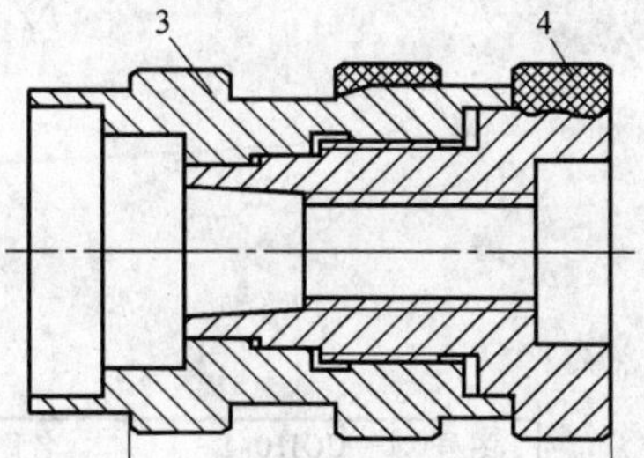

（续）

操作项目及图示	操作内容及注意事项
装配、检查 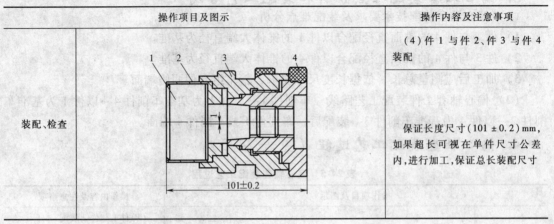	（4）件 1 与件 2、件 3 与件 4 装配 保证长度尺寸（101±0.2）mm，如果超长可视在单件尺寸公差内，进行加工，保证总长装配尺寸

（二）偏心轴

1. 试题要求

1）偏心轴零件图（见图 24-2）。

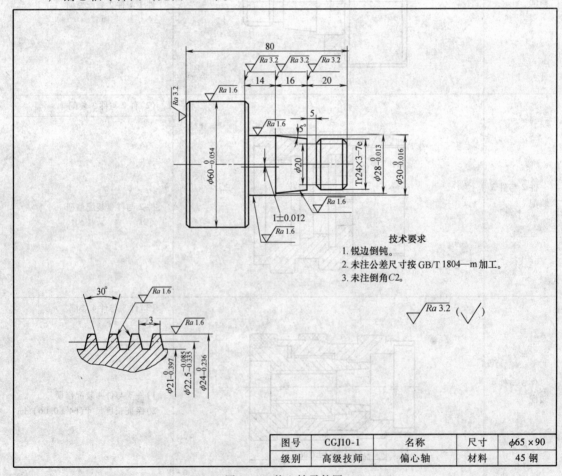

图 24-2 偏心轴零件图

2）偏心轴操作技能评分表（见表24-6）。

表 24-6　偏心轴操作技能评分表

考件编号＿＿＿＿　　　　时间定额　0.5h　　　　总分　35

序号	项 目	考 核 内 容		配　分		检　测		得分
		尺寸	$Ra/\mu m$	尺寸	Ra	尺寸	Ra	
1	外圆	$\phi 60^{\ 0}_{-0.054}$mm	1.6	2	2			
2		$\phi 30^{\ 0}_{-0.016}$mm	1.6	2	1			
3		$\phi 20$mm		1				
4	锥度	$\phi 28^{\ 0}_{-0.013}$mm		1				
5		$5° \pm 5'$		2				
6		锥面	1.6		1			
7	螺纹	$\phi 21^{\ 0}_{-0.397}$mm		1				
8		$\phi 24^{\ 0}_{-0.236}$mm	1.6	1	1			
9		$\phi 22.5^{-0.085}_{-0.335}$mm		2				
10		螺距(3 ± 0.05)mm		1				
11		螺纹两侧面	1.6		1×2			
12	偏心距	(1 ± 0.012)mm		3				
13	长度	14mm、20mm、80mm		1×4				
14		16mm 两侧面			1×2			
15		$\phi 60$mm 两侧面			1×2			
16	槽宽	5mm		1				
17	其他	倒角 $C2$mm		1				
18		锐边倒角 $C0.5$mm		1				
19	安全文明	安全文明有关规定		违反规定,酌情扣总分 1~5 分				
	合　计			35				

评分标准:凡尺寸精度和几何公差超差时,扣该项全部分,表面粗糙度值增大时扣该项全部分
否定项:普通螺纹及内梯形螺纹外梯形螺纹中径都超差时,视为不合格

2. 准备清单

1）材料准备（见表24-7）。

表 24-7　材料准备

名　称	规　格	数　量
45 钢	$\phi 65$mm $\times 90$mm	1
考试准备毛坯件		

2）设备准备（见表24-8）。

表24-8　设备准备

名　称	规　格	数　量
车　床	C6140A（四爪单动卡盘）	1
卡盘扳手	相应设备	1
刀架扳手	相应设备	1

3）工、量、刃、夹具准备（见表24-9）。

表24-9　工、量、刃、夹具准备

序号	名　称	规　格	分度值	数量	序号	名　称	规　格	分度值	数量
1	游标卡尺	0~150mm	0.02mm	1	8	弯头车刀	45°		1
2	外径千分尺	25~50mm	0.01mm	1	9	外切断刀			1
3	外径千分尺	50~75mm	0.01mm	1	10	外梯形螺纹车刀	P3mm		1
4	金属直尺	150mm		1	11	顶尖			1
5	中心钻	A2.5/6.3mm		1	12	钻夹头			1
6	磁座指示表	0~3mm	0.01mm	1	13	活扳手			1
7	外圆车刀	90°		1套	14	螺钉旋具			1

3. 加工难点分析和工件加工工艺路线

（1）技术要求及加工难点分析

1）有一处偏心，因为组装间隙为0.01mm，偏心距也需要找正在0.01mm以内。

2）整个工件需要一次加工完毕。

3）在总长左端面上留有0.5mm装配修配量。

（2）偏心轴工件加工工艺路线。车夹头→一夹一顶车外圆同轴部分→找正、车削偏心部分。

4. 偏心轴车削加工工艺过程（见表24-10）

表24-10　偏心轴车削加工工艺过程

操作项目及图示		操作内容及注意事项
		（1）按图示夹一端外圆
车夹头	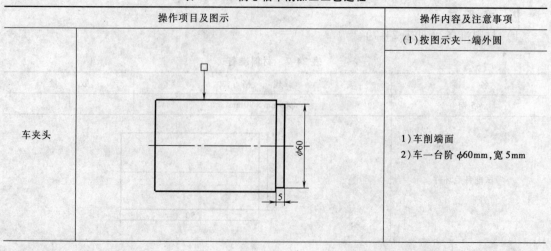	1）车削端面 2）车一台阶 φ60mm，宽5mm

（续）

操作项目及图示	操作内容及注意事项
一夹一顶 车外圆同轴 部分 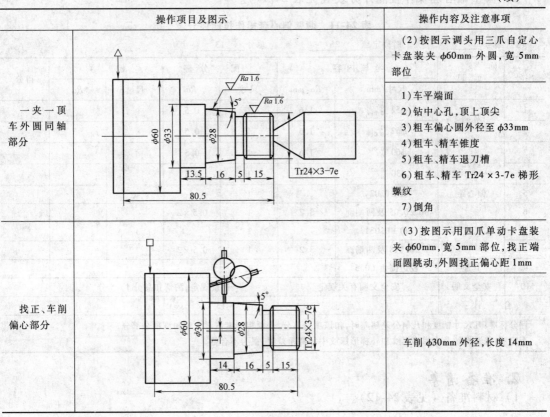	（2）按图示调头用三爪自定心卡盘装夹 φ60mm 外圆，宽 5mm 部位 1）车平端面 2）钻中心孔，顶上顶尖 3）粗车偏心圆外径至 φ33mm 4）粗车、精车锥度 5）粗车、精车退刀槽 6）粗车、精车 Tr24×3-7e 梯形螺纹 7）倒角
找正、车削 偏心部分 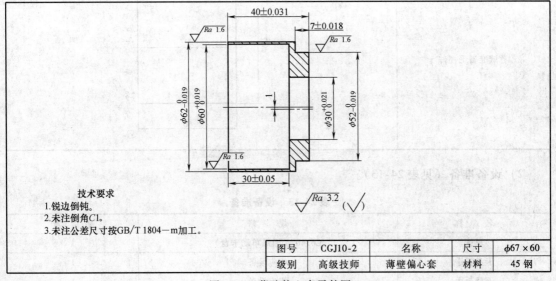	（3）按图示用四爪单动卡盘装夹 φ60mm，宽 5mm 部位，找正端面圆跳动，外圆找正偏心距 1mm 车削 φ30mm 外径，长度 14mm

（三）薄壁偏心套

1. 试题要求

1）薄壁偏心套零件图（见图24-3）。

技术要求
1. 锐边倒钝。
2. 未注倒角C1。
3. 未注公差尺寸按GB/T 1804—m加工。

图号	CGJ10-2	名称		尺寸	φ67×60
级别	高级技师	薄壁偏心套		材料	45 钢

图 24-3　薄壁偏心套零件图

2）薄壁偏心套操作技能评分表（见表24-11）。

表24-11 薄壁偏心套操作技能评分表

考件编号_____ 时间定额 2h 总分 13

序号	项 目	考 核 内 容		配 分		检 测		得分
		尺寸/mm	$Ra/\mu m$	尺寸	Ra	尺寸	Ra	
1	外圆	$\phi52_{-0.019}^{0}$	1.6	1	0.5			
2		$\phi62_{-0.019}^{0}$	1.6	1	0.5			
3	内孔	$\phi60_{0}^{+0.019}$	1.6	1	0.5			
4		$\phi30_{0}^{+0.021}$	1.6	1	0.5			
5	偏心距	1 ± 0.02		1				
6	长度	30 ± 0.05 及两端面	3.2	1	0.5×2			
7		40 ± 0.031		1				
8		7 ± 0.018 及两端面	3.2	1	0.5×2			
9	其他	锐边倒角 $C0.5$		1				
10	安全文明	安全文明有关规定		违反规定,酌情扣总分1~5分				
合 计				13				

评分标准:凡尺寸精度和几何公差超差时,扣该项全部分,表面粗糙度值增大时扣该项全部分
否定项:普通螺纹及内梯形螺纹和外梯形螺纹中径都超差时,视为不合格

2. 准备清单

1）材料准备（见表24-12）。

表24-12 材料准备

名 称	规 格	数 量
45钢	$\phi67mm\times60mm$	1
考试准备毛坯件		

2）设备准备（见表24-13）。

表24-13 设备准备

名 称	规 格	数 量
车床	C6140A(四爪单动卡盘)	1
卡盘扳手	相应设备	1
刀架扳手	相应设备	1

3）工、量、刃、夹具准备（见表 24-14）。

表 24-14　工、量、刃、夹具准备

序号	名　称	规　格	分度值	数量	序号	名　称	规　格	分度值	数量
1	游标卡尺	0～150mm	0.02mm	1	10	弯头车刀	45°		1
2	外径千分尺	0～25mm	0.01mm	1	11	内孔车刀	90°		1
3	外径千分尺	25～50mm	0.01	1	12	内孔精车刀	0°		1
4	外径千分尺	52～75mm	0.01	1	13	外圆切断刀			1
5	内径指示表	18～35mm	0.01	1	14	钻头	φ26mm,φ55mm		各1
6	内径指示表	50～160mm	0.01	1	15	钻夹头			1
7	磁座指示表	0～3mm	0.01	1套	16	划针			1
8	金属直尺	150mm		1	17	活扳手			1
9	外圆车刀	90°		1	18	螺钉旋具			1

3. 加工难点分析和工件加工工艺路线

（1）技术要求及加工难点分析

1）整个工件除偏心孔外，其他部分一次加工完毕，这样装夹时避免了薄壁变形问题。

2）加工偏心孔后，需切下，将端面的表面粗糙度值降到最低。

3）在总长左端面上留有 0.5mm 装配修配量。

（2）薄壁偏心套工件加工工艺路线　车夹头→粗车、精车薄壁套右侧内孔与外圆→找正后，粗车、精车偏心孔。

4. 薄壁偏心套车削加工工艺过程（见表 24-15）

表 24-15　薄壁偏心套车削加工工艺过程

操作项目及图示	操作内容及注意事项
车夹头	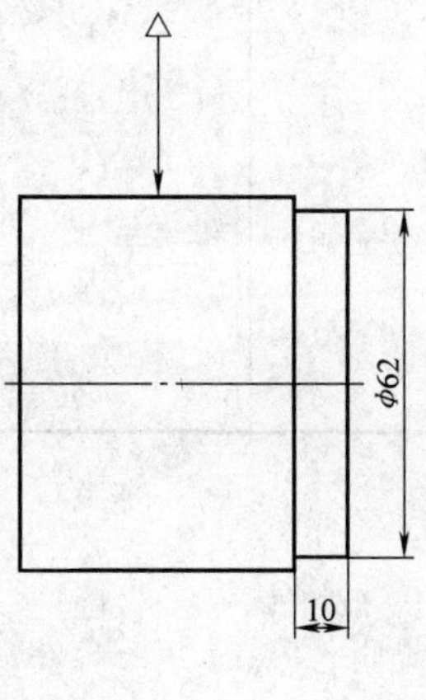 （1）按图示夹一端外圆 1）车削端面 2）车一台阶 φ62mm，宽 10mm

（续）

操作项目及图示	操作内容及注意事项
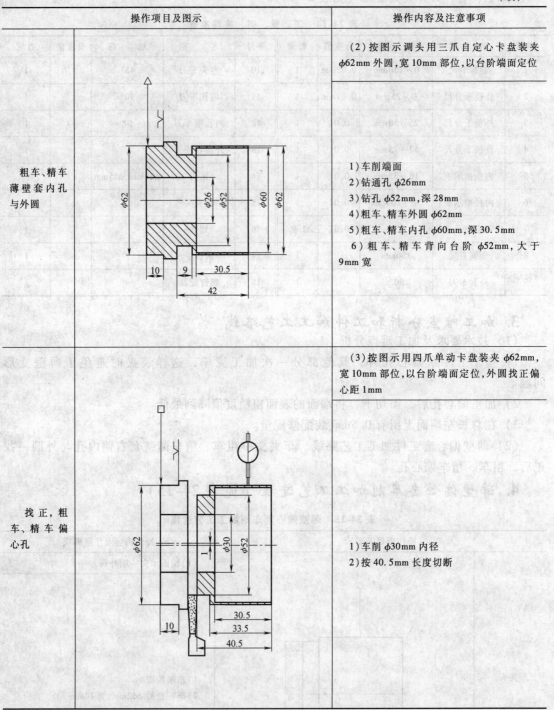	（2）按图示调头用三爪自定心卡盘装夹 φ62mm 外圆，宽 10mm 部位，以台阶端面定位
粗车、精车薄壁套内孔与外圆	1）车削端面 2）钻通孔 φ26mm 3）钻孔 φ52mm，深 28mm 4）粗车、精车外圆 φ62mm 5）粗车、精车内孔 φ60mm，深 30.5mm 6）粗车、精车背向台阶 φ52mm，大于 9mm 宽
	（3）按图示用四爪单动卡盘装夹 φ62mm，宽 10mm 部位，以台阶端面定位，外圆找正偏心距 1mm
找正，粗车、精车偏心孔	1）车削 φ30mm 内径 2）按 40.5mm 长度切断

（四）多阶套

1. 试题要求

1）多阶套零件图（见图 24-4）。

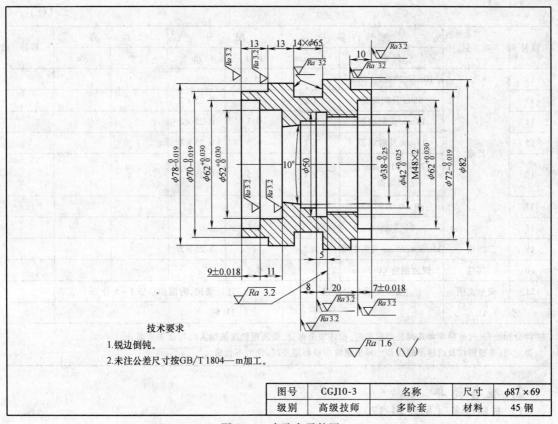

图 24-4　多阶套零件图

图号	CGJ10-3	名称		尺寸	φ87×69
级别	高级技师	多阶套		材料	45 钢

技术要求

1.锐边倒钝。

2.未注公差尺寸按GB/T 1804—m加工。

2）多阶套操作技能评分表（见表 24-16）。

表 24-16　多阶套操作技能评分表

考件编号＿＿＿＿＿　　时间定额＿＿1.5h＿＿　　总分＿＿23.5＿＿

序号	项目	考核内容		配分		检测		得分
		尺寸	Ra/μm	尺寸	Ra	尺寸	Ra	
1	外圆	φ82mm		0.5				
2		φ72 $_{-0.019}^{0}$ mm	1.6	1	0.5			
3		φ78 $_{-0.019}^{0}$ mm	1.6	1	0.5			
4		φ70 $_{-0.019}^{0}$ mm	1.6	1	0.5			
5	内孔	φ62 $_{0}^{+0.03}$ mm（2 处）	1.6	1×2	0.5×2			
6		φ42 $_{0}^{+0.025}$ mm	1.6	1	0.5			
7		φ52 $_{0}^{+0.03}$ mm	1.6	1	0.5			
8	圆锥	5°±5′及锥面	1.6	1	0.5			
9		大头尺寸 φ38 $_{-0.25}^{0}$ mm		0.5				
10	螺纹	M48×2	3.2	1	0.5			
11	滚花	m0.3mm		0.5				

（续）

序号	项目	考核内容		配 分		检 测		得分
		尺寸	$Ra/\mu m$	尺寸	Ra	尺寸	Ra	
12		10mm、20mm、13mm		0.5 × 3				
13		8mm 及两端面	3.2	0.5	0.25 × 2			
14		13mm 及两端面	3.2	0.5	0.25 × 2			
15	长度	11mm 及两端面	3.2	0.5	0.25 × 2			
16		(7 ± 0.018)mm 及两端面	3.2	0.5	0.25 × 2			
17		(9 ± 0.018)mm		0.5				
18		$64_{-0.05}^{\ 0}$ mm		0.5				
19	凹槽	14mm × ϕ65mm 及两端面	3.2	1	0.25 × 2			
20	其他	锐边倒角 C0.5mm		0.5				
21	安全文明	安全文明有关规定		违反规定,酌情扣总分 1~5 分				
合 计				23.5				

评分标准:凡尺寸精度和几何公差超差时,扣该项全部分,表面粗糙度值增大时扣该项全部分

否定项:普通螺纹及内梯形螺纹和外梯形螺纹中径都超差时,视为不合格

2. 准备清单

1）材料准备（见表 24-17）。

表 24-17　材料准备

名　称	规　格	数　量
45 钢	ϕ87mm × 69mm	1
考试准备毛坯件		

2）设备准备（见表 24-18）。

表 24-18　设备准备

名　称	规　格	数　量
车床	C6140A(三爪自定心卡盘)	1
卡盘扳手	相应设备	1
刀架扳手	相应设备	1

3）工、量、刃、夹具准备（见表24-19）。

表24-19　工、量、刃、夹具准备

序号	名　称	规　格	分度值	数量	序号	名　称	规　格	分度值	数量
1	游标卡尺	0～150mm	0.02mm	1	12	弯头车刀	45°		1
2	外径千分尺	0～25mm	0.01mm	1	13	外车槽刀			1
3	外径千分尺	25～50mm	0.01mm	1	14	内沟槽车刀			1
4	外径千分尺	50～75mm	0.01mm	1	15	内孔车刀	90°		1
5	游标万能角度尺	0°～320°	2′	1	16	内孔精车刀	0°		1
6	内径指示表	35～50mm	0.01mm	1	17	内三角螺纹车刀	48×2		1
7	内径指示表	50～160mm	0.01mm	1					
8	磁座指示表	0～3mm	0.01mm	1套	18	顶尖			1
9	滚花刀	$m0.3$mm		1	19	卡钳			1
10	金属直尺	150mm		1	20	活扳手			1
11	外圆车刀	90°		1	21	螺钉旋具			1

3. 加工难点分析和工件加工工艺路线

（1）技术要求及加工难点分析

1）内台阶和外台阶尺寸较多，在车削过程中，需严格控制长度尺寸。

2）止口直径尺寸较多，需用卡钳配合内孔表的测量，保证内孔尺寸的准确性。

（2）多阶套工件加工工艺路线　一夹一顶粗车右端各部尺寸→夹一端，车一端→调头找正，夹一端，车一端。

4. 多阶套车削加工工艺过程（见表24-20）

表24-20　多阶套车削加工工艺过程

操作项目及图示	操作内容及注意事项
	（1）按图示一夹一顶装夹外圆
一夹一顶粗车右端各部尺寸 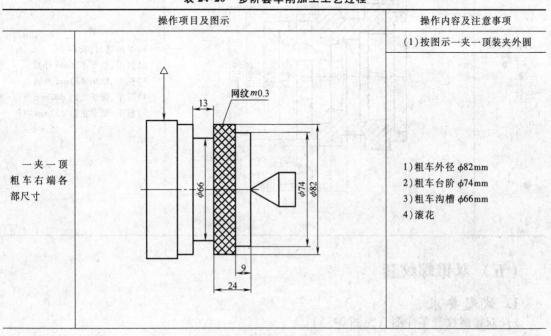	1）粗车外径 $\phi82$mm 2）粗车台阶 $\phi74$mm 3）粗车沟槽 $\phi66$mm 4）滚花

（续）

操作项目及图示	操作内容及注意事项
夹一端，车一端 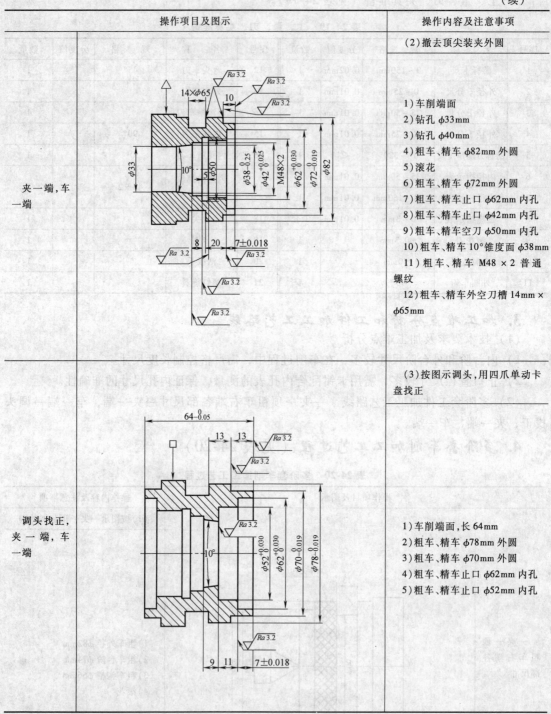	（2）撤去顶尖装夹外圆 1）车削端面 2）钻孔 ϕ33mm 3）钻孔 ϕ40mm 4）粗车、精车 ϕ82mm 外圆 5）滚花 6）粗车、精车 ϕ72mm 外圆 7）粗车、精车止口 ϕ62mm 内孔 8）粗车、精车止口 ϕ42mm 内孔 9）粗车、精车空刀 ϕ50mm 内孔 10）粗车、精车10°锥度面 ϕ38mm 11）粗车、精车 M48×2 普通螺纹 12）粗车、精车外空刀槽 14mm×ϕ65mm
调头找正，夹一端，车一端	（3）按图示调头，用四爪单动卡盘找正 1）车削端面，长 64mm 2）粗车、精车 ϕ78mm 外圆 3）粗车、精车 ϕ70mm 外圆 4）粗车、精车止口 ϕ62mm 内孔 5）粗车、精车止口 ϕ52mm 内孔

（五）双锥螺纹套

1. 试题要求

1）双锥螺纹套零件图（见图24-5）。

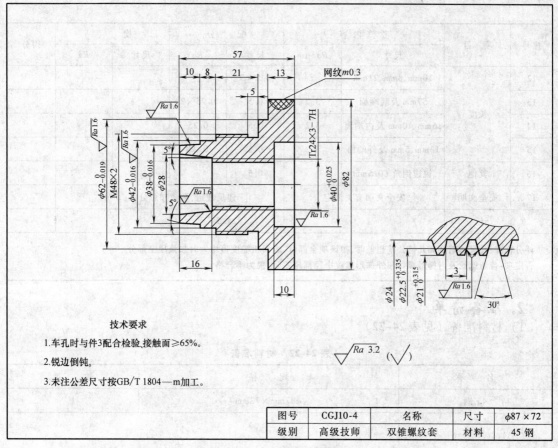

技术要求

1. 车孔时与件3配合检验,接触面≥65%。

2. 锐边倒钝。

3. 未注公差尺寸按GB/T 1804—m加工。

图号	CGJ10-4	名称	尺寸	$\phi 87 \times 72$
级别	高级技师	双锥螺纹套	材料	45 钢

图 24-5　双锥螺纹套零件图

2）双锥螺纹套操作技能评分表（见表 24-21）。

表 24-21　双锥螺纹套操作技能评分表

考件编号_____　　时间定额___1h___　　总分___24.5___

序号	项　目	考 核 内 容		配　　分		检　　测		得分
		尺寸	$Ra/\mu m$	尺寸	Ra	尺寸	Ra	
1	外圆	$\phi 82$mm		0.5				
2		$\phi 62_{-0.019}^{0}$ mm	1.6	1				
3		$\phi 42_{-0.016}^{0}$ mm	1.6	1				
4	内孔	$\phi 40_{0}^{+0.025}$ mm	1.6	1				
5	圆锥	$5° \pm 5'$ 及锥面（2 处）	1.6	2×2	1×2			
6	螺纹	M48 × 2	3.2	1	0.5			
7		Tr24 × 3-7H 及底径面	3.2	1.5	0.5			
8		$\phi 22.5_{0}^{+0.335}$ mm		2				
9		$\phi 21_{0}^{+0.315}$ mm 及顶径面	3.2	2	0.5			
10		牙型侧面（2 处）	1.6		1×2			
11	滚花	$m0.3$mm		0.5				

（续）

序号	项 目	考核内容		配 分		检 测		得分
		尺寸	$Ra/\mu m$	尺寸	Ra	尺寸	Ra	
12		10mm、8mm、21mm		0.5×3				
13	长度	57mm 及两端面	3.2	0.5	0.25×2			
14		16mm、10mm 及内端面	3.2	0.5	0.25			
15		13mm、5mm 及外端面	3.2	0.5	0.25			
16	其他	锐边倒角 $C0.5mm$		0.5				
17	安全文明	安全文明有关规定		违反规定，酌情扣总分 1~5 分				
合 计				24.5				

评分标准：凡尺寸精度和几何公差超差时，扣该项全部分，表面粗糙度值增大时扣该项全部分

否定项：普通螺纹及内梯形螺纹和外梯形螺纹中径都超差时，视为不合格

2. 准备清单

1）材料准备（见表 24-22）。

表 24-22 材料准备

名 称	规 格	数 量
45 钢	$\phi87mm \times 72mm$	1
考试准备毛坯件	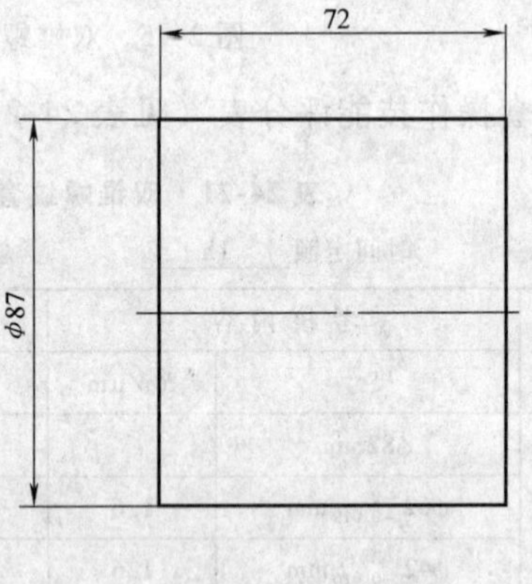	

2）设备准备（见表 24-23）。

表 24-23 设备准备

名 称	规 格	数 量
车床	C6140A（四爪单动卡盘）	1
卡盘扳手	相应设备	1
刀架扳手	相应设备	1

3）工、量、刃、夹具准备（见表24-24）。

表 24-24　工、量、刃、夹具准备

序号	名称	规格	分度值	数量	序号	名称	规格	分度值	数量
1	游标卡尺	0～150mm	0.02mm	1	10	内孔车刀	90°		1
2	外径千分尺	25～50mm	0.01mm	1	11	内孔精车刀	0°		1
3	游标万能角度尺	0°～320°	2′	1	12	外三角形螺纹车刀	M48×2		1
4	内径指示表	35～50mm	0.01mm	1					
5	滚花刀	m0.3mm		1	13	钻头及铰刀	ϕ15mm		1
6	金属直尺	150mm		1	14	钻头	ϕ19mm,ϕ37mm		1
7	外圆车刀	90°		1	15	卡钳			1
8	弯头车刀	45°		1	16	活扳手			1
9	外车槽刀			1	17	螺钉旋具			1

3. 加工难点分析和工件加工工艺路线

（1）技术要求及加工难点分析

1）除了要保证内、外的锥度的配合精度，还要控制直径尺寸。

2）内螺纹和外螺纹的加工应在一次加工中完成。

3）先进行滚花加工。

（2）双锥螺纹套工件加工工艺路线　车一端夹头，粗钻孔→调头，滚花→调头，夹滚花一侧，粗车、精车各台阶及内螺纹和外螺纹→粗车、精车内锥面→粗车、精车外锥面→调头，粗车、精车端面及止口。

4. 双锥螺纹套车削加工工艺过程（见表24-25）

表 24-25　双锥螺纹套车削加工工艺过程

操作项目及图示	操作内容及注意事项
车一端夹头,粗钻孔 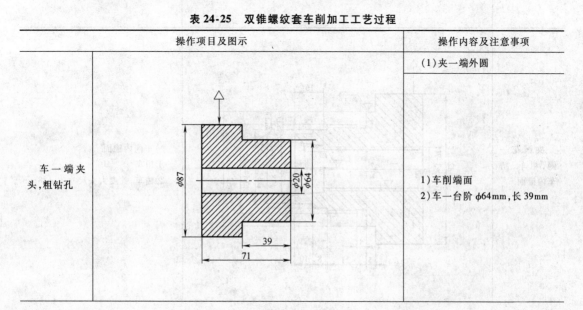	（1）夹一端外圆 1）车削端面 2）车一台阶 ϕ64mm,长39mm

（续）

操作项目及图示	操作内容及注意事项
滚花 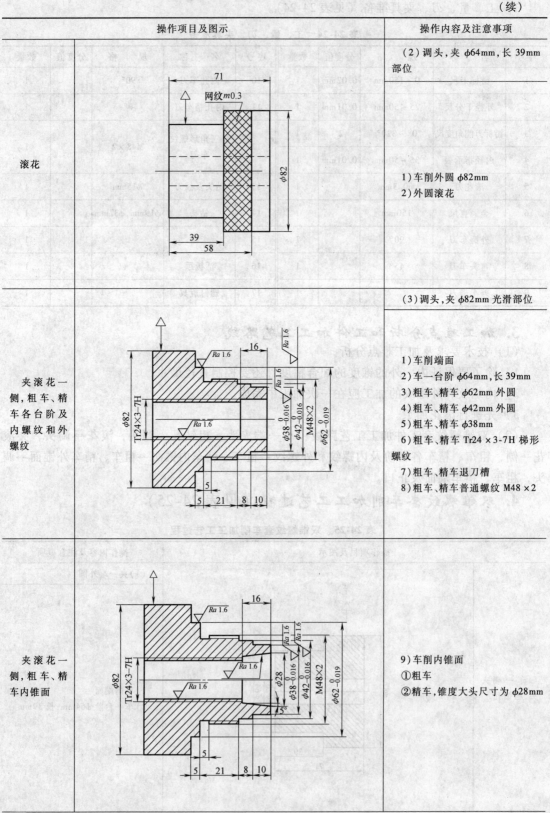	（2）调头，夹 $\phi64$mm，长 39mm 部位 1）车削外圆 $\phi82$mm 2）外圆滚花
夹滚花一侧，粗车、精车各台阶及内螺纹和外螺纹	（3）调头，夹 $\phi82$mm 光滑部位 1）车削端面 2）车一台阶 $\phi64$mm，长 39mm 3）粗车、精车 $\phi62$mm 外圆 4）粗车、精车 $\phi42$mm 外圆 5）粗车、精车 $\phi38$mm 6）粗车、精车 Tr24×3-7H 梯形螺纹 7）粗车、精车退刀槽 8）粗车、精车普通螺纹 M48×2
夹滚花一侧，粗车、精车内锥面	9）车削内锥面 ①粗车 ②精车，锥度大头尺寸为 $\phi28$mm

（续）

操作项目及图示	操作内容及注意事项
检 验 内 锥面	用偏心轴检验内锥面接触率 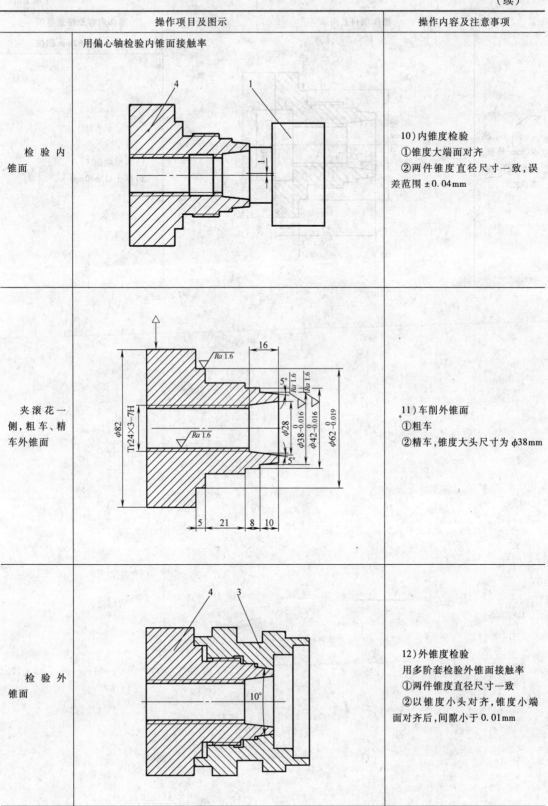 10）内锥度检验 ①锥度大端面对齐 ②两件锥度直径尺寸一致，误差范围±0.04mm
夹滚花一侧，粗车、精车外锥面	11）车削外锥面 ①粗车 ②精车，锥度大头尺寸为φ38mm
检验外锥面	12）外锥度检验 用多阶套检验外锥面接触率 ①两件锥度直径尺寸一致 ②以锥度小头对齐，锥度小端面对齐后，间隙小于0.01mm

（续）

操作项目及图示	操作内容及注意事项
调头，夹 $\phi62$mm 外圆，粗车、精车端面及止口 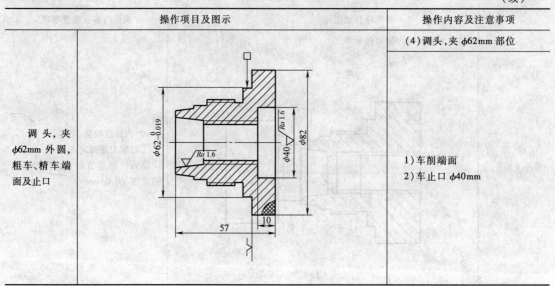	（4）调头，夹 $\phi62$mm 部位 1）车削端面 2）车止口 $\phi40$mm

试题二十五　双偏心轴套车削

工件加工的考核点和应达到的技能要求：

考核点

双偏心轴套零件（见图25-1）整体上形状不算复杂，有偏心轴和偏心孔的配合，由于偏心距较大，装夹与找正较困难，配合要求较严格。件1有两个偏心孔，而且中心有偏心轴，件2有两个偏心轴，中间有偏心孔。考核点是偏心距划线和找正精度。

技能要求

① 划线、找正加工技术。

② 偏心轴、偏心孔车削技术。

③ 配合加工技术。

（一）装配

1. 试题要求

1）双偏心轴套组合装配图（见图25-1）。

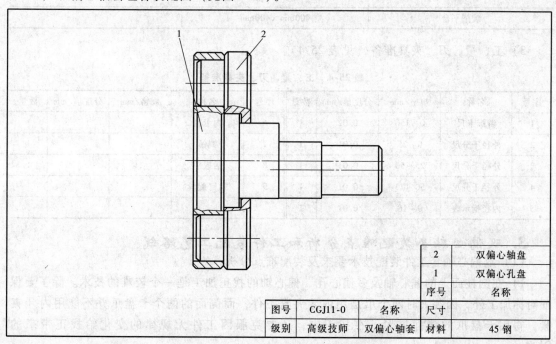

2			双偏心轴盘
1			双偏心孔盘
序号			名称
图号	CGJ11-0	名称	尺寸
级别	高级技师	双偏心轴套	材料	45钢

图 25-1　双偏心轴套组合装配图

2）双偏心轴套组合装配操作技能评分表（见表25-1）。

2. 准备清单

1）材料准备（见表25-2）。

表 25-1　双偏心轴套组合装配操作技能评分表

考件编号_____　　　时间定额　　　0.5h　　　　总分　　　4

序号	项目	考核内容		配分		检测		得分
		尺寸	Ra	尺寸	Ra	尺寸	Ra	
1	倒角	锐角倒钝		2				
2	装配精度	件1和件2装配,保证装配精度		2				
3	安全文明	安全文明有关规定		违反规定,酌情扣总分1~5分				
合　计				4				

评分标准:凡尺寸精度和几何公差超差时,扣该项全部分,表面粗糙度值增大时扣该项全部分

否定项:普通螺纹及内梯形螺纹和外梯形螺纹中径都超差时,视为不合格

表 25-2　材料准备

名　称	规　格	数　量
45 钢	件1与件2	2
装配准备工件	件1与件2合格品	

2）设备准备（见表 25-3）。

表 25-3　设备准备

名　称	规　格	数　量
装配平台	400mm×400mm	1

3）工、量、刃、夹具准备（见表 25-4）。

表 25-4　工、量、刃、夹具准备

序号	名称	规格/mm	分度值/mm	数量	序号	名称	规格/mm	分度值/mm	数量
1	游标卡尺	0~150	0.02	1	6	内卡钳			1
2	外径千分尺	0~25	0.01	1	7	铜锤			1
3	外径千分尺	25~50	0.01	1	8	活扳手			1
4	外径千分尺	50~75	0.01	1	9	螺钉旋具			1
5	内径指示表	0~18	0.01	1					

3. 双偏心轴套装配难点分析和工件装配工艺路线

（1）双偏心轴套工件装配技术要求及装配难点分析

1）在圆柱面上的偏心轴及多偏心孔、偏心轴的找正加工是一个较难的技术。除了要保证对称加工外,因装夹时两个爪是用内牙夹紧工件,而侧面的两个卡盘爪并不能用内牙夹紧,得用卡盘爪的侧面靠紧,在找正中,还要克服因工件无规律的变化给找正带来的困难。

2）双偏心孔的对称与中心距又是一个较难的技术,如双孔在两次装夹中,没有达到 180°对称,会对装配带来不利的影响。

3）由于偏心车削,会使机床转动不平衡,因此要采用低速精车削。

4）此件轴中有孔,孔中有轴,要求较高的划线、找正和测量技术。

（2）偏心轴套工件装配工艺路线　一起下料，切断件2→划线→车削件1的双偏心孔→车削件1的偏心轴→车削件2的双偏心轴。

4. 双偏心轴套装配工艺过程

因为工件数量少，装配过程实际上是一个一对一的保证精度的配作过程，过程简单，故略去。

（二）双偏心孔盘

1. 试题要求

1）双偏心孔盘零件图（见图25-2）。

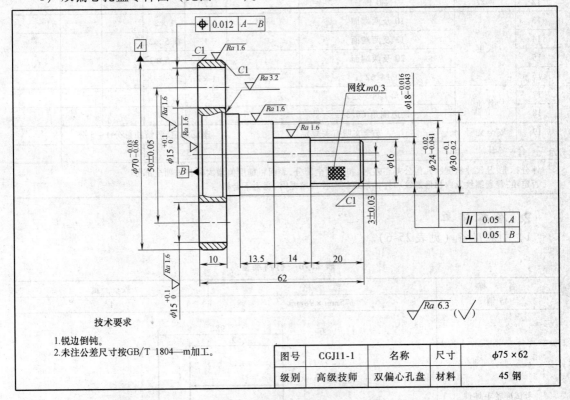

图25-2　双偏心孔盘零件图

技术要求

1. 锐边倒钝。
2. 未注公差尺寸按GB/T 1804—m加工。

图号	CGJ11-1	名称		尺寸	$\phi75 \times 62$
级别	高级技师	双偏心孔盘		材料	45钢

2）双偏心孔盘操作技能评分表（见表25-5）。

表25-5　双偏心孔盘操作技能评分表

考件编号＿＿＿＿＿　　时间定额＿＿2.5h＿＿　　总分＿＿55＿＿

序号	项目	考核内容		配分		检测		得分
		尺寸/mm	$Ra/\mu m$	尺寸	Ra	尺寸	Ra	
1		$\phi70^{-0.03}_{-0.06}$	1.6	3	1			
2		$\phi30^{-0.1}_{-0.2}$	6.3	2	0.5			
3	外圆	$\phi24^{-0.02}_{-0.041}$	1.6	3	1			
4		$\phi18^{-0.016}_{-0.043}$	1.6	3	1			
5		$\phi16$	6.3	2	0.5			

（续）

序号	项目	考核内容		配分		检测		得分
		尺寸/mm	$Ra/\mu m$	尺寸	Ra	尺寸	Ra	
6	中心距	50 ± 0.05		3				
7	内孔	$\phi 15^{+0.1}_{0}$（2处）	1.6	3×2	1×2			
8	几何公差	位置度 0.012		3				
9		平行度 0.05		3				
10		垂直度 0.05		3				
11	偏心距	3 ± 0.03		3				
12	网纹	m0.3		2				
13	长度	10 及两端面	3.2	1	1×2			
14		13 及两端面		1	0.5×2			
15		20 及两端面		1	0.5×2			
16		14,62		1×2				
17	其他	倒角 $C1$（3 处）		1×3				
18		锐边倒角 $C0.3$		1				
19	安全文明	安全文明有关规定		违反规定，酌情扣总分 $1 \sim 5$ 分				
	合　计			55				

评分标准：凡尺寸精度和几何公差超差时，扣该项全部分，表面粗糙度值增大时扣该项全部分

否定项：普通螺纹及内梯形螺纹和外梯形螺纹中径都超差时，视为不合格

2. 准备清单

1) 材料准备（见表 25-6）。

表 25-6　材料准备

名　称	规　格	数　量
45 钢	$\phi 75mm \times 98mm$	1
考试准备毛坯件		

2) 设备准备（见表 25-7）。

表 25-7　设备准备

名　称	规　格	数　量
车床	C6140A（四爪单动卡盘）	1
卡盘扳手	相应设备	1
刀架扳手	相应设备	1

3）工、量、刃、夹具准备（见表25-8）。

表 25-8　工、量、刃、夹具准备

序号	名称	规格	分度值	数量	序号	名称	规格	分度值	数量
1	游标卡尺	0～150mm	0.02mm	1	8	弯头车刀	45°		1
2	外径千分尺	25～50mm	0.01mm	1	9	外切断刀			1
3	外径千分尺	50～75mm	0.01mm	1	10	钻头及铰口	φ15mm		各1
4	金属直尺	150mm		1	11	顶尖			1
5	中心钻	A2.5/6.3mm		1	12	钻夹头			1
6	磁座指示表	0～3mm	0.01mm	1	13	活扳手			1
7	外圆车刀	90°		1套	14	螺钉旋具			1

3. 加工难点分析和工件加工工艺路线

（1）技术要求及加工难点分析

1）双偏心孔盘内孔 φ15mm 在圆周直径 50mm 对称分布，圆周直径 50mm 有公差要求，内孔直径有公差要求，由于其与件 2 有配合要求，故双偏心内孔 φ15mm 对称分布的角度有公差要求。

2）从图样看出，加工台阶轴时，台阶轴是在尾座一端加工，此时应调头加工双偏心内孔 φ15mm，这时需要找正平面来保证台阶轴与双偏心内孔 φ15mm 的垂直度。

3）偏心装夹时，转速高时，应加配重。

（2）双偏心孔盘工件加工工艺路线　车一端外圆与端面→进行组合件下料→精车外圆基准面→划两偏心孔线→偏心加工 φ15mm 孔→调头找正基准，车削圆柱及偏心圆柱。

4. 双偏心孔盘车削加工工艺过程（见表25-9）

表 25-9　双偏心孔盘车削加工工艺过程

操作项目及图示		操作内容及注意事项
车一端外圆与端面	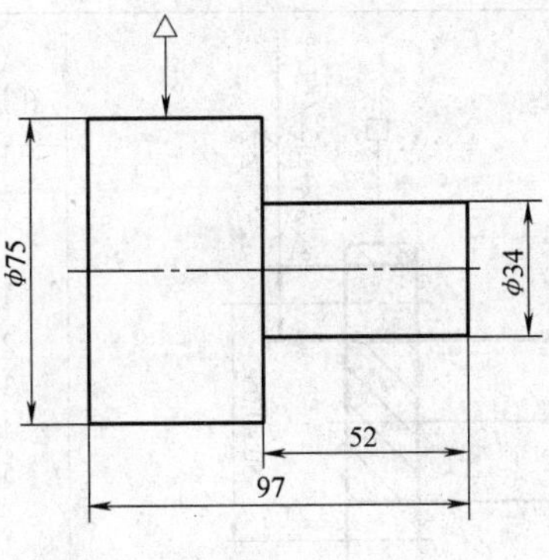	（1）用卡盘夹一端毛坯料外圆，探出大于52mm，夹紧 1）车端面，长97mm 2）车外圆 φ34mm，长52mm

（续）

操作项目及图示	操作内容及注意事项
组合件下料	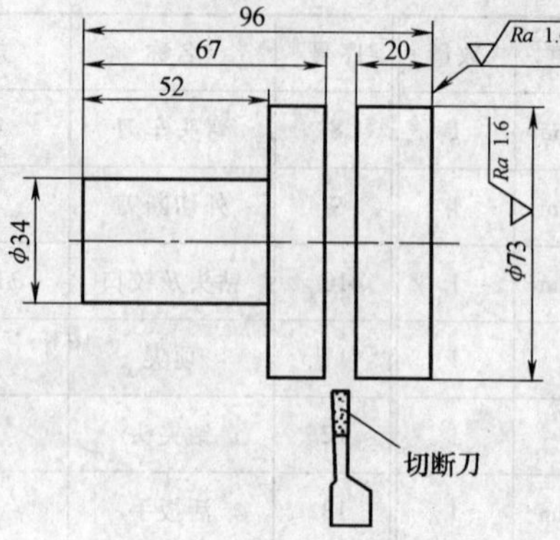 （2）调头夹 φ34mm 外圆 1）车端面，总长 96mm 2）粗车外圆 φ73mm 3）精车外圆至 73mm，长 20mm 4）20mm 处切断
精车外圆基准面 φ70mm 及 φ66mm	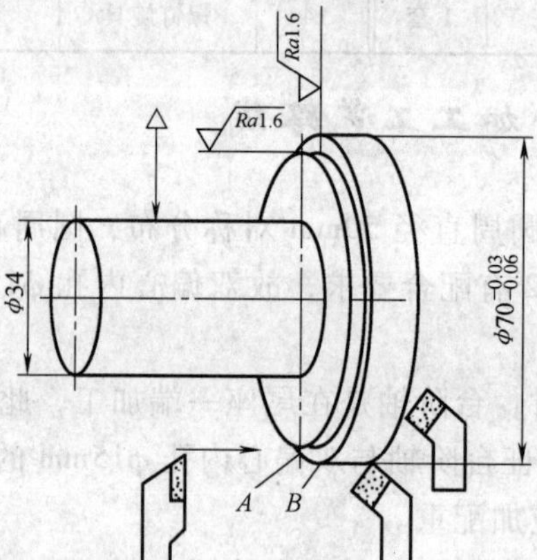 6）精车双偏心孔盘端面 7）精车外圆至 φ70mm 8）反向精车基准台阶，φ66mm，宽 4mm
划两偏心孔线	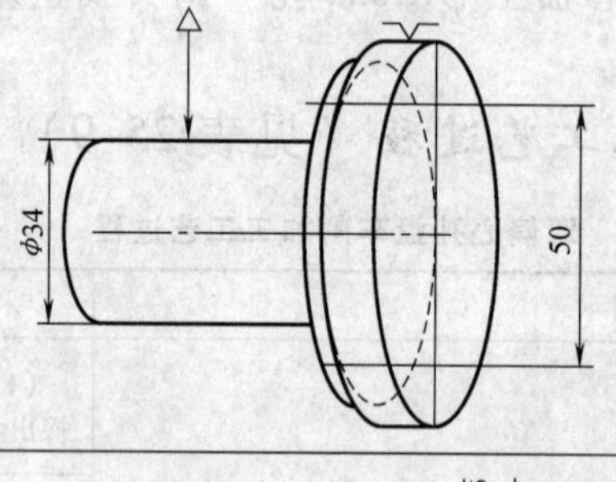 （3）装夹 φ34mm 部位，游标高度尺以外圆定位 划两孔中心线 50mm
偏心找正，钻、扩、铰 φ15mm 孔	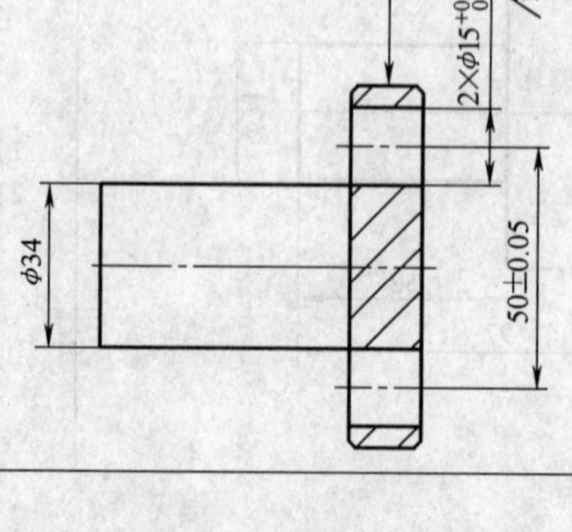 （4）装夹外圆，分别对 2 × φ15mm 孔进行加工 1）钻中心孔定位 2）粗钻 φ10mm 孔 3）扩钻 φ14.8mm 孔 4）铰 φ15mm 孔 5）倒角

（续）

操作项目及图示	操作内容及注意事项
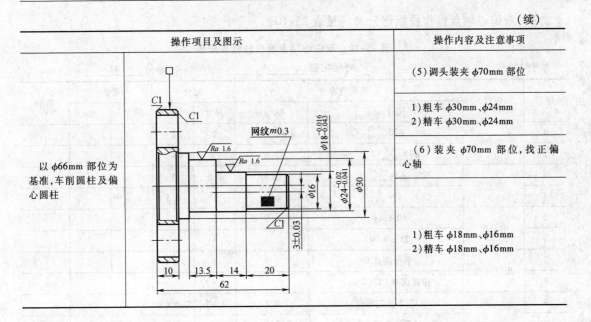 以 φ66mm 部位为基准，车削圆柱及偏心圆柱	（5）调头装夹 φ70mm 部位 1）粗车 φ30mm、φ24mm 2）精车 φ30mm、φ24mm （6）装夹 φ70mm 部位，找正偏心轴 1）粗车 φ18mm、φ16mm 2）精车 φ18mm、φ16mm

（三）双偏心轴盘

1. 试题要求

1）双偏心轴盘零件图（见图25-3）。

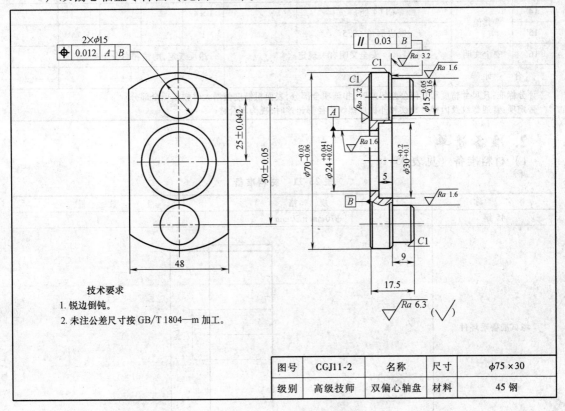

图 25-3 双偏心轴盘零件图

2）双偏心轴盘操作技能评分表（见表25-10）。

表25-10 双偏心轴盘操作技能评分表

考件编号＿＿＿＿＿＿＿＿＿　　　　时间定额＿＿＿2h＿＿＿　　　　总分＿＿41＿＿

序号	项目	考核内容		配分		检测		得分
		尺寸/mm	$Ra/\mu m$	尺寸	Ra	尺寸	Ra	
1	外圆	$\phi 70 ^{-0.03}_{-0.06}$	1.6	2	1			
2		$\phi 15 ^{-0.05}_{-0.16}$（2处）	1.6	3	1×2			
3	内孔	$\phi 24 ^{+0.041}_{+0.02}$	1.6	2.5	1			
4		$\phi 30 ^{+0.2}_{+0.1}$	6.3	1	0.5			
5	中心距	50 ± 0.05		3				
6		25 ± 0.042		3				
7	几何公差	平行度 0.03		3				
8		位置度 0.012（2处）		3×2				
9	长度	17.5 及左端面	3.2	1×2	0.5×2			
10		9 及左端面	3.2					
11		9 及右端面	6.3					
12		5 及左端面	6.3	1	0.5			
13	宽度	48		3.5				
14	其他	$C1$（4处）		1×4				
15		锐边倒角 $C0.5$		1				
16	安全文明	安全文明有关规定		违反规定，酌情扣总分 1~5 分				
合　计				41				

评分标准：凡尺寸精度和几何公差超差时，扣该项全部分，表面粗糙度值增大时扣该项全部分
否定项：普通螺纹及内梯形螺纹和外梯形螺纹中径都超差时，视为不合格

2. 准备清单

1）材料准备（见表25-11）。

表25-11 材料准备

名　称	规　格	数　量
45 钢	$\phi 70mm \times 20mm$	1
考试准备毛坯件		

2）设备准备（见表 25-12）。

表 25-12 设备准备

名　称	规　格	数　量
车床	C6140A(四爪单动卡盘)	1
卡盘扳手	相应设备	1
刀架扳手	相应设备	1

3）工、量、刃、夹具准备（见表 25-13）。

表 25-13 工、量、刃、夹具准备

序号	名称	规格	分度值	数量	序号	名称	规格	分度值	数量
1	游标卡尺	0～150mm	0.02mm	1	10	内孔车刀	90°		1
2	外径千分尺	0～25mm	0.01mm	1	11	内孔精车刀	0°		1
3	外径千分尺	50～75mm	0.01mm	1	12	外圆切断刀			1
4	内径指示表	18～35mm	0.01mm	1	13	钻头	$\phi22mm,\phi27mm$		各1
5	游标高度卡尺	0～200mm	0.02mm	1	14	钻夹头			1
6	磁座指示表	0～50mm	0.01mm	1套	15	划针			1
7	金属直尺	150mm		1	16	样冲			1
8	外圆车刀	90°		1	17	活扳手			1
9	弯头车刀	45°		1	18	螺钉旋具			1

3. 加工难点分析和工件加工工艺路线

（1）技术要求及加工难点分析

1）双偏心轴盘 $\phi15mm$ 在圆周直径 50mm 对称分布，圆周直径 50mm 有公差要求，内孔直径有公差要求，由于其与件 1 有配合要求，故双偏心轴 $\phi15mm$ 对称分布的角度有公差要求。

2）从样图看出，加工双偏心轴时，与加工双偏心孔一样，需要偏心装夹，两轴加工时的平面应接好刀，且在一个平面上。

（2）双偏心轴盘工件加工工艺路线　下料，车削工件外表面→划两偏心轴位置线→车扁平面→精车端面与内孔→找正，精车两个偏心轴。

4. 双偏心轴盘车削加工工艺过程（见表 25-14）

表 25-14 双偏心轴盘车削加工工艺过程

操作项目及图示		操作内容及注意事项
下料,车削端面	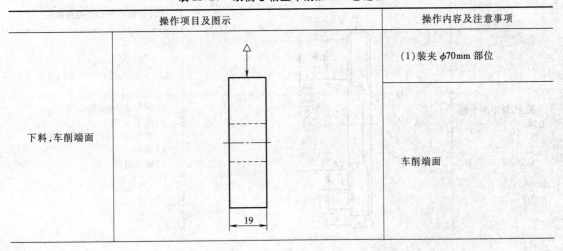	（1）装夹 $\phi70mm$ 部位 车削端面

（续）

操作项目及图示	操作内容及注意事项
划线,划两偏心轴位置线	（2）装夹外圆划线 1）划中心线 2）划两轴中心线 50mm
车对称扁平面	（3）装夹平面与外圆 车 48mm 扁面
装夹工件,精车端面与内孔	（4）装夹扁面与外圆 1）精车端面至 17.5mm 2）精车内孔 φ24mm 3）精车内孔 φ30mm
找正,精车两个偏心轴	（5）以偏心中心距装夹找正 1）精车 φ15mm 偏心轴 2）倒角 3）精车另一 φ15mm 偏心轴 4）倒角 5）端面倒角

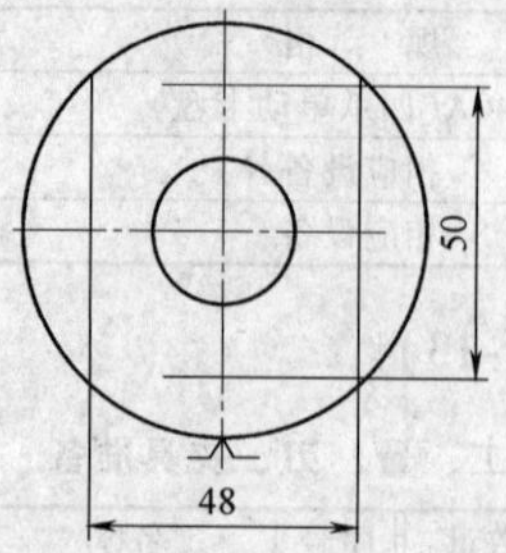

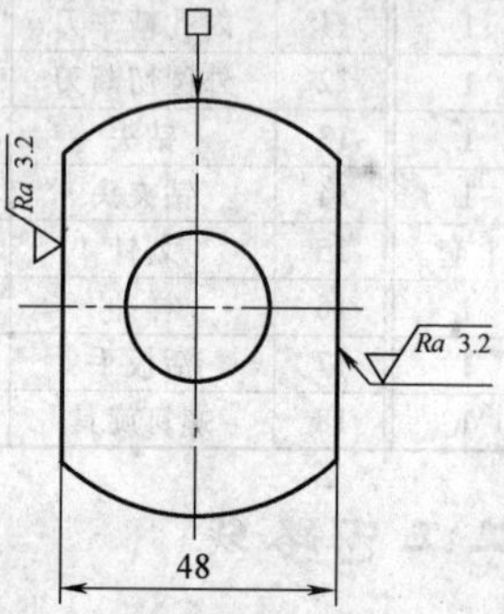

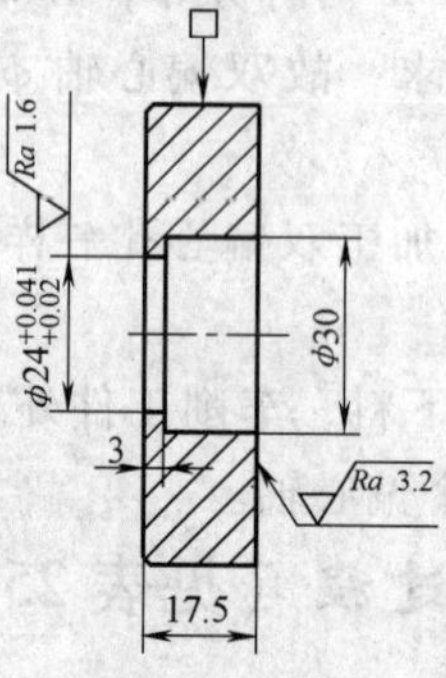

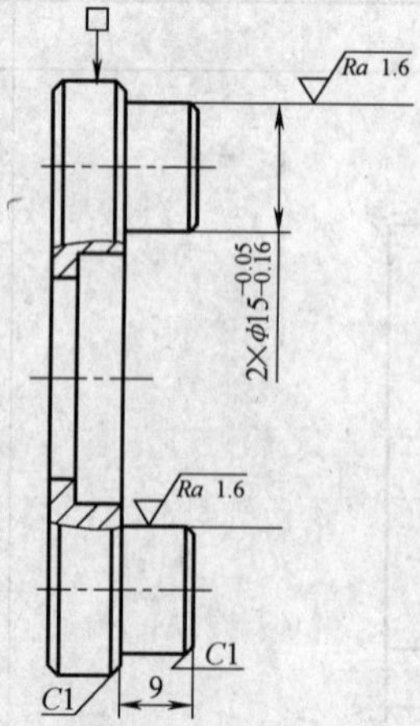

试题二十六　球体镂空工件车削

工件加工的考核点和应达到的技能要求：

考核点

球体镂空工件的考核点有止口的直径精度及深度精度、周边轮廓的尺寸精度、薄壁装夹时的装夹工艺、内球的修形、全部的表面粗糙度值 $Ra1.6\mu m$ 的要求等。

技能要求

① 划线、找正加工技术。

② 装夹技术。

③ 刀具刃磨技术。

④ 修形技术。

1. 试题要求

1）球体镂空零件图（见图 26-1）。

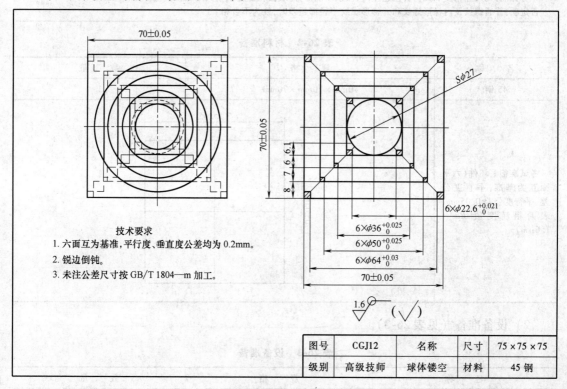

图 26-1　球体镂空零件图

2）球体镂空操作技能评分表（见表 26-1）。

2. 准备清单

1）材料准备（见表 26-2）。

表 26-1　球体镂空操作技能评分表

考件编号＿＿＿＿＿＿＿　　　时间定额＿＿＿4h＿＿＿　　　总分＿＿55＿＿

序号	项目	考核内容		配分		检测		得分
		尺寸/mm	$Ra/\mu m$	尺寸	Ra	尺寸	Ra	
1	六方	70 ± 0.05(3 处)	1.6	4×3	0.4×6			
2		内球体 $S\phi 27$	1.6	8	3			
3		$6 \times \phi 22.6^{+0.021}_{0}$ 及深 6.1	1.6	2×6	0.3×6			
4	内孔	$6 \times \phi 36^{+0.025}_{0}$ 及深 6 平面	1.6	2×6	0.3×12			
5		$6 \times \phi 50^{+0.025}_{0}$ 及深 7 平面	1.6	2×6	0.3×12			
6		$6 \times \phi 64^{+0.03}_{0}$ 及深 8 平面	1.6	2×6	0.3×12			
7	几何公差	六面互为基准，平行度 0.2(3 处)		2×3				
8		六面互为基准，垂直度 0.2(3 处)		2×3				
9	其他	锐边倒角 $C0.2$		2				
10	安全文明	安全文明有关规定		违反规定，酌情扣总分 1～5 分				
合　　计				55				

评分标准：凡尺寸精度和几何公差超差时，扣该项全部分，表面粗糙度值增大时扣该项全部分

否定项：普通螺纹及内梯形螺纹和外梯形螺纹中径都超差时，视为不合格

表 26-2　材料准备

名　称	规　格	数　量
45 钢	$70mm \times 70mm \times 70mm$	1

考试准备毛坯件（六平面互为基准，垂直度公差、平行度公差 0.05mm，表面粗糙度值 Ra 1.6μm）

2）设备准备（见表 26-3）。

表 26-3　设备准备

名　称	规　格	数　量
车床	C6140A(四爪单动卡盘)	1
卡盘扳手	相应设备	1
刀架扳手	相应设备	1

3）工、量、刃、夹具准备（见表 26-4）。

表 26-4 工、量、刃、夹具准备

序号	名称	规格	分度值	数量	序号	名称	规格	分度值	数量
1	游标卡尺	0~150mm	0.02mm	1	12	弯头车刀	45°		1
2	外径千分尺	0~25mm	0.01mm	1	13	内孔反偏车刀	90°		1
3	外径千分尺	25~50mm	0.01mm	1	14	内孔外球体形刀	$S\phi27mm$		1
4	外径千分尺	50~75mm	0.01mm	1	15	钻头	$\phi20mm,\phi34mm,$ $\phi37mm$		各1
5	内径指示表	18~35mm	0.01mm	1	16	钻套	$\phi20mm,\phi34mm,$ $\phi47mm$		各1
6	内径指示表	35~50mm	0.01mm	1	17	划针			1
7	内径指示表	50~160mm	0.01mm	1	18	样冲			1
8	金属直尺	150mm		1	19	方箱			1
9	卡钳			1	20	活扳手			1
10	磁座指示表	0~3mm	0.01mm	1套	21	螺钉旋具			1
11	外圆车刀	90°		1					

3. 加工难点分析和工件加工工艺路线

（1）技术要求及加工难点分析

1）球体镂空工件要求尺寸的准确性。在六个平面车削止口时，必须找正中心线，因为球在中心处时，球与框体只有在 8 个角处有连接，如果偏移就会造成角处连接点不准确，有的连接点可能加厚，加工后，球掉不下来。

2）加工后，球掉下时，要保证不损坏刀具，球体要经过锉修。

3）装夹时，由于内部车削面的增多，整个工件的刚度越来越低，要求装夹要加固，车削时要慎重。

（2）球体镂空工件加工工艺路线 四面夹板装夹工件→确定一个最深台阶加工的深度尺寸→绘图计算得知预留连接厚度→计算得知按尺寸加工后的球体与连接部位的间隙→完全加工后，球应脱离型腔→球脱离型腔时，得借助锉刀断开和修光。

4. 球体镂空车削加工工艺过程（见表 26-5）

表 26-5 球体镂空车削加工工艺过程

操作项目及图示		操作内容及注意事项
四面夹板装夹工件	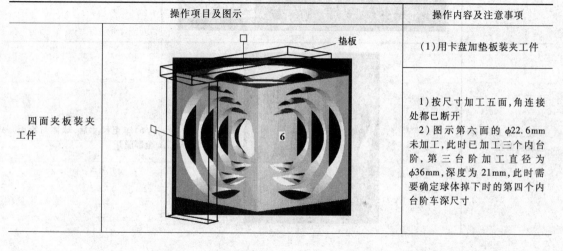 垫板	（1）用卡盘加垫板装夹工件 1）按尺寸加工五面，角连接处都已断开 2）图示第六面的 $\phi22.6mm$ 未加工，此时已加工三个内台阶，第三台阶加工直径为 $\phi36mm$，深度为 21mm，此时需要确定球体掉下时的第四个内台阶车深尺寸

（续）

操作项目及图示	操作内容及注意事项
确定一个最深台阶加工的深度尺寸	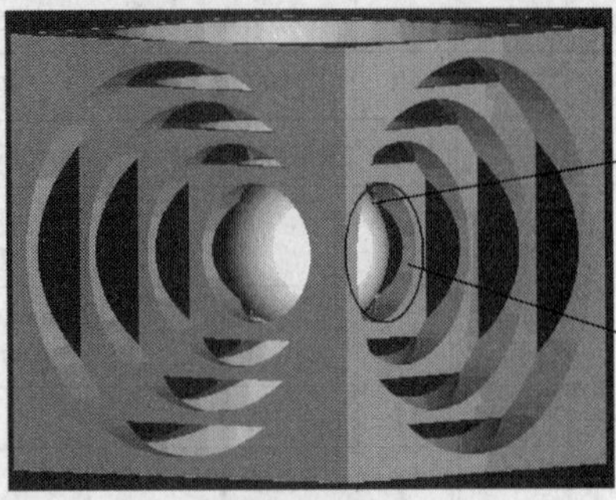 3）图示 I 为第六面的 ϕ22.6mm 正在加工,深度为 26.5mm,离图样要求的深度尺寸还差 0.6mm,球体与型腔有连接,此时需要确定球体掉下时的车深尺寸
绘图计算得知预留连接厚度	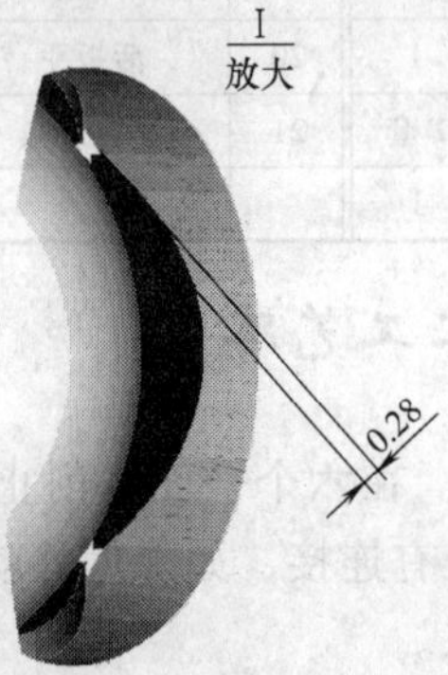 4）前五个面的最深台阶 ϕ22.6mm,深度为 27.1mm 已加工完,图示第六面连接部位的放大图可见,深度至 26.5mm 时,连接厚度为 0.28mm
计算得知,按尺寸加工后的球体与连接部位的间隙	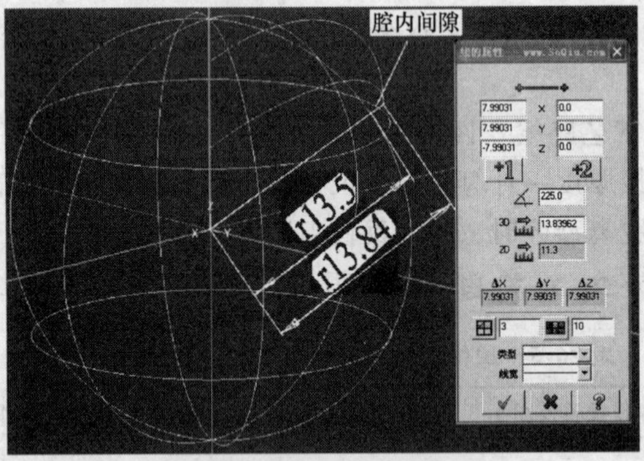 5）加工后的型腔间隙为 0.34mm
完全加工后,球应脱离型腔	 6）车至尺寸后,球体与型腔全部脱开

（续）

操作项目及图示	操作内容及注意事项
球脱离型腔时，得借助锉刀断开和修光 连接部位锉断锉光	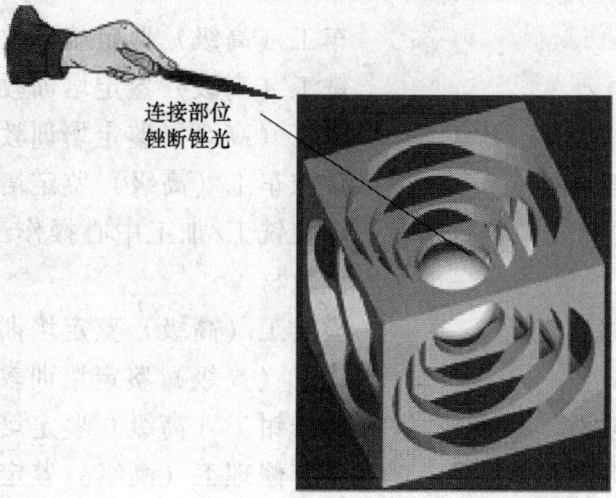 （2）用锉刀修形，使球体在型腔内自由活动，而不能掉出（球体直径尺寸比孔径大 4.4mm）

国家职业资格培训教材——鉴定培训教材系列

车工（中级）鉴定培训教材　　车工（高级）鉴定培训教材

铣工（中级）鉴定培训教材　　铣工（高级）鉴定培训教材

磨工（中级）鉴定培训教材　　磨工（高级）鉴定培训教材

数控车工（中级）鉴定培训教材　　数控车工（高级）鉴定培训教材

数控铣工/加工中心操作工（中级）鉴定培训教材　　数控铣工/加工中心操作工（高级）鉴定培训教材

模具工（中级）鉴定培训教材　　模具工（高级）鉴定培训教材

钳工（中级）鉴定培训教材　　钳工（高级）鉴定培训教材

机修钳工（中级）鉴定培训教材　　机修钳工（高级）鉴定培训教材

汽车修理工（中级）鉴定培训教材　　汽车修理工（高级）鉴定培训教材

制冷设备维修工（中级）鉴定培训教材　　制冷设备维修工（高级）鉴定培训教材

维修电工（中级）鉴定培训教材　　维修电工（高级）鉴定培训教材

铸造工（中级）鉴定培训教材　　铸造工（高级）鉴定培训教材

焊工（中级）鉴定培训教材　　焊工（高级）鉴定培训教材

冷作钣金工（中级）鉴定培训教材　　冷作钣金工（高级）鉴定培训教材

热处理工（中级）鉴定培训教材　　热处理工（高级）鉴定培训教材

涂装工（中级）鉴定培训教材　　涂装工（高级）鉴定培训教材

国家职业资格培训教材——操作技能鉴定实战详解系列

车工（中级）操作技能鉴定实战详解　　详解

铣工（中级）操作技能鉴定实战详解　　热处理工（中级）操作技能鉴定实战详解

数控车工（中级）操作技能鉴定实战详解　　涂装工（中级）操作技能鉴定实战详解

数控铣工/加工中心操作工（中级）操作技能鉴定实战详解　　车工（高级）操作技能鉴定实战详解

模具工（中级）操作技能鉴定实战详解　　铣工（高级）操作技能鉴定实战详解

钳工（中级）操作技能鉴定实战详解　　数控车工（高级）操作技能鉴定实战详解

机修钳工（中级）操作技能鉴定实战详解　　数控铣工/加工中心操作工（高级）操作技能鉴定实战详解

汽车修理工（中级）操作技能鉴定实战详解　　模具工（高级）操作技能鉴定实战详解

制冷设备维修工（中级）操作技能鉴定实战详解　　钳工（高级）操作技能鉴定实战详解

维修电工（中级）操作技能鉴定实战详解　　机修钳工（高级）操作技能鉴定实战详解

铸造工（中级）操作技能鉴定实战详解　　汽车修理工（高级）操作技能鉴定实战详解

焊工（中级）操作技能鉴定实战详解　　制冷设备维修工（高级）操作技能鉴定实战详解

冷作钣金工（中级）操作技能鉴定实战　　维修电工（高级）操作技能鉴定实战详解

铸造工（高级）操作技能鉴定实战详解

焊工（高级）操作技能鉴定实战详解

冷作钣金工（高级）操作技能鉴定实战详解

热处理工（高级）操作技能鉴定实战详解

涂装工（高级）操作技能鉴定实战详解

车工（技师、高级技师）操作技能鉴定实战详解

数控车工（技师、高级技师）操作技能鉴定实战详解

数控铣工（技师、高级技师）操作技能鉴定实战详解

钳工（技师、高级技师）操作技能鉴定实战详解

维修电工（技师、高级技师）操作技能鉴定实战详解

焊工（技师、高级技师）操作技能鉴定实战详解

国家职业资格培训教材——职业技能鉴定考核试题库系列

机械识图与制图鉴定考核试题库

机械基础鉴定考核试题库

电工基础鉴定考核试题库

车工职业技能鉴定考核试题库

铣工职业技能鉴定考核试题库

磨工职业技能鉴定考核试题库

数控车工职业技能鉴定考核试题库

数控铣工/加工中心操作工职业技能鉴定考核试题库

模具工职业技能鉴定考核试题库

钳工职业技能鉴定考核试题库

机修钳工职业技能鉴定考核试题库

汽车修理工职业技能鉴定考核试题库

制冷设备维修工职业技能鉴定考核试题库

维修电工职业技能鉴定考核试题库

铸造工职业技能鉴定考核试题库

焊工职业技能鉴定考核试题库

冷作钣金工职业技能鉴定考核试题库

热处理工职业技能鉴定考核试题库

涂装工职业技能鉴定考核试题库

读者信息反馈表

感谢您购买《车工（技师、高级技师）操作技能鉴定实战详解》一书。为了更好地为您服务，有针对性地为您提供图书信息，方便您选购合适图书，我们希望了解您的需求和对我们教材的意见和建议，愿这小小的表格为我们架起一座沟通的桥梁。

姓　　名		所在单位名称	
性　　别		所从事工作(或专业)	
通信地址		邮　　编	
办公电话		移动电话	
E-mail			
1. 您选择图书时主要考虑的因素:(在相应项前面√) (　)出版社　　(　)内容　　(　)价格　　(　)封面设计　　(　)其他 2. 您选择我们图书的途径(在相应项前面√) (　)书目　　(　)书店　　(　)网站　　(　)朋友推介　　(　)其他			
希望我们与您经常保持联系的方式: □电子邮件信息　□定期邮寄书目 □通过编辑联络　□定期电话咨询			
您关注(或需要)哪些类图书和教材:			
您对我社图书出版有哪些意见和建议(可从内容、质量、设计、需求等方面谈):			
您今后是否准备出版相应的教材、图书或专著(请写出出版的专业方向、准备出版的时间、出版社的选择等):			

非常感谢您能抽出宝贵的时间完成这张调查表的填写并回寄给我们，您的意见和建议一经采纳，我们将有礼品回赠。我们愿以真诚的服务回报您对机械工业出版社技能教育分社的关心和支持。

请联系我们——

地址　北京市西城区百万庄大街22号　机械工业出版社技能教育分社

邮编　100037

社长电话　(010)88379083　88379080　68329397(带传真)

E-mail　cmpjjj@vip.163.com